Herbert Reinecker
Der Strandläufer

KARWENNA

Bisher sind in dieser Reihe erschienen:

Band 39001 MORD IM HOFGARTEN
Band 39002 DIE NACHT DES JAGUARS
Band 39003 SPIEL MIT BEI MORD
Band 39004 MÜNDUNGSFEUER
Band 39005 HINTER DER LETZTEN TÜR
Band 39006 KARWENNA UND DIE MUSIKER

Herbert Reinecker

Der Strandläufer
Kriminalroman

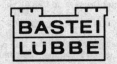

BASTEI-TASCHENBUCH · Band 39007

KARWENNA

© Copyright 1978 by Bastei-Verlag
Gustav H. Lübbe, Bergisch Gladbach
Printed in Western Germany
Titelfoto: Art Reference/Dommnich
Umschlaggestaltung: H. Deichmann
Satz: Neo-Satz, Hürth
Druck und Verarbeitung:
Augsburger Druck- und Verlagshaus GmbH

ISBN 3-404-00938-x

Der Preis dieses Bandes versteht sich einschließlich
der gesetzlichen Mehrwertsteuer

I

Als Karwenna den Brief des Lehrers bekam und ihn las, dachte er noch an nichts Böses. Der Lehrer seines Sohnes bat ihn, zu einer Unterredung in die Schule zu kommen.

»Was ist los?« hatte Karwenna seinen Sohn gefragt, »ich soll zu deinem Lehrer kommen. Warum? Bist du schlecht in der Schule?«

Der Junge war ganz verwundert gewesen.

Dafür antwortete seine Mutter ärgerlich: »Wie? Willst du sagen, du weißt nicht, wie dein Sohn in der Schule steht?«

»Nein«, sagte Karwenna, »aber etwas, über das man nichts hört, ist gut, ist in Ordnung. Und mehr will ich nicht, als daß etwas in Ordnung ist.«

»Ordnung, Ordnung«, sagte Helga mit hoher Stimme, »ich weiß, du bist ganz verrückt mit deinem Begriff von Ordnung. Aber Ordnung hat nichts mit Liebe zu tun. Ich frage mich im Ernst, ob du dem Jungen genug Liebe und Interesse entgegenbringst. Er ist sehr gut in der Schule, besonders gut. Das ist etwas, was du als Vater wissen solltest –«

Karwenna war ganz erschrocken.

Er fühlte sich ein wenig schuldbewußt.

»So, der Junge ist gut in der Schule. Dann weiß ich erst recht nicht, warum sein Lehrer mich zu sprechen wünscht. Warum will er nicht, daß du kommst?«

»Weil wir in einem Patriarchat leben«, antwortete Helga ironisch, »offenbar geht es um eine Sache, der man Wichtigkeit beimißt, dabei haben dann Frauen nichts zu suchen.«

Es wäre Karwenna recht gewesen, wenn seine Frau ihm den Gang abgenommen hätte, aber sie war störrisch. »Du wirst verlangt, dir soll etwas mitgeteilt werden, also geh auch hin.«

Karwenna suchte die Schule auf, stieg die Stufen der Treppe hinauf. Es war kurz nach Beendigung des Unterrichts, die Leere enthielt wie in einem fernen Echo noch alle die Lebensäußerungen von Schülern.

Karwenna schritt den Gang entlang, dachte fast beklommen an seine eigene Schulzeit, die er als keinen besonders glücklichen Abschnitt seines Lebens im Gedächtnis hatte. Er war nie gut gewesen in der Schule. Er hatte sich gegen den Zwang zur Wehr gesetzt, ganz instinktiv, wie im Reflex. Dabei war ihm Lernen leichtgefallen, er war immer versetzt worden. Der Gedanke, die Schule ein Jahr länger besuchen zu müssen, hatte ihn jedesmal vor Beendigung eines Schuljahres zu großen Taten angespornt.

Aber wieder legte sich ihm beklemmend auf die Brust, was er den Geruch der Schule nannte, diese sonderbare Mischung von Staub, Wärme, Kreide, Dumpfheit.

Der Lehrer hieß Assmann, war ziemlich jung, wie Karwenna erleichtert feststellte. Er hatte einen steinernen Alten erwartet, der ihn von oben bis unten mustern würde, aber der junge Lehrer Assmann kam ihm mit ausgestreckter Hand entgegen.

»Ich freue mich, daß ich Sie kennenlerne«, sagte er, »persönlich kennenlerne«, fügte er hinzu, »denn kennen tu ich Sie schon eine ganze Weile —«

»Mich?« wunderte sich Karwenna.

»Ja, in den deutschen Aufsätzen Ihres Sohnes,« er wurde ernster, »und deswegen habe ich Sie auch hergebeten. Sie sind Kriminalkommissar, nicht wahr?« Er fuhr gleich fort, »Ihr Sohn interessiert sich sehr für Ihre Tätigkeit —«

»Tut er?« sagte Karwenna.

»Ja, das tut er. Offenbar wird bei Ihnen zu Hause über Ihre Tätigkeit gesprochen, über Ihren Beruf und über Verbrechen. Das hat die Fantasie des Jungen sehr beflügelt —«

»Ah«, murmelte Karwenna, »hat seine Fantasie beflügelt?«

»Ja, beflügelt ist ein schwaches Wort, ich sollte vielleicht sagen, daß seine Fantasie in Aufregung versetzt wurde. Er verarbeitet das, was er gehört hat, nicht sehr gut, die Bilder, die er sich macht, bleiben in seinem Gedächtnis und machen sich bemerkbar —«

»Wie bemerkbar?« fragte Karwenna fast im Verhörton. Das Herumgerede des Lehrers ging ihm plötzlich auf die Nerven.

»Nun, wenn in den Aufsätzen das Thema freigegeben ist,

dann sucht er sich aus, was ihn innerlich beschäftigt, Tod und Verbrechen.«

Was der Lehrer da sagte, traf Karwenna tief.

Er krauste die Stirn. »Was schreibt er?« fragte er kurz.

»Er schreibt über Mord und Mörder. Er beginnt jedesmal damit, daß es Nacht ist, daß man Schritte hört, daß man Schatten sieht, daß Leute einsam wohnen und in Gefahr sind —«

Der Lehrer hatte offenbar Aufsatzhefte bereitgelegt, schlug sie auf, um Karwenna zu zeigen, was er meinte.

»Psychologisch sind diese Aufsätze hochinteressant«, sagte Assmann, »die Leute, die ›einsam wohnen‹, das ist er selbst, und er fühlt sich umstellt von Schrecken. Er schreibt da seine Ängste nieder.«

Karwenna war wie betäubt.

Er mochte seinen Jungen und widmete ihm so viel Zeit, wie nur eben möglich war. Er ging mit ihm schwimmen, rudern, Boot fahren. Er hatte den Jungen nie anders erlebt als offen, herzlich, sah nur Lachen auf dem Gesicht.

Er las einen der Aufsätze durch.

Ein Mann wohnte am Waldesrand. Der Wald war sehr dunkel. Viele hohe Tannen. Ein Mann schlich durch den Wald. Er hatte ein Messer in der Hand. Er ging auf das Haus zu, in dem nur ein Fenster hell war . . .

Karwenna dachte: Um Himmels willen, was beschreibt er denn da? Er beschreibt ja einen Mord.

Hilflos blickte er den Lehrer an.

»Wissen Sie«, murmelte Assmann, »wir können die Welt nicht besser machen, als sie ist. Diese Dinge, die ihn beschäftigen und über die er schreibt, existieren nun mal, aber die Kenntnis erfolgt zu früh und ist zu stark. Man muß Kindern so lange wie möglich den Glauben erhalten, daß die Welt in Ordnung ist.«

Das Wort Ordnung, ausgesprochen vom Lehrer, hatte plötzlich einen komischen Beigeschmack. Karwenna lächelte schwach.

»Er muß da was aufgeschnappt haben —«, meinte er, »das ist richtig. Ich spreche mit meiner Frau über die Fälle, mit denen ich beschäftigt bin. Das ist richtig. Ich habe möglicherweise nicht zu sehr darauf geachtet, daß der Junge zuhört—«

»Darauf wollte ich aufmerksam machen«, sagte Assmann. »Ihr Junge hat ein sehr starkes Gefühl. Er ist künstlerisch begabt—«

»Um Himmels willen«, rief Karwenna spontan aus.

Der Lehrer lachte herzlich.

»Wäre Ihnen das unangenehm?«

Karwenna hob die Schultern. »Ich weiß nicht«, sagte er, »künstlerische Berufe sind mir fremd. Nein—«, korrigierte er sich, »fremd ist das falsche Wort, sie sind mir unheimlich. Ich hatte manchmal in Mordfällen mit Künstlern zu tun. Die Motivationen, mit denen ich es da zu tun bekam, waren mir fremd, fast unverständlich.« Er setzte gleich fort: »Was für eine künstlerische Ader hat denn mein Sohn?«

»Na«, meinte Assmann, »Sehen Sie das denn nicht?«

Er wies auf das Aufsatzheft, das Karwenna noch in der Hand hielt, »er beschreibt die Vorgänge sehr präzise, er ist ausdrucksstark und zugleich logisch. Er hat eine schriftstellerische Ader—«

Karwenna versuchte, sein Unbehagen zu unterdrücken. Er sah die Blicke des Lehrers auf sich gerichtet und meinte: »Er ist sehr jung. Das wird sich alles sicher noch dreimal ändern. Und zu guter Letzt entscheidet er sich für einen Beruf, an den er nie im Leben gedacht hat.«

»Das kann natürlich sein«, meinte Assmann. »Aber in all den Jahren, in denen ich als Lehrer tätig bin, habe ich unter meinen Schülern nicht so eine Begabung gehabt. Das wollte ich Ihnen sagen. Und auf die Gefahr hinweisen, die seine starke Fantasie für ihn selbst darstellt.«

Karwenna versprach, sich in Zukunft bei der Schilderung seiner Mordfälle zurückzuhalten, er verabschiedete sich herzlich von dem Lehrer, der aus seiner Sympathie für den Jungen kein Hehl gemacht hatte.

Dennoch war Karwenna verstört.

Er ging zu Fuß zu seinem Hause zurück.

Da hatte der Junge also zugehört, wenn zu Hause über Mordfälle gesprochen wurde. Ein kleiner Trost war es für Karwenna, daß auch seine Frau nicht daran gedacht hatte, daß der Junge irgendeinen Schaden hätte nehmen können.

Beide hatten sie nicht daran gedacht. Die berufliche Erwähnung des Mordes milderte den Mord an sich, machte ihn zu einer bloßen Sache, zu einem Schreibtischfall.

Für den Jungen aber war es mehr gewesen, er hatte sich Bilder gemacht, die ihn bis in den Traum verfolgt hatten und, wie jetzt zu sehen, bis in die deutschen Aufsätze hinein.

Was hatte der Lehrer gesagt? Man muß den Kindern so lange wie möglich den Glauben erhalten, daß die Welt in Ordnung ist.

So lange wie möglich erhalten, dachte Karwenna, den Glauben erhalten. Den Glauben, der wohltut und der dennoch falsch ist.

Da hatte er also zu früh seinem Sohn von einer Welt zu schmecken gegeben, die so schlecht genießbar ist. Er hatte ihm zu früh alle Illusionen genommen, die Welt zu früh bevölkert mit den Figuren des Schreckens.

Ganz plötzlich hatte Karwenna ein bitteres Gefühl. Konnte man nicht früh genug mit der Realität bekanntgemacht werden? Was schaden die paar Angstnächte eines Kindes? Was sind sie wert? Oder was ist eine Illusion wert, die Illusion vom verbrechensfreien Leben?

Überhaupt nichts, sagte sich Karwenna.

Zu Hause wartete Helga auf ihn.

Karwenna berichtete ihr so sachlich wie möglich.

Auch Helga war verwundert und, wie es schien, äußerst erleichtert.

»Ah, das hat er gemeint«, sagte sie nachdenklich, »ich hatte viel schlimmere Befürchtungen, ich dachte, er hätte gestohlen –«

»Wie?« wunderte sich Karwenna.

»Ja, alle Kinder haben eine Phase, in der sie stehlen. Ich dachte, sie hätten dich wegen so einer Sache gerufen.«

»Nein, nein«, wunderte sich Karwenna, fragte ganz entgeistert: »Alle Kinder stehlen?«

»Hast du früher nicht mal gestohlen?« fragte Helga zurück.

Karwenna wollte ganz entrüstet verneinen, aber er hielt plötzlich inne, denn er erinnerte sich an eine Szene, in der er kaum älter als vier Jahre gewesen sein mochte. Die Erinnerung kam so plötzlich, daß er darüber erschrak, daß eine Kindheitserinnerung sich mit solcher Gewalt bemerkbar machen konnte. Eine Uhrkette in einem kleinen Holzwagen, ein Kinderspielzeug, das auf der Straße bewegt wurde, im Rinnstein. Das blitzende Ding, das er an sich genommen hatte.

»Na?« fragte Helga, »ich hatte jedenfalls so eine Phase. Und meine Angst war, daß der Junge eine Dummheit gemacht hat —«

»Nein«, erwiderte Karwenna ,»ich habe nur seine Fantasie vergiftet.«

»Machst du dir deswegen Vorwürfe?« fragte Helga verwundert, sah ihn kopfschüttelnd an und sagte: »Ich meine, der Lehrer macht sich da Sorgen über eine Sache, die ihn nichts angeht.«

Komisch, dachte Karwenna, sie sieht es nicht. Hat sie keine Fantasie, fragte er sich, habe nur ich sie und hat sie nur mein Sohn?

Helga wandte sich ihrer Hausarbeit zu, der Fall war für sie erledigt.

Aber Karwenna wurde sein Unbehagen nicht los, und wieder kam ihm der Gedanke des Lehrers ins Gedächtnis zurück: Man sollte Kindern so lange wie möglich den Glauben erhalten, daß die Welt in Ordnung ist.

Der Traum von der guten gesunden Welt – nur ein Traum für Kinder?

Karwenna war so nachdenklich, daß er das Telefon überhörte. Erst als seine Frau ihn anrief, hörte er das Klingeln, ging hin, nahm den Hörer ab.

Henk war am Apparat.

»Darf man dich mit Mord belästigen?«

Die scherzhafte Stimme bekam plötzlich die Schärfe der Ironie, obwohl Henk keinen Augenblick an eine solche Interpretation gedacht hatte.

Für ihn ist ein neuer Mord auch nur ein Schreibtischfall, ein Berufsfall, dachte Karwenna.

»Was ist passiert?« fragte er.

»Ein Mann sitzt seit mehr als zehn Stunden auf einer Bank

im Park und ist tot. Niemand hat gemerkt, daß er tot ist. Man hat ihn für einen Schlafenden gehalten. Erst der Hund eines Spaziergängers war von dem Toten nicht wegzukriegen.«

»Todesursache?«

»Schuß ins Herz.«

»Von wo rufst du an?«

»Aus einem Café gegenüber. Wenn ich durchs Fenster sehe, sehe ich den Toten auf der Bank. Es ist am Isarufer.«

Karwenna versprach zu kommen, legte auf. Helga Karwenna kramte in der Küche herum. Sie hatte das Gespräch gehört. »Willst du noch einen Kaffee vorher?«

»Nein, danke.«

»Mord?« fragte sie und setzte gleich fort: »Werde ich in Zukunft nichts mehr hören von dem, was du erlebst?«

»Nicht, wenn der Junge dabei ist. Er macht sich vielleicht tatsächlich zu viele Gedanken.«

»Dann muß ich jede Zeitung weglegen und vor allen Dingen den Fernseher abstellen.«

»Ja, du hast recht«, meinte Karwenna.

»Mord gibt es an jeder Straßenecke«, fuhr Helga unerbittlich fort, »Mord gehört so sehr zum Leben, daß man Kinder falsch erzieht, wenn man so tut, als sei es nicht so.«

Karwenna war ziemlich deprimiert, als er sich in seinen Wagen setzte. Er beschloß, nicht an den Lehrer zu denken, und er entfernte auch seinen Sohn aus seiner Vorstellung. Aber eine ganze Weile lang sah er insgeheim die hellen grauen Augen seines Sohnes auf sich gerichtet, ehe sie blasser und blasser wurden.

Die Anlage zog sich am Isarufer entlang, bestand eigentlich nur aus einem breiten Spazierweg, gesäumt von einer Doppelreihe von Bäumen und Büschen. Die Bänke waren in gleichmäßigen Abständen verteilt und wurden von Ruheständlern benutzt, die hier Rast machten und den Blick auf die Isar genossen, auf das Leben und Treiben am jenseitigen flachen Wiesenufer, an dem Kinder sich vergnügten, Ball spielten.

Die Polizei hatte abgesperrt. Dennoch hatten sich Passanten angesammelt. Leute, die es eigentlich eilig hatten, verhielten den Schritt, als hätte sie die eigene Uhr angehalten, nahmen sich die Zeit, über die Köpfe hinwegzuspähen, um einen Blick zu erhaschen auf die Gestalt eines Mannes, der breitbeinig saß, den Kopf auf die Brust gesenkt hatte.

Ein Toter. Das hatte sich herumgesprochen, und die Lebenden ließen sich von dem leichten Schauder anrühren, genossen ihn, bis irgendeine Alltagspflicht sich bemerkbar machte, die Leute sich aus dem Kreis der Zuschauer entfernten.

Karwenna stand vor dem Toten.

Er war etwa fünfundvierzig Jahre alt, kein alter Mann, keine Spur von Gebrechlichkeit. Selbst im Tod wirkte er noch kompakt, ein Mann mit ausgebildeten Muskeln. Der Stoff der Hose spannte sich über seine Schenkel. Der Tod, der Schlaffheit verursacht, hatte es nicht vermocht, ihm den Anschein von Kraft zu nehmen. Karwenna fand, es sei der gesündeste Tote, der ihm je vorgekommen war.

Der Mann hatte blonde Haare, die ziemlich dicht waren. Die Frisur war in Ordnung. Der Mann trug Schlips und Kragen, einen grauen Anzug. Darüber einen hellen Staubmantel. Die Kleidung war erstklassig, der Anzug wahrscheinlich von einem Schneider gemacht.

»Die Jacke war ordentlich zugeknöpft«, sagte Henk. »Der Mörder hat Wert darauf gelegt, daß das blutige Hemd nicht sichtbar war.«

»Nicht hier erschossen?« murmelte Karwenna.

»Unter Garantie nicht. Das Hemd ist ziemlich blutig. Man hätte Blutspuren finden müssen, hier auf der Erde, unter der Bank. Aber da ist alles trocken. Man hat ihn hierher gesetzt.«

»Wann kann das gewesen sein?«

»Noch vor sieben. Doktor Schneider meint, zwischen sechs und sieben, nach einer ersten oberflächlichen Schätzung. Man muß ihn hierhergebracht haben.«

Karwenna schüttelte den Kopf.

»Ich finde es ja auch komisch«, meinte Henk – um einen Toten loszuwerden, muß man sich doch nicht diese Anlage aussuchen, dicht neben einer befahrenen Straße. Dafür muß es einen Grund geben. Ich sehe ihn allerdings nicht.«

»Wer ist der Tote?«

»Alles da«, sagte Henk, blätterte den Ausweis des Toten

auf. Der Tote heißt Georg Lindemann, er ist siebenundvierzig Jahre alt. Als Berufsbezeichnung steht da Kaufmann.«

»Adresse?«

»Ulsamerweg zwölf.«

»Sind die Angehörigen schon verständigt?«

»Nein. Ich habe auf dich gewartet und dachte, daß wir das zusammen tun.«

»Also gut«, meinte Karwenna. Er zögerte, sah den Toten noch einmal nachdenklich an. Er wollte keinen Fehler machen, sich nicht zu schnell von der Leiche entfernen. Mit diesem Toten hier lieferte das Verbrechen ein originales Bild, von jetzt ab war alles Spekulation, Vorstellung, Mutmaßung. Karwenna hatte es gern, sich das erste, das originale Bild eines Mordes einzuprägen. Einer seiner Grundsätze war: Sei nicht leichtsinnig mit diesem ersten Bild, merke es dir, behalte es im Gedächtnis, so stark im Gedächtnis, daß du dir das Bild sofort in die Erinnerung zurückrufen kannst.

Er sah also den Toten noch einmal intensiv an, fragte gleichsam sein Unterbewußtsein, aber da kam keine Antwort. Der Tote saß da in einer fast hochmütigen Einsamkeit, Verlorenheit, blieb eine Sache, die nicht mehr zu beleben war.

»Also gut«, Karwenna wandte sich um, spürte eine kleine Enttäuschung, weil das Bild ihm nichts sagte, überhaupt nichts sagte, sich fast zu sperren schien gegen einen festen, bestimmbaren Eindruck.

Sie überließen den Toten den Kollegen. Der Leichenwagen war längst gekommen, der Fahrer stand rauchend neben einem Kollegen, und weiß der Himmel, worüber sie sprachen, jedenfalls nicht über den Toten, der für sie nur ein Transportgegenstand war.

Henk öffnete seinen Wagen, ließ Karwenna einsteigen.

Karwenna saß schweigend neben Henk und dachte plötzlich an seinen Sohn. Er würde normalerweise zu Hause zweifellos erzählen, was ihm widerfahren und was Gegenstand einer polizeilichen Untersuchung war, nämlich daß acht Stunden lang ein Toter auf einer Bank gesessen hatte, die Ruhe genießend, die nicht die normale Ruhe, sondern die Ruhe des Todes war. Könnte er einen so schlimmen Eindruck davon haben? fragte sich Karwenna.

Henk war ziemlich munter. Er war immer munter bei Beginn eines Falles, und Karwenna fragte sich jetzt, ob das eigentlich normal sei. War es vielleicht so, daß Henk sich gegen die Anormalität eines Mordes zur Wehr setzte mit einer höheren Lebendigkeit, Munterkeit?

Karwenna fand, daß dieser Gedanke nicht so abwegig war, sah Henk daraufhin an.

»Ich glaube –«, sagte Henk munter, »daß wir es hier mit einem ganz interessanten Fall zu tun haben. Es ist keine normale Sache –«

»Warum nicht?« fragte Karwenna.

»Ich weiß es nicht, es ist wahrscheinlich die Art und Weise, wie der Tote da saß. Er wirkte wirklich wie ein Schlafender. Ich hatte tatsächlich das Gefühl, daß er jederzeit hätte aufstehen können. Ich nahm ihm seine Papiere aus der Tasche und kam mir wie ein Taschendieb vor.«

Karwenna wunderte sich, denn Henk beschrieb den Eindruck, den er, Karwenna, selber gehabt hatte. Ein kraftvoller Toter.

»Und noch etwas –«, fuhr Henk fort, »der Platz, an den man ihn hingebracht hat. Normalerweise gehen Mörder mit ihren Toten nicht so sanft um, sie werfen sie weg wie alte Lumpen. Wo finden wir sie nicht überall, im tiefsten Gebüsch, in Steinbrüchen, auf Schutthalden –«, er atmete auf, »diesen hat man auf eine Bank gesetzt, wo er acht Stunden lang noch am Leben teilnahm.«

Er lachte, sah Karwenna von der Seite an, als geniere er sich ein wenig dessen, was er sagte.

II

Der Wagen hielt vor einem Hause, das wie eine alte Villa wirkte. Das Anwesen war umschlossen von einer mehr als zwei Meter hohen Mauer, die auf der Straßenseite als Plakatklebewand benutzt wurde.

Die Mauer enthielt ein Tor mit einem alten Eisengitter.

Das Eisengitter war aufgeschwenkt und gab den Blick auf die Villa frei. Sie war klobig, regenverwaschen, voller Stuckornamente, denen keinerlei Glanz anhaftete. Auf den Simsen saßen Stadttauben, graue fette Vögel, die dort ihren Aussichtspunkt hatten.

Das Grundstück enthielt noch andere Gebäude, niedrige, flache Steinschuppen, zwei Stockwerke hoch, mit Feuertreppen, die sich ungehindert darboten. Wenn jemals ein künstlerischer Wille vorhanden gewesen war in der Behandlung dieses Grundstücks, so war er nun nicht mehr sichtbar. Klare Zweckmäßigkeit hatte das alte Bild der Jahrhundertvilla überdeckt.

Eine junge Angestellte öffnete die Tür. Ein Mädchen mit grauen Augen, angeklatschten blaßblonden Haaren. Sie sah neugierig kühl, fast geschäftsmäßig auf die beiden Männer, sah sie an wie jemand, der nicht viel Zeit hat und sagen möchte: Kommt zur Sache.

Henk zeigte seinen Ausweis. Gewohnheitsmäßig begleitete er das Vorzeigen seines Ausweises mit einem strahlenden, jungenhaften Lächeln. Er hatte es nicht gerne, wenn man vor ihm erschrak.

Aber das Mädchen erschrak keineswegs.

»Kommen Sie herein. Der Chef ist allerdings nicht da. Sie wollen doch Herrn Lindemann sprechen –«

Beinahe hätte Henk gesagt: Wir kommen gerade von ihm.

Er sagte: »Gibt es eine Frau Lindemann?«

Jetzt wurde das Mädchen aufmerksamer, sah sie nachdenklich an. Sie zögerte, nickte dann, ging beiden voraus in ein Zimmer. Das Zimmer hatte ein altes abgetretenes Eichenparkett, die Decke war hoch, zeigte Stuckmuster, Rosenkränze mit wehenden Schleifen. Die Fenster waren Kassettenfenster mit weißen Holzrahmen, deren Lack abplatzte. Die Möbel waren englisch, zum Teil französisch, alte Möbel, die ihre Glanzzeit hinter sich hatten.

Die Tür öffnete sich, und eine Frau kam herein. Sie war groß, ein wenig knochig, hatte eine stark hervortretende Nase. Ihre Haare waren grau schwarz, sie hatte ein Pferdegesicht, langschädlig, aber sehr aufmerksame Augen, die zu sagen schienen: Vorsicht, keine Beurteilung aufgrund eines äußeren Eindrucks, der Eindruck täuscht.

Henk und Karwenna begriffen dies sofort.

Henk wurde noch höflicher, erkundigte sich, wen er vor sich hatte, bis kein Zweifel mehr bestand, die Dame war die Ehefrau von Georg Lindemann, der einen ganzen Tag lang als Toter auf einer Bank mitten unter Passanten gesessen hatte.

Jetzt übernahm Karwenna das Wort. Er übernahm es, weil Henk es ihm überließ. Henk hatte mal gesagt: Schlimme Nachrichten mußt du aussprechen, mir glaubt man sie nicht. Ich glaube, ich sehe einfach zu jung aus, so als mache ich Witze.

Es mochte etwas daran sein, Karwennas Gesicht flößte mehr Vertrauen ein, ihm glaubte man sofort.

»Ihr Mann ist tot«, sagte Karwenna leise, holte die Ausweise Lindemanns hervor, schlug sie auf. »Er ist soeben gefunden worden. Der Tote saß auf einer Bank in den Isaranlagen.«

Die Frau erschrak. Sie gehörte zu den Charakteren, die ihren Schrecken sofort unter Kontrolle bringen konnten. Sie atmete kurz auf, dann bekam sie Gewalt über sich selbst, schwieg, atmete tiefer, wurde in Sekundenschnelle blaß, als weiche das Blut aus ihrem Gesicht.

Karwenna berührte sie am Arm, führte sie zu einem Sessel. Aber die Frau wollte sich nicht setzen, sie stellte Fragen, war darin bestimmt, logisch. Sie blätterte in den Ausweisen, als halte sie für möglich, daß die Polizisten einer Täuschung erlegen seien.

Dann wandte sie sich um, stand eine Weile ganz atemlos, als müsse sie etwas aushalten, könne dies nur abgewandt tun und indem sie einen Buckel machte. Sie verharrte in dieser Stellung mehrere Sekunden. Henk wurde schon ganz nervös, aber Karwenna bedeutete ihm, ruhig zu sein, nichts zu sagen, nichts zu tun.

Die Frau wandte sich dann langsam um, atmete tief auf.

»Sie wollen mir sicher Fragen stellen.«

»Ja. Wann haben Sie Ihren Mann zum letzten Male gesehen?«

»Gestern abend. Wir haben zusammen gegessen, dann ging er noch mal hinüber in den Betrieb.«

»In was für einen Betrieb?«

»Mein Mann hat eine Werbefirma. Die Büros und die Ateliers befinden sich gleich neben diesem Haus —«

»In dem flachen Gebäude.«

»Ja, dort. Er sagte, er habe noch zu tun —«

Sie breitete die Arme aus. »Wann er nach Hause gekommen ist, kann ich nicht sagen. Wir haben getrennte Schlafzimmer, und ich höre es nicht, wenn er kommt.«

»Er ist also hinübergegangen in die Büros. Hat da noch jemand gearbeitet? Wissen Sie, mit wem er sich dort getroffen hat?«

»Das läßt sich sicher feststellen.«

»Ist Ihnen nicht aufgefallen, daß Ihr Mann heute morgen nicht im Hause war?«

»Nein, er geht und kommt, wie er will. Es ist schon vorgekommen, daß er mich aus Frankfurt angerufen hat: Liebling, ich mußte schnell nach Frankfurt, ich bleibe zwei Tage.«

Die Stimme der Frau klang leise, sie hatte sie unter Kontrolle. Karwenna achtete auf diese Stimme, auf ihre Untertöne. Er bemerkte weder tiefe Trauer, noch Furcht, aber er hätte auch nicht sagen können, daß sie fehlten. Frau Lindemann erwies sich als eine Frau, die sich in starke Selbstzucht nehmen konnte und die ein Gefühl für Realität besaß.

Sie setzte sich jetzt doch, saß ein wenig zusammengekrümmt, hatte die knochigen Schultern nach innen gezogen, hielt die Knie aneinandergepreßt, saß fast in einer Haltung, als friere sie plötzlich. Aber es war nur wie ein Anfall, den sie hatte und dessen sie Herr wurde.

Das, was sie aussagte, war sehr unergiebig. Sie hatte ihren Mann am Abend zuvor zum letzten Male gesehen, und zwar um acht Uhr. Sie hatte gegen zehn noch einmal aus ihrem Schlafzimmerfenster hinübergeblickt zu dem Nebengebäude und dort Licht gesehen. Ja, sie hatte auch einen Wagen fahren hören, kommen oder gehen, sie konnte es nicht sagen. Die Nacht sei ruhig gewesen, sie habe nichts gehört, keine Türglocke, kein Telefon.

Sie hob den Kopf. »Lassen Sie mich meinen Sohn anrufen. Er ist nach Lindau gefahren, macht dort Aufnahmen.«

Karwenna nickte, und Frau Lindemann hob den Hörer des Telefons ab, sprach mit einer Angestellten, bat, daß man versuchen solle, ihren Sohn zu erreichen.

»Großer Gott«, sagte sie plötzlich, »der Junge wird ganz verzweifelt sein.«

Es hörte sich fast so an, als wolle sie sagen: Im Gegensatz zu mir, ich schaffe dies, ich schaffe jede Art von Unglück, aber dieser Junge nicht.

Während sie auf das Gespräch warteten, fragte Karwenna nach der Arbeit, die Lindemann ausübte.

»Also Werbung machte Ihr Mann.«

»Ja, jede Art davon. Haben Sie seinen Namen in diesem Zusammenhang noch nie gehört?«

Nein, mußte Karwenna bekennen. Auch Henk hatte den Namen noch nie gehört.

»Er hat in der Werbebranche einen sehr guten Namen. Er ist so etwas wie eine Nummer eins. Ein Mann, der ungeheuer aktiv war —«

»Und wahrscheinlich auch viele Feinde besaß —«

»Ja, dies ganz sicher, aber —«, fügte die Frau hinzu, »ich erinnere mich nicht, daß je die Rede war von — von Todfeinden. Als Sie mir sagten, daß man meinen Mann erschossen habe, war meine erste Überlegung: Wer könnte so etwas tun?«

Sie schüttelte den Kopf. »Nichts in mir, das geantwortet hat. Völliges Schweigen —«

Sie bekam jetzt das Gespräch. Bevor sie sprach, sah sie Karwenna und Henk an. »Würden Sie mich einen Augenblick allein lassen?«

Karwenna und Henk gingen hinaus auf den Gang, sahen sich an.

»Bemerkenswerte Frau«, murmelte Henk, »mir ist sie sympathisch. Ein häßlicher Vogel als Frau, aber sie hat Köpfchen.«

Henk sprach immer sehr unbekümmert aus, was er dachte, und manchmal war man geneigt, ihn für zynisch zu halten, aber das war er nicht. Er grinste ein wenig.

»Ein Gesicht wie ein Pferd. Aber es ist ein Vollblut.«

Karwenna dachte: Nicht übel ausgedrückt. Er fühlte sich unruhig, nervös. Diese ersten Vernehmungen waren die wichtigsten. Es war die Zeit, in der er wartete, daß irgendwo eine Glocke anfing zu läuten. Aber noch läutete nichts.

Lindemann war also ein Werbemann, hatte eine Werbefirma, eigene Ateliers. Karwenna vergegenwärtigte sich den Toten, sah die Kraft, die der Mann noch im Tode ausdrückte.

Die Tür öffnete sich, Frau Lindemann erschien.

»Bitte«, sagte sie, wandte sich ins Zimmer zurück, mit einer großen, sicheren Bewegung.

Sie beherrschte die Szene immer besser, stand nun auch aufgerichtet, hielt die Schultern nicht mehr nach vorn, sondern hatte sie zurückgenommen.

»Mein Sohn war tief erschrocken. Er kommt sofort zurück. In zwei, drei Stunden wird er hier sein.« Sie setzte gleich fort: »Ich nehme an, Sie werden jetzt mit mir hinübergehen wollen in die Büros.«

»Ja«, nickte Karwenna.

Wortlos ging Frau Lindemann voraus, klopfte an eine Tür, bis das aschblonde junge Mädchen erschien.

»Das ist Fräulein Ecker, die Sekretärin meines Mannes.«

Das Mädchen sah aufmerksam kühl auf Karwenna und Henk. Frau Lindemann berichtete, weswegen die Herren gekommen seien. Ihre Stimme war leise, aber fest, verriet die Anstrengung, die ihr auferlegt war.

Das junge Mädchen hörte mit großen Augen zu, schien die Tragweite nicht im ersten Moment zu erfassen, schüttelte sogar den Kopf, ganz instinktiv, als müsse es zum Ausdruck bringen, daß das nicht stimmen könne, ganz und gar unglaublich sei.

Ganz unerwartet brach sie in Tränen aus, womit Henk am wenigsten gerechnet hätte. Sie wandte sich ab, lief nach einem Taschentuch, saß dann mit verheulten Augen und beantwortete Fragen.

Nein, sie sei gestern abend gegen sieben Uhr aus dem Hause gegangen. Ihr Dienst sei schon um fünf zu Ende gewesen, aber sie habe länger bleiben müssen, aus keinem besonderen Grunde, es sei nur manchmal vorgekommen.

Sie beteuerte glaubhaft, daß sie nicht wisse oder auch nur vermute, wo der Chef abends noch gewesen sein könne.

Ihr Büro sei übrigens hier in der Villa. Sie habe kaum Verbindung mit dem Betrieb.

Karwenna ließ sich das kleine Büro zeigen, war eine Weile allein mit dem Mädchen, fragte leise: »Wer kann ihn erschossen haben? Haben Sie gar keine Vermutung?«

»Nein«, sagte das Mädchen, das die Fassung langsam wiedergewann. Das Sensationelle des Ereignisses übte seine Faszination aus, so daß ihre Tränen trockneten, der erste Schreck sich verlor.

»Nein«, sagte sie noch einmal.

»Was für ein Mensch war er dann?« fragte Karwenna, »ich weiß nichts über ihn. Aber ich sollte wissen, was für ein Typ er war.«

Die Sekretärin sagte fast ohne zu überlegen: »Er war ein Mann –«, sie genierte sich plötzlich dieses spontanen Ausdrucks, setzte hinzu: »Er wußte, was er wollte, er war nicht unsicher, wußte immer Bescheid, besser als jeder andere, er verstand es, das, woran er glaubte, anderen klarzumachen. Er hat mir einmal gesagt: Das Beste an mir ist, daß ich Leuten meine Meinung aufzwingen kann.«

»Das konnte er also?«

»Ja, das konnte er. Es hing vielleicht auch damit zusammen, daß seine Meinung meistens die richtige war.«

Aus den Worten des Mädchens kam die Verehrung, die Bewunderung zum Ausdruck, die sie für ihren Chef hegte. Aber Karwenna überbewertete das nicht. Er wußte: Alle Sekretärinnen lieben ihren Chef.

Frau Lindemann begleitete dann Karwenna und Henk in den eigentlichen Betrieb.

Der Bau war geräumig, zweckmäßig. Es gab dort Fotoateliers, Filmbearbeitungsräume, Labore, Zeichenräume.

Frau Lindemann stieß einige Türen auf und erklärte die Funktion der Räume. Die Firma war zweifellos keine kleine Firma, sie war voller Leben, voller Tätigkeit.

Frau Lindemann führte Karwenna und Henk in das Büro des Geschäftsführers. Ein Mann um die 35 Jahre, noch jung, mit einem strammen Bauch. Er trug einen weißen Kittel, eine Brille mit Goldrand. Er besaß keine Haare, sondern zeigte einen polierten Schädel, dessen Struktur sichtbar war und dem Bilde des kräftigen Mannes eine Zutat von Zartheit gab.

»Herr Basse«, stellte Frau Lindemann vor.

Karwenna erklärte, was passiert war. Der Mann war völlig erschüttert. Man sah ihm sofort Angst an, aber es war die Angst, die der Mann um sich selber empfand.

Er rief sofort aus: »Um Gottes willen, wie soll denn das hier weitergehen?«

Dieser spontane Ausruf bewies, wie unersetzlich Lindemann war, welchen Einfluß er ausübte, welche Position er einnahm.

»Wie es hier weitergeht«, sagte Henk, »ist eine andere Frage. Zunächst einmal müssen wir feststellen, wer ihn ermordet hat. Es hat da einen Mörder gegeben.«

Basse bekam einen zusätzlichen Schrecken, ahnte plötzlich Verwicklungen.

»Keine Ahnung«, sagte er, »ich habe keine Ahnung.«

»Waren Sie nicht gestern abend mit meinem Mann zusammen?« fragte Frau Lindemann.

»Ja, das war ich. Bis gehen zehn. Wir haben die Abgeordnetensache besprochen. Den ganzen Plan entworfen. Hier liegt noch alles –«, wies er auf den Schreibtisch hin, der bedeckt war von Aufzeichnungen, Notizen, Entwürfen.

»Bis gegen zehn, sagen Sie. Sind Sie zusammen mit Ihrem Chef hinausgegangen?«

»Ja«, nickte der Mann, immer mißtrauisch jetzt, ängstlich, als könne er ganz aus Versehen mit dem Fuß in ein Eisen kommen, »ja, wir sind zusammen hinausgegangen. Ich habe abgeschlossen, bin dann zu meinem Wagen gegangen. Herr Lindemann hat mich begleitet, wir haben bis zum Schluß gesprochen, über die Abgeordnetensache –«, er setzte hinzu: »wegen der Kommunalwahlen, deswegen war alles eilig, wichtig. Ich fuhr dann los.«

»Herr Lindemann blieb zurück?«

»Ja, er winkte, ich sah, daß er die Hand hob.«

Ganz plötzlich schien sich Basse daran zu erinnern, daß

dies das letzte Mal war, daß er seinen Chef lebend gesehen hatte. Er wurde bleich und verstummte.

»Er hat irgendeine Bemerkung gemacht? Etwa daß er noch weggehen wollte? Oder sagte er: Ich gehe jetzt auch schlafen? Können Sie sich erinnern?«

Basse schüttelte den Kopf.

»Nein, er machte keine Bemerkung. Ich dachte, er geht jetzt ins Haus.«

Er sah Frau Lindemann an, als wolle er ihr versichern, daß alles, was er sage, niemandes Schaden sein solle.

Basse wurde dann befragt nach Feindschaften, die Lindemann hatte.

»Mein Gott«, sagte er mit Ehrerbietung, »der Chef hatte natürlich Feinde. Konkurrenten, denen wir die Aufträge wegschnappten. Die waren natürlich sauer. Da ist schon manche Verleumdungskampagne gestartet worden.«

Er stand plötzlich gerade. »Wir waren stolz darauf. Der Chef pflegte darauf geradezu zu warten. Er sagte: Die Konkurrenz muß toben, sonst sind wir schlecht. Je schlimmer die Verleumdungen waren, um so wohler fühlte er sich.«

Frau Lindemann stand stumm daneben. Ihr langes graues Gesicht verriet nun nichts mehr, vielleicht die Sehnsucht, ihre Anspannung endlich verlieren zu dürfen.

Der Tod Lindemanns schien sich herumgesprochen zu haben. Auf den Fluren standen die Angestellten zusammen. Man sah, daß in den Studios nicht mehr gearbeitet wurde, alle Türen hatten sich geöffnet, und Karwenna nahm die Gelegenheit war, mit allen Mitarbeitern zu sprechen.

Er ließ sie sich in einem Kasinoraum versammeln.

Es waren an die zwölf Männer und Frauen, viele in weißen Kitteln, die meisten jung oder in mittlerem Alter. Irgendwie war deutlich erkennbar, daß es sich um künstlerische Typen handelte. Man sah es an der Kleidung, den langen Haaren und an der Art, wie sie sich bewegten.

Karwenna erklärte, daß man Lindemann tot auf einer Bank an der Isar sitzend gefunden habe, daß er erschossen worden sei und daß man den Mörder nicht kenne.

Er bat die Angestellten, sich zu äußern, wenn sie glaubten

mit irgendwelchen Wahrnehmungen zur Klärung des Falles beitragen zu können.

Die Leute schauten Karwenna und Henk stumm an. Offenbar konnte niemand etwas zu dem Fall sagen. Man zeigte eine gewisse Verstörung, Aufgeregtheit, aber das war auch alles.

Karwenna und Henk gingen wieder mit Frau Lindemann hinüber in die alte Villa. Karwenna wollte das Arbeitszimmer ihres Mannes sehen.

Die Frau öffnete die Tür, ließ Karwenna eintreten, blieb selbst draußen, und als Henk ab und zu hinaussah, bemerkte er, daß Frau Lindemann wie versteinert auf einem Stuhl saß.

Das Arbeitszimmer Lindemanns ergab nichts Besonderes. Karwenna packte den Kalender, ein persönliches Telefonbuch Lindemanns, ein.

Immer noch war er an keine Spur geraten, tappte völlig im dunkeln.

Er wollte sich schon von Frau Lindemann verabschieden, als die Frau ihn zu sich ins Zimmer bat.

»Kommen Sie«, sagte sie leise. »Ich denke die ganze Zeit über meinen Mann nach. Da ist etwas, was ich Ihnen vielleicht sagen sollte –«

Karwenna und Henk betraten das Zimmer. Es war groß, hatte einen Erker, der zur Straße hinausging. Das Zimmer war gemütlich eingerichtet, zeigte eine besondere Atmosphäre, die sich deutlich unterschied von der Atmosphäre, die das übrige Haus umgab, so als habe Frau Lindemann in diesem Zimmer ihren eigentlichen Platz, ihr eigentliches Zuhause.

Karwenna dachte: Und sonst hat sie keins.

Dieses ›sonst hat sie keins‹ bekam plötzlich eine besondere Bedeutung.

»Ich sehe, daß Sie vor keiner leichten Aufgabe stehen«, begann Frau Lindemann, »Sie untersuchen die – die offiziellen Bereiche meines Mannes, seine Büros, seine Tätigkeiten. Aber –«, wieder zögerte sie ein wenig, »es gibt da noch einen privaten Bereich.«

»Ich hätte schon danach gefragt.«

»Hätten Sie?« murmelte die Frau und lächelte schwach,

richtete sich dann auf, schien Mut zu fassen, als habe sie eine Entscheidung getroffen.

»Ein Verbrechen dieser Art hat mit seinem offiziellen Leben nichts zu tun. Ich glaube es nicht. Ich sehe da weit und breit keine Gründe.«

Sie zögerte plötzlich und setzte leise fort, als frage sie sich dies selbst: »Oder doch –?«

Sie wehrte ihre eigenen Gedanken ab, lächelte Karwenna schwach an.

»Mein Mann hat eine Geliebte.«

Na endlich, dachte Karwenna, endlich passiert etwas.

»Ich weiß nicht, ob ich sagen soll ›seine Geliebte‹. Ich glaube, daß sie es ist, ich bin fast sicher, aber nur fast. Ich muß es Ihnen überlassen, dies zu untersuchen. Sie sollten –«, fügte sie hinzu, »einen Zugang haben zu seinem anderen Leben, in dem vielleicht die Gründe liegen für den Mord an ihm.«

Sie sah Karwenna mit dunklen Augen an, in denen ein leichter Hochmut erkennbar war oder auch eine Art von Abwehr, so als sage sie dies alles ungern.

Verletzlich, dachte Karwenna, sie ist sehr verletzlich.

»Eine Geliebte?« wiederholte Karwenna.

»Ich sagte, sie ist es möglicherweise. Ich habe mich mit der Beziehung nicht genau befaßt, sie nicht untersucht –«. Sie hielt den Kopf immer noch erhoben. Sie sah besonders häßlich aus in dieser Stellung, mit dem vorgereckten Kinn, dem langen Gesicht, der knochigen Nase, aber ihre Augen waren ganz dunkel vor Aufregung, vor Trauer, vor Betroffenheit. »Ich habe meinen Mann nicht gefragt.« Sie lächelte wieder schwach. »Es wäre auch nutzlos gewesen. Er hätte mich wahrscheinlich mit einer Ausrede abgespeist.«

Sie sagte dieses Wort ohne jede Verächtlichkeit und sah immer noch aus, als geniere es sie, als sei es gegen ihre Würde, überhaupt darüber zu sprechen, und als tue sie dies nur aus Pflichtbewußtsein.

»Wer ist die Frau?« fragte Karwenna.

»Frau?« sagte sie, zog die Brauen hoch, »es ist ein junges Mädchen, natürlich ein junges Mädchen. Wir beschäftigen Fotomodelle. Sie ist eins davon. Sie heißt Patricia Lomes.«

Sie sprach den Namen aus und sank ein wenig in sich zusammen, als habe sie mit der Nennung dieses Namens ihre Arbeit getan.

»Wo sie wohnt, wo sie zu erreichen ist, fragen Sie es nicht mich. Ich weiß es nicht. Es hat mich nie interessiert. Lassen Sie sich die Anschrift im Sekretariat geben.«

Sie hob die Hand, fügte hinzu: »Noch einmal: Ich erwähne dies der Vollständigkeit halber. Durch den Tod meines Mannes hat sich an meiner persönlichen Situation nicht viel geändert.«

Sie sagte dies ohne Bitterkeit, aber Karwenna nahm es als eine wichtige Information und beschloß, bei Gelegenheit mit dieser Frau intensiver zu sprechen.

Karwenna und Henk gingen hinunter in das kleine Büro, in dem die Sekretärin immer noch wie betäubt auf ihrem Stuhl saß, unfähig zur Arbeit.

Sie hob mit einer schnellen Bewegung den Kopf, als Karwenna nach der Adresse von Patricia Lomes fragte. Aber sie verzichtete darauf, etwas zu sagen, nannte Adresse und Telefonnummer so schnell, daß man merkte, sie kannte sie auswendig und dies seit langem.

Henk notierte die Adresse.

Wenig später standen sie auf der Straße, und wie meistens blieben sie erst einmal stehen, atmeten auf, sahen sich an.

»Nicht viel«, faßte Henk seinen Eindruck zusammen, »wir haben es mit einem Mann zu tun, der sich mit Werbung befaßt, Plakate entwirft oder entwerfen läßt, und Feldzüge veranstaltet zur Durchsetzung von –«

»Nun, von irgendwelchen Produkten –«

»Wozu auch Abgeordnete gehören«, grinste Henk. »Er war, so wie es aussieht, ein unheimlich tatkräftiger Mensch, der seine Frau vernachlässigte, sich kaum um sie gekümmert hat. Seine Frau erwähnt den Namen eines jungen Mädchens, das sie für seine Geliebte hält –«

»Mit Vorbehalt«, sagte Karwenna.

»Eine Dame«, sagte Henk, »mit einem natürlichen Gefühl von Abscheu, die sie solchen Dingen gegenüber empfindet.«

25

Karwenna senkte den Kopf. »Nicht viel, das alles ist wirklich nicht viel.«

Sie bestiegen den Wagen, fuhren die Prinzregentenstraße hinunter, die Leopoldstraße hinauf.

III

Es begann zu dämmern. Der breite Boulevard entflammte seine Lichter, schuf im halben Nachtlicht mit seinem Buntfeuer eine Atmosphäre von schöner Unwirklichkeit.

Henk hielt in der Tengstraße, suchte einen Parkplatz.

»Patricia Lomes«, murmelte Henk, »der Name ist wie Musik.«

Sie stiegen eine Treppe hinauf, fanden die Wohnung und klingelten. Die Tür wurde mit einem Ruck aufgemacht.

Ein junges Mädchen rief: »Komm herein –«

Das Mädchen war schlank, dunkel, hatte fast schwarze Haare, dazu im aufregenden Kontrast blaue Augen. Sie trug einen kurzen Bademantel, der nicht einmal die Knie bedeckte.

»Oh«, sagte das Mädchen.

»Sie haben jemanden erwartet?« fragte Karwenna.

»Ja«, nickte das Mädchen, lächelte: »Entschuldigen Sie.«

»Wir müssen uns entschuldigen«, sagte Karwenna höflich, »wir stören, nicht wahr?«

»Ich bin nicht angezogen. Um was geht es, wer sind Sie?«

»Kriminalpolizei –«. Henk sagte es wieder mit seinem gewöhnlichen strahlenden Lächeln.

»Ah«, antwortete das Mädchen, verlor ihr Lächeln nicht, eine besondere Art von Lächeln, wie Karwenna feststellte. Es war weich, herzlich, es kam ganz von innen heraus und hatte etwas Bekenntnishaftes.

»Sie wollen zu mir?« wunderte sich das Mädchen, öffnete die Tür weiter, »kommen Sie nur.«

Karwenna und Henk traten ein. Die Wohnung war nicht sehr groß, kaum möbliert, machte keinen bürgerlichen Eindruck und hatte dennoch einen gewissen Charme.

Das Mädchen trat ins helle Licht der Lampe, und Karwenna hatte nun den vollen Anblick des Mädchens. Alles an diesem Mädchen war faszinierend, das Gesicht hatte den Zuschnitt, den Fotografen lieben, hohe Wangenknochen, eine makellose Profilzeichnung, die Nase nicht zu lang, der Mund fein gezeichnet, mit einer Unterlippe, die etwas voller war als die Oberlippe, ein interessantes Mißverhältnis, fast die einzige Unregelmäßigkeit dieses Gesichtes, wenn man von der Stirn absah, die eine Spur zu breit war, was man erst bemerkte, wenn sie die Haare aus der Stirn zurückstrich. Ein schönes Gesicht, das dennoch nicht leer war, sondern belebt war wie eine Leinwand, auf der sich ständig etwas abspielte, wechselnde Stimmungen, Untergänge, Aufgänge, von Sonne und Gefühl.

Henk, der nicht unempfänglich war für weibliche Schönheit, war hingerissen, bekam einen kurzen Atem.

Karwenna mußte das Wort übernehmen. Er sagte dem jungen Mädchen, daß Herr Lindemann ermordet worden sei. Er sagte es so sachlich, so nüchtern wie möglich, hielt dabei den Blick fest auf das Gesicht des jungen Mädchens gerichtet.

Ihre blauen Augen wurden groß und etwas dunkler, sie hielt für einen Augenblick den Atem an, sie sagte ›Ah‹ mit einem kleinen Schmerzenslaut, der sanft war, keinen sehr tiefen Schrecken enthielt, eigentlich überhaupt keinen. Es flog wie Schatten über ihr Gesicht, eine Landschaft, die sich bewölkte, nicht plötzlich, sondern ganz langsam.

»Mein Gott«, sagte das Mädchen.

Der Tod berührt sie nicht, sagte sich Karwenna, er geht ihr nicht nahe, nicht sehr nahe. Aber sonderbarerweise störte ihn dieser Eindruck nicht, so als sei es ganz natürlich, daß dieses Mädchen von Schrecken nicht bewegt werde.

»Kleinen Moment«, sagte das Mädchen, »nehmen Sie hier Platz, ich werde mich anziehen.«

Sie ließ die beiden Männer allein.

Henk sah Karwenna an, meinte: »Bei dem Mädchen würde ich auch schwach. Ist die nicht ganz große Klasse?«

»Ja«, meinte Karwenna, »sieht aus, als hat sie den richtigen Beruf gewählt. Fotomodell.«

Henk sah sich um, er entdeckte tatsächlich Fotos von ihr,

Großfotos. Eine ganze Wand war voll von Fotos, so als sei dieses Mädchen als ein Musterstück der Natur vervielfältigt worden. Da sah man ihre Augen, ihr Gesicht, ihren Mund, ihren Bauch, ihre Beine. Sie posierte mit allen möglichen Produkten, mit Apfelsinen, mit Autos, mit Baukränen, hielt lächelnd in ihren Händen Kommunalobligationen und pries eine Reise nach Israel an.

Einsam an der kahlen Wand stand eine englische Kommode, die wirklich unpassend wirkte, wie verloren. Den Boden bedeckte ein weißer Berberteppich, ein breiter Sessel war ebenfalls weiß und flauschig. Es schien, als seien ein paar Möbel willkürlich verstreut, als sei keine Absicht damit verbunden. So erhielt die Wohnung eine Note von Lässigkeit, die atemberaubend war.

Karwenna zog die Brauen zusammen. Er fühlte sich im Innern berührt, so als sei er aufgefordert, aufzupassen, aber bei aller Anstrengung entdeckte er nicht den Kern seiner leisen Aufgeregtheit.

Das Mädchen?

Ganz interessant, dachte er, ein Typ, den er nicht kannte. Was wahrscheinlich mit dem Beruf zusammenhing. Fotomodell. Muß posieren, lächeln, ständig dasein, Optimismus verbreiten. Wozu führt das? Zur Selbstüberschätzung? Ja, im Auftreten des Mädchens hatte Selbstbewußtsein gelegen. Auch Überheblichkeit? Nein, beantwortete sich Karwenna diese Frage fast energisch, das war es nicht. Aber da blieb ein Rest, ein Restgefühl, über das sich Karwenna nicht klar war.

Er registrierte nur eine leise Unruhe an sich.

Das Mädchen erschien ziemlich schnell wieder. Es hatte nicht viel Zeit gebraucht, sich anzuziehen. Es trug ein Kleid, einen Hänger, ihr Körper bewegte sich unter der losen Hülle leicht, geschmeidig, man ahnte ihr Fleisch.

Sie hockte sich in den Sessel, zog die Beine an, wirkte nun ein wenig, als ob sie Erregung aushalten müsse. Aber ihre Augen waren hell, freundlich, fast neugierig-lebhaft.

»Was ist denn passiert?« fragte sie.

Karwenna nahm sich Zeit. Er schilderte ausführlich wie Lindemann gefunden worden war, erklärte fast pedantisch, wie man die Schußwunde entdeckt hatte, daß man ihm die Jacke über dem blutigen Hemd geschlossen hatte. Henk wunderte sich über diesen ausführlichen Bericht, aber er unterbrach Karwenna nicht.

Das Mädchen hörte zu, bewegte sich nicht, hielt sich völlig in Ruhe, aber es war keine verkrampfte Ruhe, keinerlei Anspannung verzerrte auch nur die geringste Linie an diesem Mädchen. Jetzt senkte sie die Lider in einer anmutigen Bewegung, atmete tief auf.

»Das ist schlimm, nicht wahr«, sagte sie, »aber ich halte es durchaus für möglich, daß er als Toter auf einer Bank sitzt und niemand erkennt, daß er tot ist. Es hat sicher niemand gewagt, ihn anzusprechen.«

»Ja, so war es«, nickte Henk, »ein Hund hat es gemerkt.«

»Ein Hund!«

»Ja, der Hund eines Passanten. Er wollte nicht an dem Toten vorbei, winselte und bellte.«

Das Mädchen zeigte ein Lächeln. Es erschien auf ihrem Gesicht wie auf einer Leinwand, auf der sich ein Licht zeigt, ein vages halbes träumendes Licht. Dann schwand dieses Licht, Schatten fiel auf Stirn, Wangen, Mund.

Karwenna dachte: Nimmt sie nicht ernst, was sie hört? Hat sie ein gestörtes Verhältnis zur Realität? Nimmt sie auch jetzt eine Pose ein? Ist es vielleicht so, daß sie immer eine Kamera auf sich gerichtet sieht?

»Wir haben unsere Ermittlungen aufgenommen«, fuhr Karwenna fort, »haben auch mit der Frau des Toten gesprochen. Sie kennen Frau Lindemann?«

»Ja, ich habe sie ein paarmal gesehen.«

»Wo haben Sie sie gesehen?«

»Bei Veranstaltungen der Firma, im Büro, manchmal auch privat.«

»Frau Lindemann sagt, Sie seien die Geliebte ihres Mannes gewesen.«

Das Mädchen verzog keine Miene, behielt ihre Sanftheit bei, den Ausdruck von Ruhe, von Träumen, von Lächeln.

Sie murmelte: »Ja, ich verstehe –«

»Was heißt, Sie verstehen?« fragte Karwenna etwas härter. »Waren Sie es oder waren Sie es nicht?«

Das Mädchen stand auf, hob die Schultern.

»Sie hat sicher recht«, murmelte sie, »wenn sie die Dinge meint, die damit verbunden sind. Wir hatten ein Verhältnis miteinander, aber –«. Sie brach ab.

»Warum sprechen Sie nicht weiter?«

»Es war keine sehr feste Beziehung, nicht von mir aus, nicht von ihm aus. Nicht in dem Sinne, daß seiner Frau etwas weggenommen wurde. Es ergab sich manchmal –«

»Es ergab sich manchmal?« Karwenna zeigte Ungeduld.

»Ja«, sie sah ihn unschuldig an, »manchmal ergab es sich, daß wir miteinander übernachteten. Er wollte es.«

»Was heißt ›er wollte es‹?«

»Man konnte ihm schlecht widersprechen«, erwiderte das Mädchen, sah mit schwachem Lächeln auf Karwenna, »er zeigte mir manchmal, daß es für ihn wichtig war.«

»War die Beziehung unproblematisch für Sie?«

»Für mich –?« fragte sie, schien zu überlegen, hob anmutig die Schulter.

»Es war für Sie nicht so wichtig wie für ihn?«

»Nein«, erklärte sie offen.

»Aber Sie hatten auch nichts dagegen?«

»Nein«, sagte sie wiederum. Sie hielt die Blicke auf Karwenna gerichtet, mit einem Ausdruck, der nachdenklich war. Es schien, als wolle sie den Sinn der Fragen erkennen und habe damit Schwierigkeiten.

»Wann haben Sie Herrn Lindemann zuletzt gesehen?«

»Gestern.«

»Können Sie es genau sagen?«

»Ich habe gestern den ganzen Nachmittag Aufnahmen gemacht.«

»Abends haben Sie ihn nicht gesehen?«

»Nein. Er wollte bei mir vorbeikommen, ich habe auf ihn gewartet, aber er kam nicht. Ich bin dann eingeschlafen.«

»Er war also mit Ihnen verabredet?«

»Ja, er wollte kommen –«

Sie wiederholte geduldig, was sie schon ausgesagt hatte. Sie hatte sich wieder in den Sessel gesetzt. Ihre schwarzen Haare fielen in die Stirn, die blauen Augen waren besonders hell, weil von der Seite das Licht der Lampe ihre Pupillen fast durchsichtig machte.

Ein hübsches Mädchen, dachte Karwenna. Sie ist begehrenswert, und auch Lindemann wird sie begehrt haben. Ein solches Mädchen gebraucht man nicht hin und wieder.

Dieser Gedanke nahm in Karwenna an Festigkeit zu. Es irritierte ihn, daß das Mädchen antwortete, ohne Erregung zu zeigen. Sie hätte sie zeigen müssen, so oder so, dachte Karwenna. Immerhin erzähle ich ihr, daß ihr Liebhaber erschossen wurde.

Aber er sah keine Erregung an dem Mädchen, nur Sanftheit, eine Sanftheit, die nicht Dummheit war und nicht Schlafmüdigkeit, sondern die durchtränkt war von Lebendigkeit, so als gäbe es ein ständiges Hin und Her von Gedanken, daß es wie Licht und Schatten über ihr Gesicht flog.

Sie ließ sich genau erzählen, wo der Tote gefunden wurde, schien bemüht, den Platz genau kennenzulernen, saß dann eine Weile schweigend, staunend wie es schien, strich sich die Haare aus der Stirn, entblößte für einen Augenblick die eigensinnige Struktur dieser Stirn, bis der Vorhang ihrer Haare wieder seidig zurückfiel.

Die Unterhaltung ergab keine neuen Gesichtspunkte. Karwenna und Henk sahen keinen Grund, ihre Anwesenheit auszudehnen, wollten sich schon erheben, als es an der Tür klingelte.

Ah, dachte Karwenna, da kommt derjenige, auf den sie gewartet hat. Er wurde plötzlich wieder neugierig.

Das Mädchen öffnete die Tür, und ein junger Mann kam herein, ein Mann, der etwa dreißig Jahre alt war. Er trug eine graue Hose, ein blaues Hemd mit großen Kragenenden, die sich über die Revers seiner grauen Jacke legten. Der junge Mann war mit Geschmack angezogen, benahm sich außerordentlich lässig, hatte einen ruhigen, aufmerksamen Blick, in dem keine Nervosität sichtbar wurde. Auch nicht, als er erfuhr, um was für einen Besuch es sich handelte.

Der junge Mann verbeugte sich leicht, nannte seinen Namen, Franz Huberti. Sein Gesicht war breitflächig, gesunde Röte überzog es, die Stirnfalten waren weiß gegenüber der Sonnenbräune der Wangen, der Nase. Karwenna fand, daß etwas in diesem Gesicht leuchtete. Er fand diese insgeheime Feststellung zunächst selbst sonderbar, versuchte sich zu erklären, was dieses ›Leuchtende‹ war. Die Augen waren es nicht, jedenfalls nicht allein, es ging von der ganzen Person aus, etwas Leuchtendes, wie sich Karwenna ein wenig widerwillig wiederholte.

Huberti beantwortete die Fragen Karwennas leicht, schnell, aufmerksam.

Ja, er sei ein Freund von Pat. Schon seit einiger Zeit. Welche Art von Freundschaft? Er lächelte plötzlich, fragte: »Wie viele Arten von Freundschaft kennen Sie denn? Ich meine die ganz altmodische Freundschaft, die sich auf Verwandtschaft gründet, Verwandtschaft in Ansichten, in Meinungen, im Geschmack.«

Er sah das junge Mädchen ernst an, zugleich mit Blicken, in denen Karwenna wieder Leuchten feststellte. »Sie kann sich auf mich verlassen. Ich kann mich auf sie verlassen.«

Er lächelte plötzlich.»Mein Gott, Herr Kommissar, Sie bringen mich dazu, über mein Verhältnis zu Pat nachzudenken. Was ich bisher nie getan habe –«. Er fügte hinzu: »So gut ist es.«

Auf die Frage nach einem Beruf sagte er mit Achselzukken: »Im Moment habe ich keinen –«, er unterbrach sich, krauste die Stirn, während er Karwenna ansah, fragte fast nachsichtig: »Welche Bedeutung geben Sie einem Beruf?«

»Wie meinen Sie?«

»Muß ein Mensch einen Beruf haben?« Er fuhr gleich fort, lächelnd: »Ein Beruf ist eine unwichtige Zutat, jedenfalls in den meisten Fällen. Wir werden uns langsam daran gewöhnen müssen, daß immer weniger Leute einen Beruf haben.«

Er sah die Konsterniertheit bei Henk, erklärte: »Wir haben immer mehr Arbeitslose, die ihre Zeit anders verbringen müssen als in der Fabrik oder in einem Büro.«

»Richtig«, nickte Karwenna, »sind Sie arbeitslos?«

»Ich arbeite nicht, sagen wir es so.«

»Was haben Sie gelernt?«

»Unwichtige Dinge. Ich habe mir ein paar Fertigkeiten angeeignet, die ich nicht gebrauchen kann, die mich Zeit gekostet haben –«.

»Was für Fertigkeiten sind es denn?« fragte Karwenna. Er fühlte sich amüsiert und dachte: Ah, so einer bist du, eine Art von Spinner.

»Ich habe mein Staatsexamen in Physik gemacht.« Er hob die Schultern, »ich will nicht sagen, daß ich bedaure, es gemacht zu haben. Ich habe einen Einblick in die Natur gewonnen und damit eine Unterlage für wirkliche Gedankenarbeit —«

Er lachte. »Ich sehe, ich komme Ihnen mit diesen Ansichten komisch vor. Vielleicht glauben Sie, ich bin nicht ganz richtig im Kopf, aber Sie haben mich nach meinem Beruf gefragt. Ich habe nun mal bestimmte Ansichten darüber.« Er zögerte plötzlich, das Leuchten in seinen Augen nahm zu.

»Ich bin ein Strandläufer —«

Das Mädchen hatte dem Gespräch zugehört, setzte sich nun, zog die weißen Beine an. Es war plötzlich eine Atmosphäre von Unwirklichkeit entstanden.

Karwenna nahm die gesamte Szene wahr: das Mädchen, das sich in den gewaltigen weißen Rahmen gesetzt hatte, zart, schön, träumend. Er nahm wahr den jungen Mann, der ihn heiter ansah, gerade das Wort ›Strandläufer‹ gesagt hatte und nun fortfuhr: »Nehmen Sie das Wort, wie es ist, stellen Sie sich einen Strand vor, ein unbekanntes Meer, einen unbekannten Strand, der sich nach beiden Seiten ins Endlose verläuft. Und einen Mensch, gehend, nach Spuren suchend, nach angeschwemmten Gegenständen, nach Tieren, die von den Wellen ans Land getragen wurden, nicht mehr zurückfanden. Ab und zu betrachtet man etwas, denkt über die Herkunft nach, stellt ein paar Mutmaßungen an, richtet den Blick auf den fernen Horizont, der keine Geheimnisse enthüllt —«

Huberti lächelte nun stärker. »Das meine ich, wenn ich Strandläufer sage.«

»Hm«, meinte Henk irritiert, sah Karwenna an, dann Huberti, zeigte eine gewisse Strenge: »Sie nehmen uns doch nicht auf den Arm?«

»Nein«, erwiderte Huberti, »das tu ich nicht. Ich nehme es Ihnen nicht übel, wenn Sie das, was ich gesagt habe, nicht verstehen. Aber ich wollte Sie nicht kränken.«

Er sah Karwenna an, als begreife er, daß Karwenna der bessere Gesprächspartner sei.

Karwenna fand, daß von dem jungen Mann eine gewisse Faszination ausging, fügte für sich aber hinzu: Alles, was ungewöhnlich ist, erregt Aufmerksamkeit, fasziniert in einer Welt, die nur aus Gewohnheiten besteht.

Er sagte ernsthaft: »Ich kann mir was vorstellen unter dem Wort Strandläufer. Es gefällt mir –«. Er lächelte plötzlich: »Vielleicht auch nur, weil ich als Kind meinen Urlaub öfter in Sankt Peter Ording verbracht habe, an der Nordsee.«

Huberti lächelte, streckte unvermittelt die Hand aus, ergriff die Hand Karwennas und schüttelte sie.

»Sie haben eine Kindheitserinnerung an den Strand. Sie ist immerhin noch so stark, daß Sie sich sofort daran erinnern. Aber jetzt –«, setzte er lächelnd fort, »sind Sie kein Strandläufer mehr. Sie haben einen Beruf, nach dem man fragen kann, den man sagen, den man benennen kann –« Er unterbrach sich. »Was sagen Sie, wenn man Sie danach fragt?«

»Ich bin Kriminalbeamter. Bei der Mordkommission.«

»Richtig« nickte Huberti, »der Herr Lindemann ist tot.«

Karwenna stellte jetzt ein paar harte Fragen. Er bemühte sich, so sachlich wie möglich zu sein. Kannte Huberti Lindemann? Seit wann? Wie gut? Wie oft hatten sie sich gesehen? Was konnte Huberti über Lindemann sagen?

Der junge Mann schien zu spüren, daß eine neue Phase der Unterhaltung angebrochen war. Er akzeptierte sie sofort, wenn auch mit einem Anschein von Nachsichtigkeit. Er beantwortete alle Fragen.

Ja, er kannte Lindemann. Er hatte ihn öfter gesehen. Ja, er wußte, daß Lindemann der Geliebte von Patricia war. Gestern abend? Nein, er hatte ihn weder gesehen, noch von ihm gehört. So, also erschossen hatte man den Mann?

Das Leuchten an Huberti war ein wenig stumpfer, aber immer noch besaß er die Leichtigkeit seiner Bewegung, eine Lässigkeit, die sofort in die Augen fiel, eine besondere Form der Selbstsicherheit.

»Was halten Sie von Lindemann?« fragte Karwenna.

Der junge Mann atmete auf, lächelnd auf, machte eine

Pause, als wolle er sagen: Da stellen Sie mir aber eine Frage, auf die ich nicht so prompt antworten kann. In der Pause lag schon die Ankündigung seiner Kritik.

Er preßte lächelnd die Lippen aufeinander, schüttelte den Kopf.

»Von dem Mann habe ich nicht viel gehalten. Wir sind Gegensätze, Antipoden. Der Mann war –«, es schien, als suche er nach einem verächtlichen Wort, »Geschäftsmann –«. Er überprüfte die Bezeichnung, meinte dann: »Das Wort gibt nicht wieder, was ich meine. Es ist nur ein Teil des Aspektes. Aber ein wichtiger. Der Mann sah zu, daß er zu Geld kam, es spielte keine Rolle, auf welche Weise –«

»Er hat eine Werbefirma«, sagte Henk, »ist daran was auszusetzen?«

»Nein«, meinte Huberti nachsichtig, sah Henk prüfend an, wollte etwas sagen, verzichtete dann aber darauf, wiederholte nur »nein, der Mann hat sein Geld verdient, wie es heute üblich ist.«

Es war deutlich sichtbar, Huberti mochte Lindemann nicht, hob aber die Hände, breitete sie aus, lächelte: »Kein Strandläufer, der Mann.«

Nein, dachte Karwenna, das war er wirklich nicht. Er sah wieder den Toten vor sich sitzen, den schweren Kopf auf die Brust gesenkt, die blonden Haare als feste kompakte Mähne, die Oberschenkel, über die sich der Stoff der Hose spannte, Muskeln zeigte, die längst erstorben waren.

Das Mädchen hatte die ganze Zeit über kein Wort gesagt. Karwenna achtete zwischendurch darauf, ob sich bei ihr ein Wandel im Gefühl eingestellt hatte, ob Schrecken oder Trauer wenigstens im Nachhinein kamen, nein, sie kamen nicht. Es blieb das Vage, das Traumhafte.

Karwenna wußte nicht weiter. Ihm fiel keine Frage mehr ein, die er hätte stellen können, dennoch zögerte er, diesen Ort zu verlassen, so als spüre er, daß etwas Wichtiges ungesagt geblieben sei.

»Herr Lindemann ist auch hier gewesen?« fragte er, »er hat auch hier übernachtet? Vielleicht in diesem Zimmer?«

»Ja«, sagte das Mädchen. Sie sagte es ganz unbefangen, stand jetzt auf, als verlange es die Höflichkeit. Sie aufstehen zu sehen war ein Genuß, und Karwenna spürte, daß ein Gefühl in ihm entstand, eine Art leichter Aufregung, fast so, als schwanke der Boden ein wenig unter seinen Füßen. Er dachte: Was ist los? Du zeigst Gefühl?

Das Mädchen sah Karwenna neugierig an, als fühle sie, daß sie eine Wirkung ausgeübt habe.

»Ja, er war mehrmals hier. Er kam, wann er wollte. Er meldete sich nicht an. Er blieb auch hier, wenn ihm danach zumute war.«

Karwenna horchte auf Untertöne. Aber da war nichts hintergründig zu bemerken, keine Empörung, keine Zurückhaltung, keine Nervosität. Sie traf nur Feststellungen, und dies mit freundlicher Höflichkeit.

Karwenna stellte Huberti eine letzte Frage, stellte sie ganz offen: »Sind Sie auch ein Geliebter von Patricia?«

Huberti lächelte, sagte dann amüsiert: »Das sind wir doch alle. Auch Sie werden es sein, wenn sie Pat lange genug kennen –«

»Hören Sie –«, sagte Karwenna streng.

»Ich kann auf diese Frage nicht ernsthaft antworten«, entgegnete Huberti lächelnd, »ich wüßte nicht, wo die Wahrheit anfängt und wo sie aufhört.« Er fuhr leicht fort: »Ich liebe sie, das ist eine Wahrheit. Alles andere, was Sie mit dem Begriff ›Geliebter‹ verbinden, trifft nicht zu, es wäre eine falsche Vokabel.«

Fast heiter fuhr er fort: »Sie sind mit der Antwort nicht zufrieden?«

»Nicht ganz«, sagte Karwenna streng, »schlafen Sie ebenfalls mit ihr, das war es, was ich wissen wollte –«

»Großer Gott«, murmelte Huberti, »wir haben es mal getan, aber wir haben es nicht wichtig genommen. Ziehen Sie also keine Schlüsse daraus.«

Henk ärgerte sich, überließ aber Karwenna das Gespräch, wunderte sich nur, daß Karwenna abbrach.

»Das reicht für das erste«, sagte er und verabschiedete sich von dem Mädchen, von Huberti.

Huberti ging höflich mit bis an die Wohnungstür, stand dort und sagte plötzlich: »Sie interessieren mich, Herr Kommissar. Ich würde Sie gern wiedersehen.«

»Ich glaube, das kann ich Ihnen versprechen«, sagte Karwenna und wollte so etwas wie Drohung in seine Worte legen, aber der Ton mißriet ihm, wie er selber deutlich spürte.

*

Auf der Straße angekommen, machte Henk kein Hehl aus seiner Verblüffung.

»Mann«, rief er aus, »so seltsame Leute habe ich mein Lebtag noch nicht gesehen.«

»Was fandest du seltsam?« wollte Karwenna wissen.

»Zunächst mal das Mädchen. Ich sehe da einfach keine Realität bei ihr. Als ob sie träumt. Als ob ihr im Traum jemand sagt, daß der Mann ermordet worden ist, mit dem sie schläft, und diese Nachricht bringt sie nicht dazu, aufzuwachen, sie schläft und träumt weiter.«

Karwenna hörte zu, sagte sich dann: Er hat recht. Das war nicht schlecht ausgedrückt. Ihr Verhalten entsprach nicht der Normalität. Es war etwas Besonderes an ihr.

Krank, fragte er sich, psychisch krank? Ah, dachte er dann ärgerlich weiter, ein Fotomodell, die sind alle irgendwie krank.

Er wußte, daß er nun übertrieb, aber ganz plötzlich wollte er sich Befriedigung verschaffen durch einen Ausbruch, durch Ungerechtigkeit.

»Was ist mit dir?« fragte Henk, »hat das Mädchen Eindruck auf dich gemacht?«

»Ja«, gab Karwenna zu, »sie hat eine Art, mit der ich nicht klarkomme.«

»Schwebt ein bißchen über den Wolken. So wie der Strandläufer«, sagte Henk, »was sagst du denn zu dem Typ?«

Karwenna überlegte ernsthaft. Ja, was war mit dem Mann? Er vergegenwärtigte sich das Bild des jungen Mannes noch einmal, er war schlank, sportlich. Dafür, daß er keinem Beruf nachging, war er ganz gut gekleidet. Ich hätte ihn fragen sollen, woher er das Geld hat, sich so zu kleiden. Karwenna dachte unbehaglich, daß er überhaupt einige Fehler gemacht habe. Er hätte konkreter verhören sollen, zeigen sollen, wer hier der Herr und Meister ist, statt dessen hatte er sich in eine Plauderei eingelassen über Meeresstrände.

Ganz plötzlich war das Bild wieder da: eine Linie, gezogen von Wasser und Land, dort, wo es sich berührte, leichtes Spielen der Welle, die diese Linie nie zu einer festen Linie werden ließ. Er sah einen Mann gehen, langsam, stehenbleibend, sich bückend, verloren in der Zeit, ortslos, denn es gab keinen festen Ort.

Irgendwann haben wir alle einmal so ein Bild gesehen, haben uns alle in so einer Atmosphäre verloren, es ist ein Urbild. Kommen wir nicht alle aus dem Meere? Und wenn wir am Meer entlanggehen, gehen wir nicht an unserer verlorenen Heimat vorbei und suchen eine neue, die wir noch nicht gefunden haben?

Karwenna mußte lachen. Henk sah es mit Erleichterung.

»Die haben uns ganz schön auf den Arm genommen«, meinte er, »und wir haben nicht richtig reagiert.«

»Ah was«, sagte Karwenna plötzlich, »was haben wir erfahren in bezug auf den Mord?«

»Nichts«, erwiderte Henk, »ich jedenfalls habe keine heiße Stelle entdeckt. Oder sagen wir besser so: noch nicht.«

Sie fuhren zurück in die Villa.

Frau Lindemann öffnete ihnen die Tür. Sie trug ein schwarzes Kleid, stand ernst und dunkel im Türrahmen. Das Gesicht wirkte um so weißer, länger, düsterer. Karwenna fragte sich, ob sie dieses Kleid gern angezogen hatte.

»Na«, sagte Frau Lindemann, »haben Sie mit dem Mädchen gesprochen?«

Es schien, als sei ihr die Antwort nicht wichtig, sie wartete sie nicht ab, ging voraus in den düsteren Salon, dessen Pracht Karwenna immer verfallener vorkam.

Frau Lindemann gab der Sekretärin den Auftrag, Tee zu bereiten.

»Sie mögen doch?« erkundigte sie sich.

Karwenna nickte schweigend. Er sah der blaßblonden Sekretärin nach. Sie hatte sich einen Trauerflor über den Ärmel gezogen.

Hm, dachte Karwenna, man reagiert schnell hier.

Jetzt erst sah Frau Lindemann Karwenna an, als sei es nun an der Zeit für ihn, ihre Frage zu beantworten.

»Ja, wir waren da.«

»Ist der Himmel eingestürzt?« fragte Frau Lindemann, und ihre Stimme enthielt plötzlich Ironie.

»Nein«, erwiderte Karwenna ehrlich, »den Eindruck hatte ich nicht.«

»War sie im Gegenteil erleichtert?« Sie setzte ihre Rede gleich fort, »was ich auch für möglich halten würde.« Sie entblößte die starken Zähne. »Mein Mann war kein Honiglecken, für niemanden, für mich nicht, für seine Angestellten nicht, und auch nicht für seine Geliebte. Ich mache Sie mit einer Überzeugung bekannt, die ich habe, die Sie berichtigen können.«

»Ich sah auch keine Erleichterung.«

Frau Lindemann stellte das Teegeschirr auf den Tisch. Ihre Handbewegungen waren zeremoniell, geschult, verrieten Gefaßtheit. Der Schrecken, wenn sie ihn je gehabt hatte, war überwunden. Nur war sie Gastgeberin.

»Mein Mann –«, fuhr die Frau fort, »war jemand, der immer und überall seinen Willen durchsetzen wollte.« Sie lächelte. »Manchmal dachte ich, er schafft sich selber Hindernisse für seinen Willen, nur um ihn erproben zu können. Er hat sicher auch dieses Mädchen unter seine Botmäßigkeit gebracht.«

Das Wort Botmäßigkeit bekam plötzlich etwas Anstößiges, und Karwenna fragte sich, ob Frau Lindemann es beabsichtigt hatte, diesen Eindruck zu erzeugen.

Sie hob den Kopf. »Sie wissen, wo dieses Mädchen herkommt?«

»Wo kommt es her?«

»Ihr Vater war Mexikaner. Musiker. Er ist früh gestorben, und die Mutter geriet in große Armut. Das Mädchen ist aufgewachsen in ganz entsetzlichen Verhältnissen, aus denen mein Mann sie befreit hat –«.

Sie sagte das Wort ›befreit‹ mit besonderer Betonung.

»Er hat sie gekauft«, setzte sie hinzu, als wolle sie es so klar wie möglich sagen.

»Gekauft?«

»Wie?« Frau Lindemann hob den Kopf, »Sie glauben nicht, daß man einen Menschen kaufen kann?« Sie machte keine Pause, sprach sogleich weiter: »Man kann alles kaufen. Am leichtesten sind Menschen zu kaufen.«

Sie blickte Karwenna nun aufmerksam an. »Wie finden Sie diesen Satz?«

»Ist das ein Satz Ihres Mannes?«

»Ja, ein Teil seines Glaubensbekenntnisses«, fuhr sie fort, »er bewies mir täglich, daß dieses Glaubensbekenntnis funktioniert. Er praktizierte es –«

Sie schenkte den Tee ein, den die blasse Sekretärin inzwischen gebracht hatte.

»Er hat es mir auch erklärt. Geld ist Freiheit. Streben nach Freiheit heißt infolgedessen Streben nach Geld –«

Sie machte eine Pause, sah Karwenna und Henk aufmerksam an, als warte sie auf eine Reaktion.

»Das ist Glaubensbekenntnis Nummer eins. Nummer zwei war seine Überzeugung, daß jeder Mensch Schutz sucht, den Schutz durch den Stärkeren. Die Gesellschaft arrangiert sich nach diesem Gesetz. Wer dieses Gesetz zu handhaben versteht, dem kann gar nichts schiefgehen –«

Wieder lächelte sie.

»Ich frage mich –«, sie hob plötzlich die Stimme ins Schwebende, »wie er trotz der Beachtung dieser Überzeugung es fertiggebracht hat, erschossen zu werden.«

Ganz plötzlich lachte sie. Das Lachen kam aus ihr heraus wie ein Hustenanfall, und Karwenna war fast versucht, aufzustehen und ihr den Rücken zu klopfen.

Sie bat um Entschuldigung.

Sie sprach gleich weiter, schien sich nicht darum zu kümmern, welchen Eindruck ihre Sätze hervorriefen.

»Mein Mann war ein Zyniker –«, sie unterbrach sich, als überprüfe sie diese Formulierung, schüttelte dann den Kopf. »Nein, ein Zyniker ist ja im Grunde genommen ein positiver Mensch. In seinem Zynismus beweint er seine verlorenen Ideale.«

Sie sah auf, lachte: »Ist das richtig?«

»Ja, das könnte man sagen«, erwiderte Karwenna.

»Mein Mann beweinte nichts. Nicht einmal seine Ideale. Denn er besaß gar keine. Er besaß nur Ansichten, die er ständig überprüft und schließlich für gültig befunden hatte.«

Wieder bat sie um Entschuldigung.

»Mein Mann ist tot. Das ist für mich etwas Unglaubliches. Es gehört zu dem Ergebnis dazu, daß ich über ihn nachdenke. Nun, da er der Vergangenheit angehört.«

Karwenna achtete genau auf ihre Formulierungen. Der Vergangenheit angehört, dachte er. So kann man es auch ausdrücken.

»Er war ein Realist«, fuhr Frau Lindemann fort, »ein funktionierender Realist.«

Sie unterbrach sich, als spüre sie, daß sie das Verständnis ihrer Zuhörer strapaziere.

»Das Mädchen wußte also nichts?« fragte sie. »Ich dachte, er sei vielleicht bei ihr gewesen. Wie sehr oft.«

»Ihr Mann wollte sie gestern abend aufsuchen.«

»Wollte sie aufsuchen?«

»Ja, das war es, was dieses Mädchen aussagte.«

Frau Lindemann stand schweigend, hob plötzlich den Kopf.

»Sie heißt Patricia, nicht wahr?«

»Ja, Patricia.«

Frau Lindemann lächelte. »Ein hübscher Name. Man kann ihn auf der Zunge zergehen lassen.« Sie seufzte. »Ich habe diese Person manchmal beneidet, um diesen Namen und natürlich um vieles mehr.«

»Sie haben sie gekannt?«

»Ja, ich kenne die meisten Mitarbeiter des Betriebes, natürlich auch die Fotomodelle, mit denen in den Studios gearbeitet wird. Sie ist mir immer aufgefallen, durch ihre besondere Art.«

»Mich würde interessieren, was Sie von ihr gehalten haben.«

Die Frau setzte die Teetasse ab, saß eine Weile schweigend.

»Mein erster Eindruck war, dieses Mädchen ist ihm nicht gewachsen, sie ist niemandem gewachsen. Ich hatte einen

Eindruck von großer Hilflosigkeit. Ich mochte sie –«, sie unterbrach sich, hob den Blick, wiederholte es dann mit völligem Ernst: »Ja, ich mochte sie. Ich fühlte große Sympathie für sie.« Wieder zögerte sie, setzte dann ruhig fort: »Diese Sympathie fühle ich noch.«

Ihre Augen zeigten Wärme und einen Ausdruck, den Karwenna nicht identifizieren konnte. Sie verband ein Lächeln damit, das Ironie enthielt, aber nicht nur Ironie.

Karwenna hatte plötzlich den Eindruck, daß es wichtig wäre, wenn es ihm gelänge, diesen Ausdruck genau zu deuten.

Aber das Lächeln verschwand schon wieder, zumal Geräusche im Hause hörbar wurden. Man unterschied Stimmen von Männern.

Frau Lindemann stand sofort auf.

»Mein Sohn kommt, und ich höre auch die Stimme meines Bruders.«

Die Tür ging auf.

Zwei Männer kamen herein. Der jüngere der beiden Männer rief schon von der Tür herüber: »Mama. Papa ist tot –?«

Der junge Mann war etwa 25 Jahre alt, ein dunkler Typ, mit lebhaften Bewegungen, Blicken. Er stürzte auf seine Mutter zu, umarmte sie, begann zu zittern, preßte seinen Kopf an die Schulter der Frau, die diese wilde Umarmung zu erdulden schien.

»Ja, er ist tot. Er ist ermordet worden.«

Der junge Mann löste sich heftig, sah Karwenna an und Henk, schien sofort zu begreifen, daß es sich um Kriminalbeamte handelte, überschüttete sie mit Fragen.

Der ältere der beiden Männer blieb so lange im Hintergrund, hörte die Antworten, die der junge Mann auf seine Fragen bekam mit durstigem Interesse, stand mit hängender Unterlippe, ein Mann, dessen Gesicht breit und fleischig war, rosig überhaucht von Erregung. Er hatte eine dicke Nase mit einem breiten Nasenrücken, seine Haare waren dunkel, er zeigte Ähnlichkeit zu Frau Lindemann. Karwenna erinnerte sich daran, daß sie gesagt hatte: Da kommt mein Bruder.

Der junge Mann gebärdete sich exaltiert, war wie zu Boden geschmettert, schien kaum zu wissen, wie er seine Erregung bändigen sollte. Er stellte sofort wilde Theorien auf. Die Konkurrenz habe ihn ›hingemacht‹ wie er sagte, es könne nur geschäftliche Hintergründe haben. Er rief aus: »Man hat ihm nie verziehen, daß er erfolgreich war, daß er alle in den Schatten gestellt hat.«

Der junge Mann war ein begeisterter Parteigänger seines Vaters, die Beschimpfungen sprangen ihm von den Lippen, gemischt mit Aufseufzen, mit halbem trotzigem Weinen.

»Schon gut, Junge«, sagte seine Mutter, hob die Hand, als wolle sie ihn berühren, trösten, umarmen, wisse aber nicht, wie sie es anfangen solle, so als habe sie es nie gemacht.

»Mein Sohn, Udo«, sagte sie, »und mein Bruder Ulrich Viehoff.«

Es stellte sich heraus, daß Udo Lindemann als Fotograf für die Firma unterwegs gewesen war. Viehoff kam gerade aus Frankfurt zurück, wo er für seinen Schwager Besprechungen geführt hatte. Er war bedeutend ruhiger als der junge Mann, aber seine Betroffenheit war nicht minder groß.

Der Mann hatte die ganze Zeit gestanden, setzte sich jetzt mit schwachen Knien, saß eine Weile äußerst trübsinnig da, hielt den Kopf gesenkt.

Karwenna verhörte den jungen Mann, wollte von ihm hören, welchen Konkurrenten er beschuldigen könne. Aus dem Gespräch ging nichts hervor, vor allen Dingen kein Name, der junge Mann beteuerte nur ein über das andere Mal, daß sein Vater für alle anderen zu erfolgreich gewesen sei, daß er sie ›an die Wand geschmettert‹ habe.

Die Exaltiertheit des jungen Mannes verlor sich allmählich, seine wilden Beschuldigungen hörten auf, so als käme eine Art von Vernunft in ihn zurück.

Auch der ältere Mann, den Karwenna befragte, gab keine Spur. Er zeigte seine Hilflosigkeit ganz offen, etwa in der Weise ›der Löwe ist tot‹. Hilflos sah er seine Schwester an: »Was sagt man im Betrieb? Wir sind doch alle verloren ohne ihn. Wir können einpacken, zumachen.« Er klagte: »Wir haben seine Kraft nicht, nicht seine Intelligenz, nicht seinen Willen –«

Er schüttelte den Kopf, und ganz plötzlich erinnerte sich Karwenna an das, was Frau Lindemann gesagt hatte über das Glaubensbekenntnis ihres Mannes. Wie hieß es da noch? Die Schwachen suchen Schutz bei den Starken.

Nun, der Mann, der jetzt mit weinerlicher Stimme das Schicksal der Firma beklagte, war ganz offensichtlich ein Schwacher, der Schutz gesucht und gefunden hatte und nun wie frierend in der Kälte stand.

Viehoff ging im Zimmer auf und ab und fragte ständig: »Wer? Wer? Wer kann einen solchen Mann einfach töten –?«

Karwenna warf einen Blick auf Frau Lindemann. Es schien, als passe ihr das Auftreten ihres Bruders nicht. Sie hatte die Lippen zusammengepreßt, und Karwenna dachte: Es geht mehr in ihr vor, als sie zugeben will.

Dem klagenden Gang des Mannes haftete etwas Verächtliches an. Er war einfach zu demütig, sein Gang bekam etwas Schlurfendes, so als verlasse ihn die Kraft.

Der junge Mann hingegen saß wie sprungbereit neben seiner Mutter, hatte seine tiefe Aufregung unter Kontrolle gebracht und überlegte fieberhaft, warf Namen in die Debatte, sah seine Mutter an, seinen Onkel, verwarf die Namen wieder, schüttelte den Kopf, wurde immer hilfloser, rief schließlich aus: »Wer kann denn so was tun? Wer, Mama?«

Seine Mutter schwieg, tröstete ihn nicht, saß mit leicht abwesendem Blick auf ihrem Stuhl.

Karwenna sah Frau Lindemann an, fragte: »Darf ich ihn mit dem Privatleben Ihres Mannes bekanntmachen?«

»Ich nehme an, er kennt es«, antwortete sie spröde.

»Wird von Patricia geredet?« warf der junge Mann sofort ein. »Ich wollte ihren Namen schon erwähnen, hielt es aber nicht für richtig, wollte erst mit dir darüber sprechen.«

»Die Herren waren schon bei ihr, haben schon mit ihr gesprochen.«

»So«, sagte der junge Mann lebhaft, »bei ihr gewesen? Was hat sie gesagt? Sie muß doch entsetzt sein –«

»Nein, das war sie nicht, sagen die Herren«, meinte Frau Lindemann nüchtern.

»Nicht?« fragte der junge Mann zurück mit einer Stimme, die seinen Unglauben verriet.

Karwenna stellte mit wenigen Fragen fest, daß der junge Mann die Geliebte seines Vaters kannte, das Verhältnis offenbar billigte, in Ordnung fand, so als sei es das Recht eines solchen Vaters, eine Geliebte zu haben.

»Ich werde mit Pat selber sprechen«, sagte er, unterbrach sich plötzlich, starrte seine Mutter an, dann Karwenna und Henk, »oder glaubt man, daß der Täter private Gründe gehabt haben könnte. Daß vielleicht die Beziehung meines Vaters zu Pat etwas damit zu tun haben könnte?«

Er wartete keine Antwort ab, schüttelte den Kopf, lachte aufgeregt. »Nein, nein, wer dies denkt, irrt sich.«

»Sie sehen –«, sagte Frau Lindemann mit leicht spöttischem Ton zu Karwenna, »daß mein Sohn in dem Verhältnis meines Mannes zu seiner Geliebten keinen Konfliktstoff gesehen hat.«

Jetzt erst schien es dem jungen Mann aufzufallen, daß er seine Mutter gekränkt haben könnte. Er vergewisserte sich mit einem schnellen, besorgten Blick, sagte: »Mama –«, und griff nach ihrer Hand, die sie ihm ohne Bewegung überließ.

»Sie sehen –«, sagte Frau Lindemann von neuem, »daß es in dieser Familie einige Dummköpfe gibt.«

Sie sagte dies ohne Betonung, aber mit großer Deutlichkeit, stand auf und verließ den Raum.

Ihr Sohn sah ihr verdutzt nach, fragte seinen Onkel: »Was hat sie? Sie kann doch unmöglich glauben, daß Pat etwas mit dem Mord zu tun hat.«

»Kennen Sie einen gewissen Huberti?« fragte Karwenna.

»Ja«, nickte Udo Lindemann, »ich kenne ihn. Den Physiker.«

»Nennt man ihn so?«

»Ja, aber man nennt ihn auch noch den ›Strandläufer‹.«

Er lachte: »Komisch, was? Er ist ein Spinner, irgendwie nicht ganz dicht, aber ich finde ihn ungeheuer amüsant und bin gern mit ihm zusammen.«

»Er ist ein Freund von Pat –«

»Wenn Sie so wollen –«, murmelte Udo, »das bin ich auch.« Er lachte: »Aber ich bin natürlich nie meinem Vater in die Quere gekommen.«

Der Gedanke schien ihn zu erschrecken. »Um Himmels willen, Pat war *sein* Mädchen. Das hat jeder respektiert.«

Er dachte plötzlich wieder daran, daß sein Vater tot war, brach in Tränen aus, wandte sich ab wie jemand, der zugleich sagen möchte: Na, endlich, endlich kommen sie mir, die Tränen, die ich ihm schuldig bin.

Er überließ sich seinem Schmerz, lief dann hinauf, und von der offenen Tür her hörte man, wie er nach seiner Mutter rief.

Der ältere Mann hatte die Szene mit trüben Blicken verfolgt, atmete auf. »Ein großes Unglück hat uns alle getroffen«, sagte er.

Er beantwortete noch ein paar Fragen Karwennas. Es ging hervor, daß Viehoff Geschäftsführer der Firma war, ein enger Mitarbeiter seines Schwagers, der, wie er wieder beteuerte ›nicht zu ersetzen war‹.

»Die Firma –«, meinte er bedrückt, »ist damit am Ende.«

Er hob den Kopf, als erschrecke ihn in diesem Zusammenhang ein Gedanke ganz besonders. »Und dazu noch der Werbefeldzug für die Partei. Das ist uns doch übertragen worden. Das kann doch gar nicht rückgängig gemacht werden. Sind doch alles *seine* Ideen, sie waren in *seinem* Kopf, nicht in unserem, schon gar nicht in meinem«, setzte er bedrückt hinzu.

*

Karwenna und Henk überdachten im Büro alles, was sie gehört hatten. Karwenna hatte es sich zur Angewohnheit gemacht, seine Wahrnehmungen zu diktieren, auf Band zu nehmen. Er versuchte seinen Eindruck zu präzisieren, unterbrach sich plötzlich, rief Henk zu sich: »Ob es sich um eine politische Sache handeln könnte? Ich erinnere mich gerade daran, daß sein Schwager von dem Werbefeldzug für die Abgeordneten sprach –«

Henk hob die Schultern, grinste: »Politiker töten sich so oft sie können, wenigstens verbal, bezichtigen sich der Lüge, des Betruges, des Eidbruches. Sie nehmen in der Tat keine Rücksicht, aber Mord –«, er sah Karwenna ironisch an. »So weit sind wir noch nicht.«

Da Karwenna schwieg, überließ Henk ihn seinen Gedanken, ging zu seinem Schreibtisch zurück.

Karwenna ließ alle Figuren Revue passieren, aber immer stärker und öfter verweilte er bei Patricia. Er dachte: Patricia und Lindemann, diese beiden. Er erinnerte sich, daß Lindemanns Frau gesagt hatte: Er hat sie gekauft. Kann man Menschen kaufen? Ja, das kann man, es ist durchaus üblich. Mein Mann hat immer Menschen gekauft.

Karwenna dachte an den jungen Mann, der gesagt hatte: Sie war sein Mädchen. Das hat jeder respektiert.

Ganz plötzlich sah Karwenna ein Bild vor sich, graues Meer in seiner Endlosigkeit, die gezackte lebendige Linie, die Wasser auf Sand bildet, das Land ansteigend, lange Gräser hügelwärts. Und am Ufer ein Mensch, nicht größer als ein Punkt, stehend, wandernd, dann wieder stehend.

Was hatte Huberti gesagt: der Mensch, der aus dem Wasser kommt, seine Heimat verloren, die neue noch nicht gefunden hat.

Karwenna schüttelte den Kopf. Um Himmels willen, dachte er, ich bete um einen vernünftigen Grund, der einen Menschen einen anderen erschießen läßt, einen vernünftigen, polizeibekannten Grund. Er haßte es, sich in Psychologien zu verlieren. Wie angenehm waren Gründe wie Rachsucht, wie Eifersucht, wie Habgier. Da war man doch auf vertrautem Boden, das alles war durch langen Gebrauch fast sympathisch geworden.

Das unangenehme Gefühl, das Karwenna hatte, verstärkte sich. Er stand schließlich auf, entschloß sich, in die Kantine zu gehen.

In der Kantine bestellte er sich ein Bier, trug es an einen Platz, setzte sich hin.

Ein Kollege trat zu ihm. Es war Bierbaum. Bierbaum sagte: »Was, du hast Zeit, ein Bier zu trinken?«

»Ich wundere mich selber«, grinste Karwenna.

»Ihr habt einen Toten auf einer Bank gefunden?«

»Ja, er saß dort einige Stunden. Jeder hat ihn für einen Schlafenden gehalten.«

Bierbaum war ein Experte in Einbrüchen und Diebstahlssachen. »Mann«, sagte er, »Mord ist eine unsaubere Sache.

Mord empört mich. Ich wäre von Empörung so geschüttelt, daß ich keinen klaren Gedanken fassen könnte. Wie nett sind meine Diebstähle. Klauen ist eine menschliche Schwäche, durch Tradition nahezu geheiligt. Aber töten –«. Er schüttelte den Kopf, »das ist gegen ein Urgesetz.«

Karwenna grinste. »Auch töten ist nahezu geheiligt durch Tradition«, sagte er ironisch, nahm einen kräftigen Schluck von seinem Bier und dachte: Das Mädchen, ich muß das Mädchen noch mal sehen.

*

Karwenna rief seine Frau an.

»Ich komme später nach Hause.«

»Warum denn?« fragte Karwennas Frau, »ist es so wichtig? Wir haben Gäste heute abend!«

Ah, richtig. Karwenna hatte es fast vergessen. Sein Nachbar, der ihm wohlwollte, hatte sich mit seiner Frau zum Essen angesagt, ein Angestellter bei einer Gartenfirma. Der Mann hatte großes Interesse gezeigt für Karwennas Beruf, schien sich fast zu beklagen, wenn auch lächelnd: Ich grabe meine Erde um, auch Ihr Mann gräbt um, und wir beide fördern zutage, was sich unter der Erde verbirgt, Gewürm, das das Licht scheut.

Na, hatte Karwenna gesagt, als seine Frau ihm von diesem Vergleich erzählte, etwas weit hergeholt. Aber man konnte ihn akzeptieren.

»Bist du noch da?« fragte seine Frau.

Karwenna war so in Gedanken geraten, daß er das Gespräch vergessen hatte.

»Ja, ich bin da«, sagte er barsch, »ich kann nichts dafür, daß ich noch nicht fertig bin. Grüße den Gärtner schön.«

Er legte auf.

Es war dunkel geworden. Die Kollegen hatten ihre Plätze geräumt. Henk zog seinen Mantel an, kam heran.

»Gehst du noch nicht?«

»Nein«, sagte Karwenna und fühlte sich ein wenig unglücklich, »ich schaff's nicht, mich zu Hause an einen Tisch zu setzen mit einem Mann, der über seine Rosen sprechen wird.«

Henk setzte sich langsam.

»Du bist doch okay?« fragte er.

»Nein, ich bin es nicht, tut mir leid, laß mich nur hier sitzen.« Henk sah ihn aufmerksam an.

»Du hast noch was vor?«

»Ja, ich habe noch was vor.«

Henk wollte noch etwas fragen, verzichtete darauf, sah Karwenna nur nachdenklich an und ging.

Karwenna saß noch eine Weile an seinem Schreibtisch, fühlte fast wohltuend seine Erschlaffung, genoß sie und stand schließlich widerwillig auf, weil Reinemachefrauen das Büro betraten und den einsam an seinem Schreibtisch sitzenden Mann neugierig ansahen.

*

Karwenna hatte sich die Adresse Hubertis eingesteckt. Er spielte mit dem Gedanken, diesen Mann aufzusuchen, zögerte aber noch, überließ sich seiner schlaffen Stimmung, stellte seinen Wagen in der Leopoldstraße ab und dies auch nur, weil er zufällig einen Parkplatz fand.

Er wanderte die Straße hinauf, wurde immer mehr eingesogen von Menschen, die die Gehsteige bevölkerten. Er sah die vielen jungen Leute, die dieses Stadtviertel wie magisch anzog.

Warum eigentlich, fragte sich Karwenna, drängt es junge Leute so sehr, unter sich zu sein, so daß sie einem Stadtteil fast das Gesicht geben. Überall sah man Jungen und Mädchen in abenteuerlichster Verkleidung, mit langen Haaren, Zottelgewändern, Lederjacken, Blue jeans trugen sie fast alle. Sie hatten sich angefaßt, umarmt, lachten, küßten sich ungeniert. Über ihnen wogte das Licht des Boulevards, es spiegelte sich in Schaufenstern und den Scheiben der Autos, die im ununterbrochenen Strome hinauf- und hinunterfuhren, leise surrende Ströme von weißen und roten Lichtern.

Vor Karwenna blieben drei junge Mädchen stehen und lachten. Nein, das Lachen galt nicht ihm, vielleicht hatten sie einander irgendwas erzählt, freuten sich nun. Dieser Glanz in den Augen. Karwenna spürte fast so etwas wie Neid. Er hätte gern Anteil genommen an dieser allgemeinen Freude, steckte die Hände in die Taschen und schlenderte weiter, düster gestimmt.

Schließlich zog er den Zettel hervor, auf dem die Adresse Hubertis aufgeschrieben war. Er fand, daß die Straße nicht weit entfernt lag, und lenkte seine Schritte fast ohne es zu wollen, in diese Richtung.

Karwenna fand das Haus, einen großen gelben Kasten, vor dem Linden standen und betäubend rochen.

Ein Kind betrat vor ihm das Haus. Es trug einen Korb mit Bierflaschen, pfiff vor sich hin, sah Karwenna neugierig an.

Im Treppenhaus hörte man Musik. Sie drang aus den Wohnungen, dazu die Stimme des Tagesschausprechers. Namen wurden hörbar: Sinai, Kairo, Jerusalem. Mehrmals fiel das Wort Frieden.

Karwenna war versucht zu lachen. Er reagierte mit Überempfindlichkeit, kannte diesen Zustand und wunderte sich nicht mehr darüber.

Er fand den Namen Huberti und klingelte.

Eine ältere Frau öffnete. Sie war etwa sechzig, hatte weißes Haar, nicht schneeweißes Haar, sondern silberweißes Haar. Sie gab sofort die Tür frei, als erwarte sie, daß Karwenna eintreten wolle.

Karwenna nannte seinen Namen.

Die Frau nickte nur: »Kommen Sie nur herein –«

Karwenna betrat die Wohnung, sah sich Huberti gegenüber. Neben ihm stand Patricia, beide kamen gerade aus einem Zimmer heraus, waren auf dem Wege zur Wohnungstür.

Huberti zeigte seine Verblüffung. »Nanu«, sagte er, »Sie sind es?«

Sein Gesicht nahm einen gespannten Ausdruck an, den Karwenna sofort bemerkte. Er hielt fast den Atem an, ehe er sagte: »Ist was passiert? Es muß was passiert sein –«

Karwenna ärgerte sich.

Einer seiner Grundsätze war: Wenn die Polizei auftritt, tut

sie dies mit Grund. Er hatte keinen Grund, er konnte seinen Besuch nicht erklären. Das machte ihn verlegen.

»Nein«, murmelte er, »es ist nichts passiert.« Er versuchte einen Scherz: »Einem Polizisten kann nichts Schlimmeres passieren –«

»Ich verstehe«, erwiderte Huberti, der die Unsicherheit Karwennas sofort begriff und ihm sichtlich beistehen wollte. Er streckte seine Hand aus.

»Sie wollten noch mit mir, mit Pat sprechen, ohne daß Sie einen vernünftigen Grund haben.«

Er lachte, und dieses Lachen war freundschaftlich und beruhigte Karwenna, der gerade dabei war, die Bemerkung anstößig zu finden.

Er lächelte, hob die Schultern. »Ja, Sie haben ganz recht. Ich wollte noch mal mit Ihnen sprechen –«

»Haben Sie keine Bürozeiten?« erkundigte sich Huberti ernsthaft.

»Doch, die haben wir«, gab Karwenna zu, lächelte schief, »aber manchmal vergesse ich das.« Er fügte hinzu: »Meistens, wenn ein Fall so interessant ist, daß ich nicht aufhören kann, an ihn zu denken.«

Huberti wiegte den Kopf, als könne er so seine Anerkennung ausdrücken,

»Sie überraschen mich«, meinte er, »ich dachte, die Polizei funktioniert sozusagen seelenlos –«

Er schien selber zu finden, daß das letzte Wort auf Kritik stoßen könnte, beeilte sich hinzuzusetzen. »Es ist nicht so gemeint –«

»Das Wort ist nicht schlecht«, sagte Karwenna ernsthaft. »Bei manchem, was ein Polizist tut, ist die Seele in der Tat nicht beteiligt.«

Er sah Patricia an, was er die ganze Zeit vermieden hatte. Er hatte sich voll auf Huberti konzentriert und mit gewisser Anstrengung gesprochen.

Patricia sah ihn neugierig an, nein, nicht neugierig, aufmerksam, mit einem Blick, der, wie Karwenna fand, vor Aufregung ganz dunkel war. Sie strich nun, da sie den Blick Karwennas auf sich gerichtet sah, ihre Haare zurück, entblößte die weiße Stirn, zeigte, fast lächelnd, ihre Zähne.

Wieder traf es Karwenna wie ein Schlag. Herrgott, dachte er, dieses Mädchen hat etwas, was ich nicht beschreiben kann. Ganz plötzlich wußte er: Ich wollte gar nicht Huberti sehen, ich wollte Patricia sehen.

Huberti befreite Karwenna aus seiner Unsicherheit.

»Ich freue mich, daß Sie mich aufgesucht haben. Haben Sie Zeit? Wollen Sie mit uns gehen? Wir wollten ein Lokal aufsuchen, eine Kleinigkeit essen, trinken. Oder sollen wir zurückgehen in mein Zimmer?«

»Nein, nein«, sagte Karwenna lebhaft, »ich habe keine konkreten Fragen. Ich möchte Sie kennenlernen –«, er atmete auf, »ja, das ist es. Ich möchte Sie und Pat kennenlernen, um mir – ja, um mir ein Bild machen zu können.«

Huberti stand ganz ruhig, nickte. »In Ordnung«, sagte er, »dann kommen Sie mit.«

Er wandte sich an die weißhaarige Frau, die ruhig neben ihm gestanden hatte.

»Das ist Kommissar Karwenna, Mutter«, sagte er, »du weißt, ich habe dir erzählt, daß Herr Lindemann ermordet worden ist –«

»Ja«, die Frau senkte den Kopf, sah Karwenna an. »Eine schreckliche Geschichte. Ich habe den ganzen Tag daran denken müssen –«

Huberti übernahm das Wort, wandte sich lächelnd an Karwenna: »Meine Mutter ist eine alte Frau, wie sie selber sagt, hat einiges mitgemacht, zwei Kriege, Flucht und Vertreibung –«, er hob die Stimme, » – und kann sich immer noch nicht an Mord gewöhnen.«

Er schüttelte den Kopf. »Ich frage mich tatsächlich: Wann endlich gewöhnt man sich an eine Sache, die einfach nicht aus der Welt zu kriegen ist –«

Er lachte, war plötzlich gut gelaunt. »Sie mögen mir Fragen stellen wollen, Herr Kommissar, aber ich auch Ihnen, verlassen Sie sich darauf, ich auch Ihnen. Und eine Frage wird sein: Was halten Sie von Mord –?«

Wieder bemerkte er die Verwirrung Karwennas, machte eine freundschaftliche Bewegung mit der Hand.

»Entschuldigen Sie –«. Er wandte sich erneut an seine

Mutter. »Bis später, warte nicht auf uns. Ich habe einen Schlüssel.«

Er suchte in der Tasche nach Haus- und Wohnungsschlüssel, vergewisserte sich, daß er sie besaß und ging voraus ins Treppenhaus.

Karwenna folgte mit Pat. Sie ging die Treppe leichtfüßig hinunter, hielt sich so dicht an Karwenna, daß er ganz benommen war und diese Benommenheit genoß. Ja, er genoß sie. Er war es gewohnt, sich selber zu analysieren und registrierte einen ganz ungewöhnlichen Zustand. Er mochte dieses Mädchen. Sie ging neben ihm und regte ihn auf, erzeugte Spannung in ihm.

»Wir können zu Fuß gehen«, sagte Huberti, »wie finden Sie die Abendluft?«

»Ich bin fast die ganze Leopoldstraße hinaufgegangen«, sagte Karwenna.

»Ja, so ist es«, sagte Huberti leichthin, »manchmal zieht sich das Lebensgefühl zurück, brennt auf kleiner Flamme, dann wieder breitet es sich aus, liegt wie ein warmes Feuer über einer ganzen Stadt.«

Er lächelte. »Kann man es nur eine Wettersache nennen?«

Huberti ging leichtfüßig, redete unverbindlich, schien erfüllt von Heiterkeit, in die sich ab und zu Ironie mischte. Karwenna wurde sich immer weniger klar über Huberti, je länger er ihm zuhörte.

Als sie die Straße überquerten, schob Patricia ihre Hand unter den Arm Karwennas, und in einem ganz natürlichen Reflex nahm er dann ihre Hand und führte das Mädchen über die Straße.

Die Wärme ihrer Hand erzeugte auch in ihm Wärme, und zum ersten Male meldete sich sein Verstand und gab so etwas wie ein Warnzeichen.

»Danke«, sagte Patricia, sah ihn an, von der Seite an, daß man das Weiße in ihren großen Augen sah.

Herrgott, dachte Karwenna, ist dieses Mädchen schön.

IV

Das Lokal hatte Stammlokalcharakter. Eine weite geschwungene Bar mit breiter Tresenfläche. An dieser Bar saßen und standen viele junge Leute, standen so eng, daß sie sich mit den Schultern berührten, dies aber offensichtlich nicht als störend empfanden. Sich berührende Körper, das war Karwennas Eindruck, so als sei ein Blutkreislauf geschaffen, durch eine Menge von Körpern hindurch.

Die niedrig hängenden Lampen beleuchteten die Gesichter, meistens junge Gesichter, glatte, rosige Wangen, gesundes Fleisch. Blonde Haare, dunkle Haare, meistens lang, über den Kragen fallend. Lebensintensität war spürbar, als lägen alle Wünsche, Meinungen, Gefühle dichter als gewöhnlich unter der Oberfläche, als seien sie fast sichtbar und gaben damit ein Bild von unerhörter Fülle.

Karwenna fühlte sich sofort wohl, registrierte dies aber als ein Anzeichen einer gefährlichen Entwicklung, achtete dennoch nicht weiter darauf, überließ sich einem Genuß, der ihm fast unbekannt war.

Huberti war ein guter Gesellschafter.

Er redete leicht, flüssig, seine Gedanken kamen wie unbemüht, sein Mienenspiel war lebhaft, nichts verbarg sich unter kalter, unbewegter Gesichtshaut. Er gab sich ganz offen, und, wie sich Karwenna eingestand, er sah gut aus.

Er trug Hose und Hemd, über dem Hemd nur einen Pullover mit V-Ausschnitt, so daß sein schlanker Hals frei sichtbar war. Man sah ein kleines goldenes Kettchen, es schmückte ihn, ohne ihm eine weibliche Note zu geben.

Ganz plötzlich dachte Karwenna: Der Junge sieht so gut aus, daß er bei Frauen Erfolg haben muß. Was hatte Huberti gesagt: Ja, ich bin mit Pat befreundet, jeder, der Pat kennt, ist mit ihr befreundet. Auch Sie würden mit Pat befreundet sein.

Wie hatte er weitergefragt: Haben Sie mit ihr geschlafen? Und Huberti hatte geantwortet. Ja, hin und wieder, niemand von uns, der es wichtig genommen hat.

Karwenna war in Abwesenheit geraten. Huberti schob

ihm seine Hand hin: »Hallo«, sagte er, lächelte: »Sie neigen dazu, sich in Gedanken zu verlieren.«

»Ja, das ist richtig«, antwortete Karwenna.

»Das heißt immerhin, daß Sie Gedanken haben«, sagte Huberti, gab diesem Satz eine heitere Betonung, als wolle er sagen, daß dies schon eine erwähnenswerte Leistung sei.

Er hob sein Glas gegen Karwenna, sah ihn ernsthaft an, mit leuchtenden braunen Augen: »Ihr Wohl, Herr Kommissar.«

Huberti redete die ganze Zeit über, es sah fast aus, als wolle er Patricia nicht zu Wort kommen lassen. Er unterbrach sie immer, wenn sie es versuchte, sie hatte schließlich lächelnd aufgegeben, sich einzumischen, saß ganz ruhig, immer mit leichter Hinwendung zu Karwenna, als wolle sie zum Ausdruck bringen, daß er eine Hauptperson sei.

»Sie haben einen traurigen Beruf«, sagte Huberti, »wenn ich Ihre Arbeit tun müßte, wäre ich verzweifelt, ich wäre deprimiert. Sind Sie es nicht?«

»Ich bin es manchmal.«

»Gibt Ihnen Ihr Beruf irgendeine Befriedigung?« fragte Huberti plötzlich und schickte dieser Frage einen Blick hinterdrein, der verriet, wie gespannt er plötzlich war.

»Befriedigung?«

»Finden Sie das Wort falsch? Bei jeder Tätigkeit hat man entweder Befriedigung oder keine Befriedigung. Wie ist es mit Ihnen?«

Karwenna überlegte ernsthaft.

Mitten in seine Überlegung hinein fragte Huberti: »Warum haben Sie diesen Beruf überhaupt gewählt? Es würde mich interessieren.«

Er beugte sich vor, daß das Licht der über dem Tisch hängenden Lampe sein Gesicht voll beleuchtete, seine Augen waren voll Licht, das Braune in seinen Pupillen hatte den Schimmer von Durchsichtigkeit.

»Was hat Sie bewogen, zur Polizei zu gehen?«

Karwenna zögerte. Er dachte: Ich glaube, ich möchte ihm tatsächlich eine Antwort geben, die bei ihm nicht auf Kritik stößt.

»Ich weiß es nicht«, sagte er dann, fügte aber doch hinzu:

»Für gewöhnliche Berufe taugte ich nicht, sie hatten einfach keinen Reiz, ich ging zur Polizei, um etwas von allgemeiner Bedeutung zu tun.«

Huberti zog sein Gesicht zurück in den halben Schatten. »Hm«, meinte er, »um etwas von allgemeiner Bedeutung zu tun«. Er lächelte. »Das läßt sich hören. Ich habe tatsächlich eine schlimmere Erklärung erwartet, aber die kann man vorzeigen.« Er lachte Patricia an: »Was sagst du dazu?« Wieder ließ er ihr keine Zeit zu antworten, nickte noch einmal. »Von allgemeiner Bedeutung ist Ihre Tätigkeit ganz sicher.« Es schien, als zolle er dieser Antwort fast widerwillig seinen Respekt. »Aber –«, stieß er nach, »Sie haben mit Mord zu tun. Wie Sie dazu stehen, haben Sie damit noch nicht gesagt.«

Es schien, als erwarte er Antwort und ändere ganz plötzlich seine Ansicht. Er winkte ab. »Ah, was spielt es für eine Rolle? Mit Mord vergeht man sich gegen die Gesellschaft. Keine Gesellschaft kann Mord dulden, obwohl sie es seit Jahrtausenden tut. Daß sie sich die Polizei eingerichtet hat, ist weiter nichts als ein Alibi.«

Das Thema schien ihm unbehaglich geworden zu sein, er saß eine Weile mit gesenktem Kopf, als beschäftige ihn ein Gedanke sehr intensiv, stand dann plötzlich auf.

»Ich muß ein paar Freunde begrüßen –«, er lächelte entschuldigend und ging an die Bar, wo sich die Kette der Körper gleich löste, um sich mit Huberti zu verbinden. Man sah, daß er hier bekannt war.

Karwenna war mit Patricia allein.

»Nehmen Sie es ihm nicht übel«, sagte sie, »er ist sehr sprunghaft, aber alles, was er sagt, ist überlegt.«

»Ja, das glaube ich auch«, erwiderte Karwenna, hatte sich ihr höflich zugewandt und hatte nun den vollen Anblick des Mädchens. Pat trug eine weiße Bluse, die sie nur nachlässig geschlossen hatte. Wenn sie sich vorbeugte, sah er den Ansatz ihrer Brust, sah, daß ihre Haut gleichmäßig braun war. Sie hielt das Gesicht ein wenig schräg, als könne sie ihn so besser ansehen. Ihre Haare fielen dunkel in die Stirn, bedeckten eins ihrer Augen.

Was hat sie an sich? dachte Karwenna, es ist ja nicht das

erste junge Mädchen, das du kennst. Hübsche Mädchen gibt es wie Sand am Meer, die Magazine sind voll davon. Der Gedanke irritierte ihn plötzlich, daß er Pat wahrscheinlich längst kannte. Er erinnerte sich der Fotos in ihrem Zimmer, mit Orangen, mit Autos, auf Segelbooten.

Daß er schwieg, während er sie ansah, schien sie nicht zu stören. Es war eine Pause entstanden, in der sie beide Blick in Blick waren, so als betrachten sie einander nachdenklich und gedankenvoll. Es stellte sich damit eine Art von Intimität ein, ganz unversehens, so daß Karwenna sich mit Gewalt aus der Faszination lösen mußte.

Er rettete sich in ein Lächeln, das ihm nur halb gelang und das beladen war mit innerer Spannung.

»Warum läßt er uns hier sitzen?« fragte Karwenna lächelnd, verbarg seine Unsicherheit.

»So ist er nun mal. Er ist sprunghaft«, erwiderte Pat, saß vorgebeugt, hielt immer noch den Blick auf Karwenna gerichtet, den Mund geöffnet, die Unterlippe feucht und glänzend.

»Darf ich noch mal über Lindemann sprechen?« fragte Karwenna leise, und er wußte plötzlich, warum Huberti aufgestanden war. Huberti wollte ihm eben diese Gelegenheit geben, aber er wollte wohl auch nicht dabeisein.

Das Mädchen antwortete nicht sofort, schwieg, wartete.

»Das Verhältnis, das Sie zu Lindemann hatten, war es ein –«, er zögerte, » – ein ehrliches Verhältnis?«

»Was verstehen Sie darunter?«

»Es wurde Ihnen Gefühl entgegengebracht, haben Sie dieses Gefühl erwidert?«

»Nein«, sagte sie ohne Zögern, schien dieses schnelle ›Nein‹ zu überprüfen, hob dann die Schultern. »So kann ich es nicht sagen«, berichtigte sie. »Ich weiß, was Sie meinen, deswegen habe ich so schnell ›nein‹ gesagt, aber es entspricht nicht der Wahrheit. Ich mochte ihn –«

Ihre Stimme war langsamer geworden.

»Wissen Sie, er hat mir sehr geholfen. Meiner Mutter vor allen Dingen –«

»Ihrer Mutter?«

»Ja, sie war krank. Sie ist es noch. Sie ist bettlägerig.

Es ging uns sehr schlecht. Da kam er und hat uns geholfen.«

»Was hat Ihre Mutter?«

»Leukämie.«

»Sie lebt noch?«

»Ja, sie lebt noch.«

Ganz plötzlich war die Stimme des Mädchens dunkler geworden. Sie senkte die Lider, verbarg ihre Augen. Sie zog die Unterlippe ein, so daß sie kleiner wurde. Es war wie ein Schatten über ihr Gesicht gefallen.

»Wie hat Ihnen Lindemann geholfen?«

»Er gab uns Geld. Meine Mutter hat heute eine Pflegerin. Sie kann ihre Wohnung nicht mehr verlassen.«

»Wo befindet sich diese Wohnung?«

»Im gleichen Hause, in dem ich meine Wohnung habe. Wenn Georg kam, wollte er meine Mutter nicht in der Wohnung wissen.«

»Warum nicht?«

»Ich nehme an, daß er es nicht mochte, eine todkranke Person in der Wohnung zu haben.«

»So hat er Ihnen die Wohnung gemietet im gleichen Hause.«

»Ich selbst habe sie gemietet. Er hat mir ja eine Stellung verschafft. Er war es, der mich zum Fotomodell gemacht hat. Ich habe großen Erfolg in diesem Beruf, den ich vorher nicht gekannt hatte.«

»Sie verdanken ihm alles.«

»Ja, alles.«

»Er hat Sie also auf diese Weise zu Ihrer Geliebten gemacht –«

Pat sah Karwenna sehr nachdenklich an.

»Jaja«, murmelte sie dann, »es hat natürlich eine Rolle gespielt, daß er meiner Mutter und mir auf diese Weise geholfen hat.«

Jetzt sagte Karwenna den Satz, den er von Frau Lindemann gehört hatte: »Er hat Sie gekauft.«

Er stieß das Wort heraus und bemerkte plötzlich an sich seine persönliche Engagiertheit, er hatte so etwas wie Empörung offen gezeigt, wurde sich darüber klar und senkte die Stimme, den Blick, saß wie jemand, der ganz unvermutet Gefühl gezeigt hat.

»Ich weiß, wer es gesagt hat«, erwiderte Pat, »seine Frau hat es gesagt. Es ist ihre Meinung –«, sie zögerte, gab zu: »Man kann es auch so ausdrücken, aber –«, fügte sie hinzu, » – es ist nicht die ganze Wahrheit.«

Immer noch saß Pat wie in gehorsamer Hinwendung zu Karwenna. Ihre Nähe war ihm in überwältigender Weise bewußt, und er dachte: Du solltest aufstehen, weggehen. Wenn du Fragen an dieses Mädchen zu stellen hast, dann laß sie ins Büro kommen. Er sagte sich dies und antwortete sogleich darauf: nein, nein. Er kapitulierte und genoß dieses Gefühl. Er lächelte sie an, so als habe er seinen Widerstand aufgegeben.

Und Pat lächelte zurück, ein klein wenig verwundert zunächst, dann herzlich und wie befreit.

Karwenna genoß es plötzlich, hier in dieser ihm unbekannten Kneipe zu sitzen, er fand sich plötzlich in einen Zustand von Wärme versetzt, Wärme in ihm selbst, Wärme, die ihm entgegengebracht wurde – wie anders sollte er den offenen, den freundlichen Blick deuten, den Pat ihm zuwarf.

»Ich habe plötzlich meine Angst verloren«, sagte sie.

»Angst? Hatten Sie Angst?«

»Ja, ich habe Angst vor Fragen, deren Sinn ich nicht verstehe.« Sie lächelte, sagte in der anmutigsten Weise: »Ich bin nun mal ängstlich.«

Karwenna fühlte sich versucht, sie zu berühren, fand diese Regung ganz unmöglich, kritisierte sich selber, vermochte aber nicht, dieses Gefühl zu bekämpfen.

Huberti kam an den Tisch zurück.

Er setzte sich, sah von einem zum anderen, nickte Karwenna zu: »Sie machen es richtig. Sie stellen nicht abstrakte Fragen, sondern wollen die Menschen, mit denen Sie es zu tun haben, kennenlernen. Ein richtiger Weg, nur sehr ungewöhnlich für einen Polizisten. Steht so was in Ihrer Dienstanweisung?«

Er lachte, nahm seinen Worten damit verletzende Ironie, legte Karwenna fast freundschaftlich die Hand auf die Schulter. Die Bewegung drückte aus: Ich mag Sie, ich möchte mit Ihnen befreundet sein, wir werden uns sicher verständigen.

Karwenna begriff es in dieser Weise. Huberti erzeugte Sympathie, wie wahrscheinlich überall, denn von der Bar her hatten sich einige junge Leute herumgedreht, riefen ihm etwas zu. Es schien, als wollten sie, daß er zu ihnen zurückkehre.

Huberti beugte den schlanken Körper vor, legte die Arme auf den Tisch.

»Na, ist über Lindemann gesprochen worden?«

»Ja, ich versuche, mir ein Bild zu machen.«

Huberti nickte. »Tun Sie das. Ich gebe Ihnen einen Rat: Lassen Sie keine Gelegenheit aus, etwas über diesen Mann in Erfahrung zu bringen. Ich bin sehr neugierig, was Sie schließlich herausbekommen werden.«

»Sie selbst wollen mir nichts sagen?«

Huberti breitete die Hände aus.

»Von mir werden Sie über diesen Mann nicht viel Gutes hören. Ich mag ihn nicht, habe daraus auch nie ein Hehl gemacht.«

Er bemerkte, daß Karwenna und Pat dicht nebeneinandersaßen, sagte plötzlich, daß er noch etwas vorhabe.

»Ich muß noch ein bißchen laufen«, sagte er, fuhr mit Selbstspott fort: »Ich muß jeden Tag mindestens eine Stunde rennen. Eine alte Gewohnheit.«

»Nennt man Sie deswegen den Strandläufer?«

Er lachte auf.

»Kann sein, obwohl ich nicht am Strande entlanglaufe, sondern durch Schwabing, auf dem Grunde von Straßen. Da ist kein Strand, keine Einsamkeit, kein Meer –«

Seine Stimme war leiser geworden, abwesender, als verliere er sich in Träumen, sagte plötzlich: »Haben Sie mal an einem Strande nach Muscheln gesucht? Wenn Sie Leute sehen, die an einem Strande nach Muscheln suchen, beneiden Sie sie –«

Er erklärte diesen Satz nicht, breitete die Arme aus, als wolle er um Entschuldigung bitten, stand auf, ganz entschieden plötzlich: »Ich gehe also.« Und, ganz nüchtern:

»Bringen Sie Pat nach Hause. Pat ist ängstlich.« Lächelnd: »Einer der ganz wenigen Fehler, die sie hat.«

Huberti ging an die Bar, bezahlte beim Kellner und verschwand. Karwenna sah, wie er die Schultern einzog, den Kopf senkte, als er auf die Straße hinaustrat.

»Läßt er Sie manchmal so sitzen?« fragte Karwenna.

»Ja«, murmelte sie, »er sagt, es gehört zu den Freiheiten eines Menschen, seinen Eingebungen sofort nachgeben zu dürfen –«

Ganz plötzlich verspürte Karwenna den Wunsch, sich über Huberti zu informieren.

»Er sagt, er arbeitet nicht.«

»Nein.«

»Aber er hat studiert. Er hat sein Staatsexamen, er ist Physiker.«

»Ja, aber er bewirbt sich um keine Stellung.«

»Warum nicht? Hat er es erklärt?«

»Er meint, er würde Freiheiten verlieren.«

»Nun –«, meinte Karwenna lakonisch, »die Freiheit bleibt ihm immer, nachts eine Stunde durch München zu laufen.«

Pat antwortete darauf nicht. Sie saß immer noch Karwenna zugewandt, ihre Unterlippe war groß und rot, ihr Mund leicht geöffnet.

Karwenna dachte plötzlich: Sie will etwas von mir. Irgend etwas bringt sie dazu, in dieser Weise zu sitzen, mich ständig anzusehen, zu beobachten. Er dachte: Sie hat etwas mit dem Mord zu tun.

Der Gedanke kam ganz plötzlich, traf ihn mit großer Gewalt. Es gibt keinen Grund sonst, sagte Karwenna, hier zu sitzen wie – wie gebannt. Ja, das war es, sie saß wie gebannt da, in einer besonderen Anspannung, die nicht ganz deutlich war, aber sie war vorhanden, fast unmerkbar vorhanden. Ein weniger geübter Beobachter hätte es gar nicht bemerkt.

Karwenna sprach nicht weiter über Lindemann. Der Gedanke daran, daß ihn letztlich sein Beruf hier mit einem so hübschen Mädchen zusammengebracht hatte, war ihm unbehaglich. Er fragte Pat nach ihrem Beruf aus, ließ sich erzählen von ihren Reisen, von ihren Erlebnissen.

Patricia verlor ein wenig von ihrer Spannung, geriet in eine gelöste Stimmung. Ihr Gesicht belebte sich, ihre Augen wurden lebhaft, funkelten, sprühten von Lichtern. Sie atmete auf, kräftiger auf, bewegte ihre Hände und legte sie auf den Arm Karwennas.

Es war, als habe sie sich entfaltet, zeigte offen ihren ganzen Reichtum an Gefühl, an Herzlichkeit, an Empfindungskraft. Sie schuf eine Atmosphäre, die wohltuend war, die Karwenna glücklich machte, ohne daß er sich zunächst darüber klar wurde. Er empfand zuerst nur Wohlbehagen, das sich dann verstärkte, sich selber den Rang eines Ereignisses gab, eines unerhörten Ereignisses, als sage sich Karwenna plötzlich: Nein, den Abend möchtest du nicht missen, niemals missen, nicht dieses Beisammensein, dieses unerhörte Beisammensein mit einem Mädchen, das diese Art von Herzlichkeit verbreitet, von Liebe.

Von Liebe?

Ganz plötzlich erkannte Karwenna in allem, was Pat tat und sagte, etwas Flehendes, so als stecke, wenn auch unbewußt, eine Absicht hinter all ihren Worten, ihren Blicken.

Sie hatte sich dichter neben ihn gesetzt, berührte ihn mit der Hüfte, mit den Schultern, in ihren Augen funkelte viel, es war der Funke von Verführung dabei.

Und wieder dachte Karwenna: Mord. Sie hat etwas mit dem Mord zu tun.

Es gibt ja keinen Grund sonst für diese flehende Herzlichkeit.

Karwenna senkte den Kopf.

Pat streckte die Hand aus, legte sie auf seinen Arm, sah ihn an, als frage sie ihn etwas, brachte aber keinen Ton heraus. Es schien, als warte sie, und als Karwenna schwach lächelte, kam auch ihr eigenes Lächeln, es kam wie ein Sonnenaufgang, erhellte ihr Gesicht in einer unglaublich faszinierenden Weise, es war ganz nah und schien näher zu kommen, so als neige sie sich ihm zu.

Obwohl nichts gesagt worden war, hatten beide das Gefühl, als habe sich etwas sehr Wichtiges ereignet. Sie saßen eine Weile ganz stumm, beide mit gesenkten Gesichtern, so als habe die vergangene Zeit sie viel Kraft gekostet.

Mühsam versuchte Karwenna, seine Normalität wiederzugewinnen.

»Ich bringe Sie jetzt nach Hause«, sagte er.

Sie stand wortlos auf, schob ihren Stuhl zurück, wendete sich, sie drehte sich in der schmalen Hüfte, die Bewegung straffte ihre Bluse über der Schulter, lag einen Moment fest an, daß ihr Rücken wie modelliert wirkte.

Karwenna dachte: Das Mädchen schafft dich. Gesteh es dir ein, sie hat dich geschafft.

Pat drehte sich zu ihm zu, stand dicht vor ihm. Jemand, der hinter ihr vorbeidrängte, schob sie gegen Karwenna, daß ihre Schenkel sich berührten, er spürte ihre Brüste, ihr Haar wehte in sein Gesicht. Sie lachte, entblößte ihre Zähne, faßte ihn an, zog ihn mit hinaus.

*

Die Nacht war warm. Ein Südwind brachte Wärme in die Straßen der Stadt.

Pat hängte sich bei Karwenna ein, ging neben ihm wie an ihn geklammert, sprach kein Wort, als wolle sie keins sagen. Aber ihre Finger preßten sich um seinen Oberarm.

Was signalisierten sie? Verführung? Nein, nein, dachte Karwenna, es handelt sich um Spannung, die bis in ihre Fingerspitzen geht, um Angst.

Was hatte Huberti gesagt: Sie hat nun mal Angst. Nehmen Sie ihr die Angst.

Offenbar verlor Pat ihre Angst, ihr Griff lockerte sich, aber sie ging im Gleichschritt mit Karwenna, noch so dicht neben ihm, daß er ihre Hüfte spürte, eine hohe Hüfte, die lange Beine verriet.

Verrückt, verrückt, dachte Karwenna. Aber in diesem Ausruf, mit dem er sich selber kommentierte, lag kein Schrecken, eher Staunen.

Er ging unter den blühenden Linden hinweg, das Mädchen dicht neben sich, unter fallendem Duft der Blüten, im warmen Südwind. Die Schuhe klapperten auf dem Pflaster.

Beide sprachen nun nicht mehr, bemerkten die übrigen Passanten nicht. Nicht die jungen Leute, die sich in Hausfluren versammelt hatten, laut lachten, sprachen. Jemand bewegte sich tanzend auf der Straße. Zwei Leute stiegen von einem Motorrad, ein Mädchen hob ein weißes Bein über den Sitz, es war wie ein Lichtblitz am Augenrand. Fenster wurden geöffnet, und aus einem offenen Fenster hörte man erneut die Stimme eines Tagesschausprechers, der die Worte Sinai, Kairo, Jerusalem aus dem Lautsprecher warf, und natürlich das Wort Frieden.

Frieden, dachte auch Karwenna. Als sickere dieses Wort in ihn ein, verbinde sich mit dem Erlebnis, das er hatte und das er genoß.

Er stand schließlich mit Pat vor der Tür ihres Hauses.

Es war eine Pause entstanden, sie standen Blick in Blick und je länger die Pause wurde, um so mehr bekam sie Bedeutung.

Pat hob seine Hand, hatte sie gefaßt, zog sie an ihre Brust, hielt sie dort einen Moment. Sie lächelte nicht, war ganz ernst, aber nicht todernst, eher so, als habe sich ihr Lächeln hinter ihrem Ernst zurückgezogen, warte dort, um wieder hervorzukommen. Sie hatte die Lippen leicht geöffnet.

»Ich danke Ihnen«, sagte Karwenna und legte alle Anstrengung in diesen Satz, »ich danke Ihnen für den Abend.«

Er drückte ihre Hand mehrmals kräftig, wandte sich dann abrupt um und marschierte die Straße hinunter, in einer mechanischen Weise, der etwas Lächerliches anhaftete.

Karwenna drehte sich nicht um, atmete nach einer Weile auf und wurde ruhiger. Er hatte es sich zu einem seiner Grundsätze gemacht, ehrlich gegen sich selbst zu sein.

Was ist passiert, fragte er sich.

Welche Rolle hatte er gespielt? Was war er gewesen? War er der Kriminalbeamte gewesen, der sich im Dienst befand? Er fragte sich erneut: Warst du im Dienst? Gehörte das, was du getan hast, zu deinem Dienst?

Nein, sagte er sich ehrlich. Es gehörte nicht dazu. Aber plötzlich konnte er die Frage nicht exakt genug beantworten und geriet in Unsicherheit. Er hatte ganz zweifellos immer stärker ein ganz persönliches Interesse empfunden, ein Interesse, das ihn von seinem Beruf entfernt hatte und immer privater wurde.

Ganz plötzlich blieb er stehen, als denke er erst jetzt wieder daran: Ihre Anspannung, ihre Hinwendung, ihre Gebanntheit, was verrieten sie?

Er sagte es sich ganz langsam: Sie hat etwas mit dem Mord zu tun. Sie und Huberti, der in diesem Augenblick durch München lief, eine Stunde lang, auf dem Grunde von Straßen.

Karwenna blies seinen Atem weg, wurde nüchterner. Er sah wieder den Toten vor sich, den irgend jemand ins Herz geschossen und dann auf eine Bank gesetzt hatte.

Die drei gehörten zusammen: Pat, Huberti, Lindemann. Irgend etwas verband sie miteinander.

Karwenna suchte nach Zigaretten, fand keine, ging, bis er einen Automaten fand, hatte dann wieder keine Münzen, betrat ein Lokal, um Münzen einzuwechseln. Er merkte seine Nervosität an der Art, wie er den Automaten behandelte, er zerrte und rüttelte, stand schließlich im Wind, sog den Rauch der Zigarette ein und wurde ruhiger.

Er blickte die Straße hinunter. Der Asphalt war dunkel, wie poliert, von beiden Seiten stürzte Licht auf die Straße, schuf einen gelben leuchtenden Himmel, daß die Straße wie eine Höhlung wirkte, eine Lichthöhlung, an deren Ende das Siegestor stand, erhellter Stein, Stein im gleißenden Licht.

Karwenna fühlte seine Erschlaffung, er hatte alle Gedanken beiseite geschoben, stand und fühlte sich einsam, sah auf die erleuchteten Gegenstände und empfand sie als solche, als Gegenstände, denen Fremdheit anhaftete.

*

Helga empfing ihn an der Tür.

Der Besuch war noch da. »Schön, daß du noch kommst«, sagte Helga, »wir haben einen sehr gemütlichen Abend gehabt.«

Der Gärtner erhob sich, er trug einen blauen Anzug, die Jacke hatte er geöffnet, ebenso den Kragen, der nur noch von einer stahlblauen Krawatte gehalten wurde. Sein Gesicht war gerötet. Karwenna sah Bier- und Weinflaschen auf dem Tisch.

Bossner streckte ihm die Hand hin.

»Na, da sind Sie ja endlich«, sagte er mit einer weiten Bewegung, die verriet, daß er nicht mehr ganz nüchtern war. Er stand schwankend, ungeheuer wohlwollend lächelnd, den Mund im Lächeln breitgezogen.

»Wir haben es so gemütlich gehabt, während Sie sich mit Mord und Totschlag abgeben müssen.«

Er hakte einen seiner Finger in die Jacke Karwennas: »Sind das nicht üble Zeiten –?«

Er starrte mit verschwommenen Augen Karwenna an, bat um Zustimmung, nickte dann, wandte sich zu seiner Frau um, die still auf ihrem Stuhl saß. »Ich habe es zu Hilde gesagt: Wir können uns zu unseren Rosen zurückziehen, der Herr Karwenna kann das nicht. Der steht Nase an Nase mit dieser Zeit.«

Er entschloß sich zu lächeln, nickte Karwenna zu und murmelte: »Haben Sie den Mörder gefaßt?«

»Nein, ich habe ihn nicht gefaßt«, sagte Karwenna, zog die Jacke aus, setzte sich an den Tisch, nachdem er die Frau seines Nachbarn begrüßt hatte.

»Bossners haben mit mir zusammen gewartet«, erklärte Helga. »Sie wollten mich nicht allein lassen, was ich sehr nett fand.«

Helgas Gesicht war gerötet, aber Karwenna wußte, daß sie nicht leicht betrunken wurde. Sie wehrte sich dagegen, von einer Stimmung überrumpelt zu werden, behielt ihren aufmerksamen, immer etwas nüchternen Blick.

»Schließlich haben Sie keinen ungefährlichen Beruf«, sagte Bossner, suchte wieder mit dem Finger, den er gegen Karwenna vorstreckte. »Sie haben es doch mit Leuten zu tun, die zu allem fähig sind.«

»Nicht so schlimm«, meinte Karwenna.

»Ich habe auch zu Ihrer Frau gesagt: Ich glaube, daß Sie um Ihren Mann keine Angst haben müssen, der weiß, was er zu tun hat, der ist ja ausgebildet für alle Situationen. Das haben die doch alles durchgespielt –«

Was redet er für einen Quatsch, dachte Karwenna, entzog sich der ausgestreckten Hand seines Nachbarn und griff nach einer Flasche Bier.

»Erzählen Sie doch mal«, forderte Bossner ihn auf, »oder ist das alles geheim?«

»Ja, es ist geheim«, murmelte Karwenna und fragte sich, wann die Qual ein Ende haben würde.

Bossners gingen erst gegen Mitternacht.

Helga brachte sie an die Tür, kam dann zurück und war ein wenig ärgerlich.

»Du hast den Mann nicht richtig behandelt. Er war so ungeheuer neugierig, und du erzählst ihm nichts. Ein bißchen hättest du ihm entgegenkommen können.

»Nein«, sagte Karwenna plötzlich hart, so hart, daß Helga ihn erstaunt ansah, ihn zu mustern begann.

»Was ist passiert?« fragte sie.

»Nichts«, erwiderte er, »ich bin nur müde und – –«

»Und durcheinander«, stellte Helga fest. Sie trat plötzlich auf ihn zu, lächelte ihn an. »Du Armer, ich habe den ganzen Abend Zeit gehabt, mich in Schwung zu bringen und vergesse ganz, daß du dir den gleichen Abend hast um die Ohren schlagen müssen.«

Sie drückte ihn an sich, mit dem ganzen Körper, küßte ihn, suchte seinen Mund.

Und Karwenna spürte plötzlich zu seinem Schrecken, daß es ihm lästig war.

V

Am nächsten Morgen war Karwenna mit Henk wieder in der Villa.

Frau Lindemann war bleich, man sah ihr an, daß sie nicht geschlafen hatte. Ihr Gesicht war wie eine Maske, ein bitterer Zug um den Mund hatte sich verhärtet, als hätten die Muskeln ihre Bewegungsfähigkeit eingebüßt. Ihr Sohn Udo trug einen schwarzen Anzug, der aussah, als sei er eben gekauft, ein schwarzes, starres Ding, mit steifen Revers.

Die Augen des jungen Mannes glühten. Er hatte eine forsche, erbitterte Sprechweise angenommen.

»Noch nichts?« fragte er, als er die beiden Kriminalbeamten sah, »noch nichts?« Es schien, als habe er erwartet, daß über Nacht etwas geschehen sei. Er hielt den Ellbogen seiner Mutter, die stumm neben ihm stand.

»Es gibt immer noch keinen direkten Anhaltspunkt. Wir tappen völlig im dunkeln«, sagte Karwenna und fragte sich insgeheim, ob er die Wahrheit sage.

»Ja und –?« rief der junge Mann aus, »was wollen Sie jetzt hier und von uns?«

»Es geht mir um Ihren Vater. Wir sollten vielleicht mehr über ihn wissen.«

Der junge Mann nickte. »Gut, gut, also dann –«, er bat, Platz zu nehmen, »was wollen Sie wissen?«

Er begann gleich drauflos zu reden, hob seinen Vater in den Himmel, und es war ziemlich deutlich, daß der Sohn den Vater bewundert hatte. Frau Lindemann saß neben ihrem Sohn, sagte keinen Ton, hielt den Blick gesenkt, hob ihn aber plötzlich, so als halte sie die Situation nicht aus. Sie fuhr ihren Sohn an: »Antworte nicht so töricht. Daß du deinen Vater liebst, das weiß nun jeder. Es wird hier nicht nach deinen Gefühlen gefragt.«

Der Sohn starrte seine Mutter verdutzt an, stieß dann hervor: »Soll ich etwas Schlechtes über ihn sagen?«

»Die Wahrheit.«

»Was ist denn die Wahrheit?« murmelte der Junge, immer noch verdutzt, fast verstört.

»Hat dein Vater dich geliebt?« fragte die Mutter plötzlich.

Der Junge zuckte zusammen, öffnete den Mund, sah ein wenig töricht aus, wurde dann unruhig, atmete falsch: »Geliebt? Mein Vater mich?«

»Nein«, sagte die Mutter hart. »Er hat dich nicht geliebt. Er hat niemanden geliebt, dich nicht, mich nicht. Er hatte zur Liebe kein Verhältnis. Er war der kälteste Mensch, den ich kenne.«

Die Augen des Jungen schienen plötzlich größer zu werden.

Er sah seine Mutter an, als sehe er sie neu, in einem anderen Licht.

Sie war aufgestanden, hielt die Blicke auf ihren Sohn gerichtet, fast ekstatisch: »Warum sagst du nicht, worunter du dein Leben lang gelitten hast?«

Sie senkte die Stimme, ihre Schultern fielen schlaff herunter, als gäbe jeder Muskel in ihr nach.

»Ich habe sehr darunter gelitten, daß mein Mann seinen Sohn nicht liebte, ihm kein Gefühl entgegenbrachte. Er sorgte für ihn, und dies in einer ganz unbedingten Weise, er sorgte für seine Ausbildung als Fotograf, er ermöglichte ihm weite Studienreisen, und er war auch stolz auf seinen Sohn, wenn er Preise erhielt, internationale Preise. Aber Stolz ist kein Ersatz für Liebe.«

Udo saß mit gesenktem Kopf.

Er wehrte sich schwach: »Ist es nötig, dies jetzt zu sagen, in diesem Moment? Es ist doch der ganz falsche Augenblick. Er ist tot. Und die Probleme, die wir hatten, wir beide, du und ich, mit ihm, spielen doch jetzt keine Rolle mehr.«

Die Stimme des Jungen hatte sich gesenkt. Sie zeigte, wie verletzlich er war, und verriet, wie sehr er unter seinem Vater gelitten hatte.

»Jetzt ist es doch vorbei, Mutter«, rief er aus. »Wir leiden nicht mehr darunter. Wollen wir ihm Beschimpfungen nachschicken?«

»Nein, aber es ist der Zeitpunkt gekommen, die Wahrheit zu sagen.«

Karwenna und Henk hatten der Auseinandersetzung schweigend zugehört.

»Nun ja«, murmelte der Junge, »er war ein ganz schönes Stück Eisen.«

Er rettete sich in Ironie, lächelte düster. »Das war er, ein hartes Stück Eisen. Er zeigt wirklich kein Gefühl –«

»Weil er keins hatte.«

Sie wandte sich an Karwenna. »Ich habe lange Jahre über ihn nachgedacht und lange Zeit geglaubt, daß er sein Gefühl nur tief verborgen halte, einfach zu – zu schüchtern, zu diskret war, um es zu zeigen. Ich dachte, daß er es vielleicht für eine männliche Tugend hielt, es nicht zu zeigen, aber –«, sie schüttelte den Kopf, » – ich irrte mich. Er besaß gar kein Gefühl.«

Die Frau war in Erregung geraten, wandte sich an Karwenna: »Ich weiß nicht, wieviel Menschenerfahrung Sie haben, Herr Kommissar, und Sie stimmen vielleicht mit mir nicht überein, wenn ich sage, daß es Menschen gibt, die gar nicht wissen, was das ist. Sie geben nur vor, Gefühle zu haben, es handelt sich um eine Handhabung von Äußerlichkeiten, die nicht schwer und die außerdem leicht erlernbar ist. Ich behaupte, daß es mehr Menschen gibt, als wir wissen, die kein Gefühl haben, überhaupt keins, deren Herz einfach – kalt ist, eiskalt.«

Ihre Aufregung war nicht zu bremsen. Sie schüttelte den Kopf. »Ich sage ›kalt‹ und muß gleich hinzufügen, daß dieses Wort nichts beschreibt. Auch Kälte ist ein Punkt auf einer Gefühlsskala, ich muß es anders sagen –«, sie hob die Stimme, betonte: »Es bewegte sich nichts in ihm. Menschen waren ihm gleichgültig, er taxierte sie nach ihrer Brauchbarkeit.«

Der Junge hatte zugehört, mit offenem Munde.

»Mama«, sagte er jetzt und dieser Ausruf war kindhaft erschrocken.

»Du hast dir das selber nicht klargemacht«, murmelte die Frau, »du warst immer auf eine zu verzweifelte Weise bemüht, von deinem Vater ein Zeichen von Liebe zu bekommen.«

Hart fuhr sie ihn an: »Gib zu, daß du es nicht bekommen hast.«

Sie begann zu lächeln, wandte sich erneut an Karwenna. »Er selbst, wenn er hier wäre, leben und uns zuhören würde, würde den Kopf schütteln und uns nicht verstehen.«

Die Worte schienen ihr eine gewisse Freiheit und Beweglichkeit zurückzugeben. Ihre Starrheit lockerte sich, ihr bleiches Gesicht zeigte Röte. In dieser Röte hoben sich die dunklen Augenränder, hervorgerufen durch eine schlaflose Nacht, noch deutlicher ab.

Sie faßte ihren Sohn an der Schulter, rüttelte ihn.

»Du bekommst die Liebe deines Vaters nicht mehr. Versuche nicht, sie ihm anzudichten. Das ist der Ausweg der Feigen, der Schwachen. Zeit, daß du Mut zeigst –«

Sie brach ab, als habe sie einen unzulässigen Einblick in ihre Gefühle gestattet.

»Mama –«, murmelte der Junge, »hast du ihn denn nicht geliebt –?«

»Die Liebe hat sich verloren. Jede Liebe, die nicht erwidert wird, verliert mit der Zeit ihre Wirklichkeit, sie verkümmert zu einem – zu einem verrückten Rest, der nur noch für einen Psychologen interessant ist.«

Sie lachte, versuchte deutlich damit die Schärfe ihrer Worte zu mildern, wurde ganz sachlich. »Der Tod deines Vaters ist ein Polizeifall geworden. Die Aufklärung verlangt von uns, die Dinge zu sehen, wie sie sind. Wir können sie nicht verbergen, so wie es an Familiengräbern üblich ist.«

Ihre Stimme hatte nun einen sarkastischen Unterton angenommen.

»Also, erzähle, wie dein Vater dich gequält hat –«

»Damit löse ich doch keinen Mordfall«, wehrte sich Udo, »wenn ich erzähle, wie schlecht mich mein Vater behandelt hat –«

»Wer weiß es«, meinte die Mutter, nickte. »Niemand kann wissen, ob es dem Kommissar nicht hilft.« Sie fuhr gleich fort: »Er behandelte seinen Sohn so, wie er seine Angestellten behandelt hat, mit absoluter Gleichgültigkeit, er betrachtete sie nicht als Menschen –«

Sie unterbrach sich, atmete auf. »Es ist wirklich schwer zu erklären. Ein Mensch ist so etwas wie ein Gefäß, das etwas enthält. Mein Mann sah nicht auf den Inhalt, immer nur auf die äußere Form. Er fühlte –«, jetzt wurde ihre Stimme langsam, »keinerlei Verpflichtung, sich um den Inhalt zu kümmern. Er sah ihn einfach nicht. Er war ihm gleichgültig.«

Karwenna hatte den Eindruck, daß Frau Lindemann über dies alles ausgiebig nachgedacht haben mußte, denn sie mußte die Worte nicht suchen, sie wirkten wie zurechtgelegt, wie lange bekannt, wie schon oft gedacht, gesagt, so daß sie mit der Intensität eines Predigers sprach.

»Und seine Beziehung zu Patricia Lomes?« Karwenna hatte diesen Satz fast ohne zu überlegen gesagt.

»Mein Mann hatte keine Gefühle, aber er hatte Bedürfnisse.«

Sie gab dem Wort den gehörigen ironischen Unterton, blieb nun still sitzen, als habe sie gesagt, was zu sagen notwendig gewesen sei.

*

Karwenna und Henk gingen hinüber in den Firmenanbau, sprachen dort mit vielen Angestellten.

»Wir müssen ein Bild von Lindemann bekommen«, hatte Karwenna zu Henk gesagt, »wir werden schon auf den Typ stoßen, den er so behandelt hat, daß daraus ein Mord geworden ist.«

Die Angestellten sprachen von Lindemann mit größtem Respekt. Nein, er hatte nie besonderes Wohlwollen gezeigt, er war ein harter Firmenchef gewesen, dem die Leistung über alles ging. Persönlich? Nun persönliche Beziehungen gab es nicht. Die waren undenkbar. Niemand, der sie erwartet hätte.

Sie waren schließlich bei Basse, dem Geschäftsführer. Der Mann hatte sich seit dem vergangenen Tage verändert, schien unsicherer geworden, so als sei er über Nacht einem Auflösungsprozeß ausgesetzt gewesen.

»Wir sind alle wie erschlagen. Der Steuermann ist von Bord gegangen«, sagte er ein wenig theatralisch, »wir wissen nicht mehr, was wir tun sollen. Wir sind angewiesen auf ihn. Alle Aufträge schwimmen –«

Der Mann war bleich, hatte ganz deutlich nicht geschlafen.

»Wir standen vor einem Riesenfeldzug, wir wollten Kandidaten präsentieren, der Bevölkerung nahebringen. Herr Lindemann hatte sich für jeden einen Typ ausgedacht –«

»Was, was?« fragte Henk.

»Ja«, meinte Basse, »wir haben jedem eine neue Identität gegeben, eine neue Geschichte, eine, die bei der Bevölkerung ankommt. So wie sie sind, kommen sie nicht an. Das ist alles untersucht worden, wir haben da Analysen gemacht – das heißt, Herr Lindemann hat sie gemacht –«

»Interessant«, sagte Karwenna, »können Sie das näher erklären?«

»Ich habe es doch schon gesagt«, meinte Basse, »wir standen kurz vor einem großen Wahlkampffeldzug –«

»Um Kandidaten zu präsentieren mit einer – wie sagten Sie – neuen Lebensgeschichte?«

»Ich meine ihr Image. Wir haben jedem ein neues Image gegeben. Die Leute selbst haben ja keine Ahnung, wie so was gemacht wird –«, fast ironisch lächelnd fügte Basse hinzu: »Die glauben, sie kommen mit ihrem eigenen Gesicht durch. Nein, nein, wir haben für jeden ein neues Image maßgeschneidert –«

Es war deutlich Stolz in seiner Stimme.

»Maßgeschneidert, sage ich.«

Er kramte unter seinen Papieren, Akten. »Warten Sie, ich werde Ihnen etwas zeigen, ein Diktat, das Herr Lindemann gegeben hat, als Unterlage für diese Kampagne, er hat dies einfach hineingesprochen ins Mikrofon, es wurde abgetippt und als Unterlage verteilt.« Er hob die Stimme. »Wenn Sie das lesen, werden Sie merken, was das für ein Mann war.«

Er senkte die Stimme ins trübe. »Und was wir verloren haben.«

Eine vage Handbewegung: »Der Auftrag geht uns verloren. In Millionenhöhe. Ohne den Chef geht nichts.«

Er hatte einen Packen Papier herausgekramt.

»Wenn Sie sich dafür interessieren?« meinte er.

»Ja, das sehe ich mir gerne durch«, erwiderte Karwenna, »es interessiert mich.«

Er nahm den Bericht, gab ihn Henk, der ihn in seine Aktentasche steckte.

Das Interesse Karwennas tat dem Mann wohl, und er fuhr fort, über seinen Chef zu sprechen, seine Vorzüge zu rühmen.

»Er hat seine Angestellten niemals falsch behandelt?« fragte Henk, dem das Gerede des Mannes zuviel wurde.

»Falsch behandelt?« Basse wußte offenbar nicht, was gemeint war.

»Er war Ihr Chef, aber war er auch Ihr Freund, der Freund seiner Angestellten?«

Basse zeigte seine Verblüffung.

»Ah so –«, murmelte er, lächelte dann schwach, erstaunt. »Nein, nein, Freund war er nicht«, beteuerte er, als habe er etwas Abträgliches gesagt: »Das war auch nicht nötig.«

Er hob die Brust unter einem Atemzug. Es schien, als müsse er plötzlich lachen. »Nein, nein, wissen Sie, Freund –? Das war er nicht. Er war ein Chef, wie er im Buche steht –«, er räusperte sich und sagte plötzlich wie mit großem Mut: »Er war schon ein harter Brocken.«

Er sagte es wie mit angehaltenem Atem, als begehe er ein Majestätsverbrechen, breitete die Hände aus, als bitte er um Entschuldigung. »Das war er ganz sicher. Wer nicht spurte, der – nun, der flog. Irgendwo war unter jedem Stuhl –«, jetzt kicherte er fast, »'ne Sprungfeder.«

Sie unterhielten sich eine Weile über diese Seite Lindemanns.

Karwenna erfuhr, daß Lindemann seinen Betrieb mit kalter Intelligenz geführt hatte. Alle Angestellten standen in der ›Furcht des Herrn‹ wie Basse sich ausdrückte, aber alle hatten die Führungsqualitäten respektiert.

Basse sagte: »Wer bei uns zur Arbeit kam, wußte, daß er nicht in die Kirche ging.«

Basse brachte Karwenna und Henk hinüber ins Fotostudio, machte sie mit dem Studioleiter bekannt, einem Mann, der kurz und gedrungen war, einen Stiernacken zeigte, einen Wirbel blonder Haare über einem Gesicht, das seinen Eindruck erhielt durch ein paar sanfte, abwesende blaue Augen.

Der Mann hieß Emser, nahm Karwenna und Henk sofort mit in seine Kabine, in der man durch eine riesige Glasscheibe ins Studio sah, wo gerade gearbeitet wurde. Ein künstlicher Strand war aufgebaut, ein morsches Boot lag schräg, überspannt von Fischernetzen. Zwei Arbeiter waren dabei, eine Palme aufzurichten.

Emser hatte eine Stimme, die seinen sanften Augen entsprach. Sie war leise, zart.

»Ich habe schon gehört, daß Sie herumgehen und nach dem Chef fragen. Was für ein Ende für diesen Mann«, sagte er mit seiner wohlklingenden Stimme. »Hat er wirklich auf einer Bank gesessen, stundenlang, ringsum ging das Leben weiter?«

»Ja, so war es.«

Emser schüttelte den mächtigen Kopf, strich über seine Haare, deren Wirbel er nicht bändigen konnte.

»Die Szene hätte er sich selber ausdenken können«, sagte Emser mit einer Stimme, die Respekt verriet, »er hatte eine große Begabung für Bilder, für brauchbare, verkaufbare Bilder, Bilder, die Eindruck machen und eine Vorstellung erzeugen.«

Ungefragt ließ sich Emser über Lindemann aus, pries eine Seite an ihm, die noch nicht zur Sprache gekommen war, seine Fähigkeit, Bilder zu erzeugen.

»Vergessen Sie die Realität, pflegte er zu sagen, die Realität gibt es nicht für uns. Die Realität macht keinen Eindruck, erzeugt nichts außer Depressionen und ist infolge dessen für uns nicht existent. Es ist an uns, eine neue Realität zu schaffen, die, die wir wollen, an der uns gelegen ist, die, für die man uns bezahlt.«

Karwenna hörte mit großer Aufmerksamkeit zu, sah mit Interesse die Apparaturen, Tonmaschinen, Mischpulte. Da war alles auf das modernste eingerichtet, in schwarzem Stahlblech, mit Knöpfen, Schaltern und Zeigern, die in gespenstischer Ruhe auf ihren Nullpunkten lagen.

»Haben Sie hier auch Patricia Lomes fotografiert?« fragte Karwenna.

»Ja«, erwiderte Emser ohne Zögern, »hier werden alle unsere Aufnahmen gemacht.«

»Es ist Ihnen bekannt, daß Patricia Lomes die Geliebte Ihres Chefs war?«

Karwenna hatte absichtlich den Satz so brutal formuliert.

»Ja, ich weiß«, sagte Emser höflich, zeigte weder Überraschung noch sonst ein Gefühl, er hielt die blaßblauen sanften Augen auf Karwenna gerichtet: »Herr Lindemann hielt sich ziemlich oft hier auf. Immer, wenn Pat bei der Arbeit war, kam er herein und sah ihr zu.«

»Was für ein Eindruck machte Herr Lindemann auf Sie? Liebte er Pat Lomes?«

»Der Chef liebte niemanden«, sagte Emser sanft und ohne große Betonung. »Er hatte Interessen, die er verfolgte. Ich glaube nicht, daß er irgend jemandem Gefühl entgegengebracht hat.«

Dies sagte Emser ohne jeden besonderen Ausdruck, so als sei es nichts Besonderes.

Karwenna ließ nicht locker. »Pat war ein gutes Modell?«

»Ja, sehr gut.«

»War sie so begabt? Wo liegen in diesem Beruf die Begabungen?«

»Interessante Frage«, sagte Emser und drückte so etwas wie Hochachtung aus. »Ein gutes Modell bringt so wenig Individualität wie möglich mit. Individualität schränkt ein, begrenzt. Ein solches Modell ist begrenzt verwendbar, nutzt sich schneller ab, als man denkt.

»Pat hatte also keine eigene Individualität?«

Henk sah Karwenna verwundert an. Ihm fiel auf, daß Karwenna nur Pat sagte. Es drückte sich darin eine Vertrautheit aus, auf die Henk nicht gefaßt war.

»So ist es«, beantwortete Emser die Frage Karwennas, »Pat war vielseitig, auswechselbar.« Es schien ihm plötzlich aufzufallen, daß man dies als Kritik mißverstehen könne. Er beeilte sich hinzuzusetzen: »Ein ganz reizendes Mädchen, mit viel Gefühl. Sie ist aufnahmefähig wie ein Schwamm.«

»Sie kannten Pat gut?«

»Sehr gut.«

»Hat sie andere Freunde gehabt? Können Sie etwas darüber sagen –?«

Emsers Blick wurde plötzlich ganz aufmerksam. »Ich verstehe«, murmelte er.

»Was verstehen Sie?«

»Sie sind auf eine Eifersuchtsgeschichte aus?«

»Ich muß auch daran denken. Hatte Pat andere Freunde –?«

»Sie brachte ein paarmal einen jungen Mann mit –«

»Sein Name?«

»Huberti, Student oder so was. Aber der war mit beiden bekannt, mit Pat und mit Herrn Lindemann –«

»Sehr gut bekannt?«

»Ja, sehr gut.«

Karwenna überlegte. Huberti war also hier gewesen, hatte Lindemann sehr gut gekannt. Dieses ›sehr gut‹ veränderte die Lage, fand Karwenna plötzlich. »Waren Huberti und Lindemann miteinander befreundet?«

Dieser Gedanke ließ Emser beinahe lachen. Er hielt das Lachen aber unter Kontrolle, so daß er nur einen belustigten Laut hervorbrachte.

»Nein, nein, das kann man nicht sagen. Huberti war ihm –«

»Gleichgültig?«

»Er hatte eine gewisse Art, Huberti zu behandeln. Etwa so wie man einen Haushund behandelt –«, sagte Emser plötzlich. »Man streichelt ihn manchmal, manchmal gibt man ihm einen Tritt und schickt ihn auf die Straße –«

Emsers Stimme hatte plötzlich eine ironische Färbung bekommen. Es schien, als begreife er jetzt erst, daß er seine Meinung frei sagen und dafür nicht mehr zur Verantwortung gezogen werden könne.

»Gab es jemals Streit zwischen Lindemann und Huberti?«

»Nein, nein«, beeilte sich Emser zu sagen, »das war nicht möglich.«

»Nicht möglich?«

»Mit Huberti kann man sich nicht streiten –«

»Warum nicht –«, beharrte Karwenna.

»Weil er zu –«, Emser mußte überlegen, »– zu tolerant, zu nachsichtig, zu verwundert –«

»Zu verwundert? Was wollen Sie damit sagen?«

»Ja, er war jedesmal verwundert, wenn jemand laut wurde, die Stimme erhob, schimpfte oder fluchte...« Emser zeigte Hilflosigkeit in der Bemühung, Huberti zu beschreiben, und sagte schließlich nur: »Er war ein ungeheuer sanfter Typ –«

»Keine Aggressionen?«

»Ein unbekanntes Wort für Huberti. Er meinte es wohl mit allen Menschen.« Er lachte plötzlich, unsicher: »Ein Spinner. So ein Mann ist keine Gefahr.«

Er lachte lauter, als müsse er auf diese Weise ausdrücken, wie absurd der Gedanke sei.

Keine Gefahr, dachte Karwenna, wiederholte das Wort: keine Gefahr.

*

Henk schloß den Wagen auf, setzte sich hinein.

Karwenna folgte ihm, setzte sich, hielt den Kopf gesenkt.

»Verrückt«, murmelte Henk, »es gibt einfach keinen Knochen in der Suppe. Man stößt auf nichts. Oder siehst du das anders?«

Karwenna murmelte: »Wir sind schon lange auf irgendwas gestoßen. Wir können nur noch nichts damit anfangen. Da liegen Zahlen herum, uns fehlt nur die Art, sie zusammenzuzählen.«

Henk zeigte seine Verblüffung.

»Ich sehe keine Zahlen, um mit deinen Worten zu sprechen. Vor allen Dingen sehe ich keine verdächtigen Tatbestände. Womit haben wir es zu tun? Mit einem Mann, der kein Honiglecken war. Ein harter Chef, der sich eine Menge Feinde gemacht hat. Eine Menge Feinde, das ist das Schlimme daran, ich sehe weit und breit keinen einzigen –«

»Es war nicht einer.«

»Wie?«

»Überlege doch mal. Lindemann wurde erschossen. Dann wurde dieser schwere Mann in einen Wagen gesetzt, durch München gefahren. Der Täter versuchte den Toten loszuwerden und setzte ihn schließlich auf eine Bank. Das kann nicht einer allein getan haben. Es waren mindestens zwei.«

»Hm«, meinte Henk verdutzt, gab zu: »Du hast recht. Auf den Gedanken bin ich noch nicht gekommen, aber es ändert nichts daran, daß ich keinen Tatverdächtigen sehe, weder einen noch mehrere. Oder siehst du mehr als ich?«

Karwenna schwieg.

»Ja«, meinte er schließlich, »ich glaube, daß Pat etwas mit dem Mord zu tun hat, sie und auch Huberti.«

»Was, was?« fragte Henk, »wie kommst du darauf?«

Karwenna erzählte Henk jetzt erst, was er am Abend zuvor erlebt hatte, schilderte seinen Eindruck.

»Pat hatte Angst, sie war bedrückt, besorgt, sie befand sich in einem besonderen Zustand, für den es keine andere Erklärung gibt als: Sie weiß etwas, oder: Sie hat etwas getan.«

»Bist du ganz sicher?« fragte Henk entgeistert.

»Ja, ich bin ziemlich sicher. Du weißt auch, wie Menschen sich benehmen, wenn sie etwas geheimhalten wollen. Pat will etwas geheimhalten, tut dies mit Angst; die Leute, wie wir, bemerken, weil wir auf diese Anzeichen warten, weil wir sie kennen, jede Nuance davon –«

Karwenna hatte lauter gesprochen, zeigte eine gewisse Erregung. Wieder sah Henk ihn verwundert an, unterdrückte aber eine Bemerkung.

Es entstand eine lange Pause, dann zeigte Henk seine Hilflosigkeit.

»Aber wo gibt es einen Konflikt? Das Mädchen hat ein Verhältnis mit Lindemann, worum man den Mann beneiden kann. Sein Besitzstand –«, er grinste: »um es mal so auszudrücken, war nicht in Gefahr. Oder war da ein Nebenbuhler? Huberti oder irgend jemand anders –«

»Du hast recht, es gibt keinen Konflikt, jedenfalls keinen sichtbaren.«

Sie saßen eine Weile schweigend.

»Wie gehen wir vor?« fragte Henk schließlich.

Karwenna hob die Schultern, wußte keine Antwort, oder er sagte sie nicht.

*

Im Büro studierte Karwenna die Unterlagen, die Basse ihm mitgegeben hatte. Er blätterte erst ohne großes Interesse, wurde dann aber zusehends neugieriger, las sich fest.

Das Manuskript war aufgeteilt in einzelne Kapitel, jedes Kapitel war einer Person gewidmet. Da hieß es etwa: Beispiel K. K stand für den Namen. Der Mann war Kandidat für die Kommunalwahlen. Er hieß Kaufmann. Johann Gottfried. Schon zu diesem Namen hatte Lindemann Bemerkungen gemacht. Johann streichen, lediglich den Namen Gottfried benützen. Gott und Frieden, das sind zwei Namensbestandteile, die positiv wirken, so oft wie möglich gebraucht werden sollten.

Dann folgte eine Analyse des Äußeren. Da hieß es: K. hat ein breites, flaches Gesicht, ein sogenanntes Mondgesicht, mit einer Nase, die aufgeworfen ist. Ein Gesichtstyp, der Unbehagen erzeugt und die Vorstellung, daß der Mann unintelligent ist, einfältig. Die Stirn wirkt niedrig. Der Mann ist völlig falsch frisiert. Die Haare wachsen ihm in die Stirn –

das ›in‹ war fast wütend unterstrichen –, was völlig unmöglich ist. Die Haare müssen nach oben frisiert werden. Die Ecken müssen rasiert werden. Anbei Skizze, wie der Mann aussehen sollte.

Tatsächlich waren Gesichtsmuster beigefügt. Offensichtlich hatte Lindemann schon Zeichner bemüht, denn die Gesichtszeichnungen waren gekonnt entworfen, mit flottem, gezielten Strich.

Karwenna fühlte sich amüsiert. Nun, dachte er, da wird manipuliert. Kann man eigentlich etwas dagegen haben, in einer Zeit, in der ein Fernsehbild über einen Wahlausgang entscheiden kann?

Er las weiter und stellte fest, daß Lindemann ein ›raffiniertes Aas‹ sei. Dem Mann war nichts heilig. Er hatte einen Satz unterstrichen: ›Die Masse ist blöde. Denkt immer daran, daß die Masse blöde und primitiv ist. Wer auf sie Einfluß nehmen will, darf diesen Satz niemals außer acht lassen. Die eingesetzten Mittel müssen der Primitivität der Massen entsprechen. Intelligenz bedeutet, dies erkannt zu haben. Für alles andere ist Intelligenz nicht mehr nötig. Dieses ›nicht mehr nötig‹ war unterstrichen.

Ein fremdes Gewerbe, dachte Karwenna und fühlte sich plötzlich aufgeregt, so als sei es nötig, zu widersprechen. Er dachte: Na ja, da spricht halt jemand mal offen aus, was er denkt. Keine schlechte Sache in einer Welt, in der sich jeder verstellt.

Im weiteren Verlauf des Kapitels wurde K. abgehandelt. Man gab ihm eine Lebensgeschichte, eine ›innere‹ Lebensgeschichte, wie es hieß. Man benutzte die äußeren Daten, um einen inneren Lebensweg deutlich zu machen. Die Liebe zum Vater, Fürsorge für die Mutter, gesorgt für die Geschwister, da wurde eine ›vorbildliche‹ Familie aufgebaut, aus Details zusammengesetzt. Da wurden Denkmuster zur Verfügung gestellt, etwa, welche Dinge K. in einer Rede ständig wiederhollen sollte. Da hieß es: Wir geben K. als ständiges Positivum den Begriff ›Kinder‹ bei. Er hat sich früh für Kinder interessiert, für arme Kinder, für kranke Kinder, für hungernde Kinder. Angefügt war in Klammern: Feststellen, welche Auslandsreisen K. gemacht hat. Gut wären Afrika,

Indien, Asien. Begegnungen mit hungernden Kindern. Entsprechendes Fotomaterial heraussuchen. K. besonders engagiert bei Kindesmißhandlungen. In Klammern: Fälle sammeln. Unterlagen als Rednermaterial aufarbeiten. Also: Wer an K. denkt, muß assoziieren: Kinder. Er kämpft für Kinder, ein weichherziger Mann, der alles für unsere Kinder tun wird.

Lindemann hatte eine Bildserie angeregt, Artikel entworfen und Überschriften. Er hatte dem abgeschriebenen Bericht noch eine Handschriftennotiz hinzugefügt, mit großer, steiler Schrift: Werdende Mütter einbeziehen.

Karwenna legte den Bericht zurück, klappte ihn schließlich zu.

Mein lieber Mann, dachte er beeindruckt. Aber, dachte er weiter, K. wird sein altes Gesicht behalten müssen, die Haare werden ihm nach wie vor in die Stirn hängen und sein Aussehen wird dazu verleiten, ihn für naiv zu halten, was er wahrscheinlich auch sein wird. Denn Lindemann, sein Schöpfer, sein Erschaffer, ist tot.

Karwenna legte den Bericht in seine Schreibtischschublade. Er schob sie langsam zu, blieb eine Weile sitzen, mit gekipptem Stuhl, hielt sich mit den Knien an der Schreibtischschublade, hörte den Kollegen zu, die telefonierten. Er umfaßte mit einem nachdenklichen Blick die ganze Szene, sah die Zeugen auf der Bank sitzen, in der Haltung von Demut, von Bedrücktheit, von Aufsässigkeit. Karwenna selbst hatte noch eine Menge anderer Fälle auf seinem Schreibtisch, hätte Zeugen vorladen müssen. Aber er hatte alle Termine abgesagt. Er erledigte unlustig das Notwendigste, diktierte Briefe, Protokolle. Er entwarf einen ersten Bericht über den Mordfall Lindemann.

Gegen zwei Uhr ließ ihn der Kriminalrat kommen.

Hausner hatte sein Zimmer einen Stock höher. Der Raum war größer, enthielt einen dunkelbraunen Teppich, der die höhere Gehaltsgruppe auswies. Der Schreibtisch war aus Nußbaum, glänzte matter und dunkler als sein eigener gelber abgewetzter Tisch, dessen Schubladen klemmten.

Hausner wollte über den Mordfall Lindemann Näheres wissen.

Er machte ein besorgtes Gesicht.

»Dieser Lindemann ist einigen Leuten im Rathaus sehr wichtig. Sagen Sie, könnte dieser Mord einen politischen Hintergrund haben?«

»Nein, das glaube ich nicht, ich kann es allerdings auch nicht ausschließen.«

»Um Himmels willen«, sagte Hausner, »das würde uns noch fehlen. Wie weit sind wir?«

»Nicht weit. Völliges Dunkel. Kein Motiv, kein Hinweis auf den Täter –«

»Das hört sich nicht gut an«, sagte Hausner, »die Presse wird bald herausbekommen, was für ein wichtiger Mann Lindemann war. Und dann geht es los. Dann werden uns Daumenschrauben angelegt.«

»Wahrscheinlich.«

Hausner hielt es für richtig, Ungeduld zu zeigen.

»Sie sagen mir das zu gelassen, Karwenna. Kritik betrifft Sie mit –«

»Ich würde sie auch auf mich beziehen«, erwiderte Karwenna ernsthaft.

Dieser Satz besänftigte Hausner schnell. »Schon gut, wir sind ja erst am Anfang. Aber es sollte sich doch wenigstens eine Entwicklung zeigen –«

»Es zeigt sich noch keine. Überhaupt keine«, sagte Karwenna.

Hausner stand eine Weile unruhig, nachdenklich. »Sagen Sie mir wenigstens, daß Sie nicht ganz verzweifelt sind.«

»Nein, das bin ich nicht«, antwortete Karwenna.

Hausner streckte ihm die Hand hin.

»Das reicht mir fürs erste. Sie wissen, daß ich volles Vertrauen zu Ihnen habe. Sie haben es niemals enttäuscht –«

Karwenna wußte, daß Hausner darauf aus war, seinen Seelenfrieden zu haben, und nickte.

»Es wird schon werden«, sagte er.

*

Gegen drei hielt es Karwenna nicht mehr im Büro aus. Er ging zu Henk und sagte: »Ich mach' mich mal auf den Weg.«

»Lindemann?« fragte Henk.

»Ich habe nichts anderes im Kopf«, sagte Karwenna.

Er war Henk dankbar dafür, daß er keine Fragen stellte, und verließ das Präsidium.

Er bestieg seinen Wagen und fühlte sich immer befreiter. Er stellte plötzlich fest: Ich freue mich.

Er saß eine Weile am Steuer und dachte: Worüber freust du dich? Die Antwort kam sofort. Ich freue mich auf Pat.

Er fuhr durch die Stadt. Er stellte das Radio ein, bekam Werbung serviert und schaltete den Apparat sofort aus, aber er hatte einen der ungeheuer dämlichen Sätze mitbekommen und fragte sich: Vielleicht aus dem Büro Lindemann. Nachdem sie dort die Masse für blöd und primitiv halten! Aber wahrscheinlich dachte Lindemann nicht allein so. Man hatte es wohl mit einer weitverbreiteten Meinung zu tun.

Karwenna fuhr, ohne zu überlegen, er schlug die Richtung zur Wohnung Patricias ein, parkte auf dem Bürgersteig vor ihrem Hause.

Seine Ungeduld war plötzlich so groß, daß er nicht in der Lage war, einen Parkplatz zu suchen. Er befand sich plötzlich in einer Was-soll's-Stimmung, stieg die Treppen hoch und fühlte erneut, daß er sich freute, Pat wiederzusehen.

Er klingelte an ihrer Tür, stand eine Weile davor und spürte seine Enttäuschung fast schmerzhaft: Sie war nicht da.

Aber hatte Pat nicht gesagt, daß ihre Mutter im gleichen Hause lebte?

Karwenna stieg die Treppen hinauf und hinunter, suchte die Türschilder ab und fand die Wohnung. Lomes stand auf einem Messingschild.

Wieder klingelte Karwenna.

Wie immer, wenn ihn Aufregung überkam, setzte etwas ein, was er seine Selbstbeobachtung nannte. Er sah sich vor der Tür stehen mit der Beklommenheit eines Schuljungen, eines Liebhabers.

Liebhaber?

Das Wort entfachte so etwas wie Panik in ihm, und er spielte mit dem Gedanken, von der Tür zurückzutreten, fand es im gleichen Atemzug albern und blieb stehen.

Patricia öffnete die Tür mit Schwung. Sie trug eine dunkle Samthose, die eng anlag, eine weiße Bluse. Ihre Haare wehten nach vorn, als sei sie an die Tür gelaufen und als hätten ihre Haare diese Bewegung noch. Pat öffnete den Mund.

Sie hatte ganz offensichtlich nicht damit gerechnet, Karwenna zu sehen. Ihr Gesicht drückte Erschrecken aus.

Karwenna, immer noch in der Phase der Selbstbeobachtung, registrierte ein Gefühl der Freude, der Wärme. Er lachte sie an.

»Sie sehen ziemlich erschrocken aus. Habe ich etwas an mir, daß Sie so erschrecken?«

»Nein, nein«, lachte sie, schüttelte den Kopf, daß die Haare flogen. Sie streckte plötzlich die Hand aus, erfaßte seine Hand, wiederholte es; »Nein, nein, kommen Sie herein.«

Sie zog ihn in die Wohnung. Ihre Hand war warm, fest, weich. Es war nicht irgendeine Hand, es war ihre Hand, ein Teil ihres Körpers und damit etwas Besonderes.

Karwenna sah sich in der Diele um.

»Ich habe oben geklingelt«, erklärte er, »erinnerte mich dann, daß Ihre Mutter im gleichen Hause eine Wohnung hat.«

»Ja, das ist sie«, sagte Pat, ging ihm voraus in ein Wohnzimmer, blieb an der Tür stehen, wartete, bis er an ihr vorbei ins Zimmer gegangen war. Er spürte ihre Nähe und eine Bewegung in seinem Herzen, als reagiere sein Herzmuskel auf die Nähe dieses Mädchens.

Das Zimmer war behaglich, aber unpersönlich eingerichtet. Es enthielt eine Menge bürgerlicher Gegenstände, Sessel, Couch, Tisch aus Nußbaum. Alles wirkte ziemlich neu, wie aus dem Laden.

Es schien, als wisse Pat, daß Karwenna das Zimmer taxiere.

»Es wohnt niemand hier«, sagte sie, »nur die Pflegerin hält sich hier manchmal auf. Meine Mutter lebt nebenan. Ich sagte Ihnen schon, daß sie im Bett liegt –«

»Jaja, ich weiß.«

Sie sah ihn plötzlich mit größer werdenden Augen an. »Sie wollen doch nicht mit ihr sprechen?«

»Kann man nicht?« fragte Karwenna zurück.

»Doch, sie ist bei klarem Verstand. Man kann sehr gut mit ihr reden, aber sie weiß nicht, daß Georg tot ist –«

Georg? Natürlich, Georg Lindemann wurde hier beim Vornamen genannt. Offensichtlich wußte die Mutter, wem sie alles verdankte. Was verdankte sie ihm alles? fragte sich Karwenna. Nun, diese Wohnung, eine Pflegerin, geordnete Verhältnisse, finanzielle Sicherheit. Lindemann hatte sich ein junges Mädchen gekauft, mit einer kranken Mutter auf der Sollseite dieses Geschäftes.

»Darf sie es nicht wissen?« fragte Karwenna.

»Es würde sie aufregen«, murmelte Pat, »sie ist sehr leicht zu erregen. Und dann zittert sie am ganzen Körper. Der Arzt sagt, wir sollen alles fernhalten von ihr.« Sie setzte hinzu: »Meine Mutter genießt den Frieden, den sie jetzt hat. Das ist ein ganz ungewöhnlicher Zustand für sie.«

Sie stand immer noch vor Karwenna, ihm voll zugewandt, ziemlich nah, fast hautnah.

»Wollten Sie sie verhören? Worüber? Sie weiß nichts. Sie lebt in ihrer eigenen Welt. Und die hat mit unserer nicht mehr viel zu tun –«.

»Können Sie mich vorstellen als einen guten Freund?«

»Wollen Sie sie unbedingt sehen?«

»Ich verspreche Ihnen, daß ich nicht sage, wer ich bin. Ich werde auch den Namen Lindemann nicht erwähnen –«

Pat zögerte.

Ihre Augen waren groß, enthielten Wärme. Wie hatte der Studioleiter gesagt: Sie hat keine besondere Individualität, aber sie ist ein Typ, der überall Sympathie erzeugt.

Karwenna fühlte sich versucht, sie anzufassen, es war, als sei nichts Besonderes dabei, dies zu tun, sie zu berühren, von ihr Wärme zu empfangen.

»Ich vertraue Ihnen«, sagte sie, ging ihm voraus über die Diele in das Krankenzimmer hinein.

Im Krankenzimmer sah man eine ältere Frau, die sich gerade über die Kranke gebeugt, sie gefüttert hatte.

»Lassen Sie uns mal mit meiner Mutter allein?« fragte Pat.

Die Schwester hatte ein breitflächiges Gesicht, entstellt

von Altersflecken, von denen sie übersät war. Die Augen musterten Karwenna, ehe die Frau wortlos beiseite trat.

Im Bett lag Pats Mutter. Eine sehr schmale, sehr kleine Person, ihr Kopf, der zart und eingefallen war, erzeugte jedenfalls diesen Eindruck. Ein Vogelkopf, dunkle Augen ohne Tiefe, ohne Wärme, Augen wie Knöpfe. Schütteres weißes Haar, das die Schädelstruktur nicht verdeckte. Zwei Hände auf der Tischdecke, schmal, flach, mit einem Geäst von blauen dünnen Adern.

»Wer ist das, Pat?« fragte sie, blickte Karwenna an. »Warum kommt Georg nicht? Hast du dich mit ihm gezankt? Er war seit zwei Tagen nicht da.«

»Dies ist Herr Karwenna, ein Freund von mir –«

»Sag es nicht. Sag es nicht so«, murmelte die Frau.

»Ein zufälliger Bekannter, Mama. Du weißt, wie ich es meine –«

»Jaja«, flüsterte sie mit einer merkwürdig tonlosen Stimme, »was will er hier?«

»Ich sagte, daß meine Mutter krank sei und daß sie hier in einem Bett liegt, nicht aufstehen kann –«

»Jaja«, der Kopf gab ein kleines Nicken von sich, »das ist richtig. Ich muß das Bett hüten. Vorerst. Es hat noch keine entscheidende Besserung eingesetzt.«

»Nein, Mama –?«

»Noch nicht. Aber ich werde die Geduld nicht verlieren. Verliere du sie auch nicht.« Sie sah Karwenna ständig an. »Was will er hier? Es ist nicht amüsant, eine alte Frau zu sehen.« Mißtrauisch setzte sie fort: »Verbirgst du mir etwas?«

»Nein, nein, Mama.«

»Mit Georg ist alles in Ordnung?«

»Ja, Mama –«

»Du weißt, was wir ihm verdanken. Wir sind auf ihn angewiesen. Du kannst dir keinen Streit mit ihm erlauben.«

»Du hörst doch, Mama –«, sagte Pat ungeduldig.

Karwenna nahm nun den Krankengeruch wahr, den besonderen Bettgeruch. Er sah die alte Frau mit dem mageren Kopf an und spürte keine besondere Sympathie für sie.

»Sie kennen Georg Lindemann?« fragte Karwenna.

»Jaja –«, erwiderte die alte Frau unruhig.

Karwenna spürte Pat neben sich. Es war, als suche sie seinen Arm, wolle ihn erinnern an die Abmachung.

»Hat er Sie besucht?« fragte Karwenna.

»Nein, nein –«, schüttelte die Kranke den Kopf.

»Sie weiß immer, wenn er hier ist. Sie hört die Schritte. Meine Wohnung befindet sich direkt über uns –«

»Ja«, kicherte die alte Frau plötzlich, »ich weiß es immer. Ich höre Schritte oben und weiß, daß es seine sind.«

Sie schien versucht, sich aufzurichten, ihre mageren Schultern drängten nach vorn. Sie blieb in dieser sonderbaren Haltung eine Weile und sagte fast triumphierend: »Ich habe es immer gewußt. Wenn Pat kam, sagte ich: Er war da. War er da? Und sie sagte jedesmal: Er war da. Woher weißt du es bloß?«

Sie lachte und zeigte so etwas wie ein tiefes Vergnügen. Sie zeigte mit der Hand gegen die Decke. »Ich erkannte seine Schritte und war dann jedesmal ganz beruhigt.«

»Wann war er das letzte Mal da?« fragte Karwenna.

»Vor drei Tagen?«

»Zu welcher Tageszeit?«

Pat zeigte offen ihre Unruhe. »Stellen Sie meiner Mutter keine Fragen«, rief sie. »Sie haben mir versprochen, ihr keine Fragen zu stellen.«

»Tageszeit, Tageszeit –«, rief die alte Frau, »glauben Sie, ich wüßte in diesem Zimmer, welche Tageszeit wir gerade haben? Ich kenne nur hell und dunkel, weiter nichts, nur hell und dunkel, und das folgt immer schneller aufeinander, hell und dunkel –«

Sie erregte sich plötzlich, und die Schwester erschien wieder, so als kenne sie jeden Laut der Kranken.

»Sie haben Ihre Mutter aufgeregt«, rief sie, »Sie wissen, daß Sie das nicht tun sollen.«

Frau Lomes hatte sich ausgestreckt, atmete flacher und schneller, behielt ihre Tochter im Blick. »Keinen Streit mit Georg, hörst du. Er war seit zwei Tagen nicht da. Wir sind auf den Mann angewiesen. Du vergißt das nicht?«

Sie stieß den letzten Satz mit großer Kraft aus, ihre Stimme bekam etwas Flehendes. Sie wandte den Kopf zu Karwenna.

»Wenn Sie diesen Mann kennen, grüßen Sie ihn. Sagen

Sie ihm, daß ich Ihnen Grüße aufgetragen habe. Kennen Sie Georg?«

»Ja, er kennt ihn, Mama.«

»Aha«, nickte die Mutter, »nicht wahr, Sie vergessen es nicht?«

»Nein, nein«, versprach Karwenna.

Pat drängte Karwenna zu gehen. Vom Bett aus folgten ihnen die Blicke der alten Frau. Ihr Gesicht enthielt ein beschwörendes Lächeln. Sie versuchte eine Hand zu heben, die eine Weile, weiß wie ein Hühnerknochen, in der Luft schwebte, dann auf die Bettdecke zurückfiel.

»Gehen wir nach oben«, sagte Pat, ging mit Karwenna die Treppe hinauf, öffnete die Tür zu ihrer Wohnung.

»Jetzt hört sie meine Schritte»«, sagte Karwenna.

»Ja, jetzt hört sie Ihre.«

»Kann sie wirklich Schritte unterscheiden?«

»Sie hat immer gewußt, wenn es Georg war, der hier herumging.«

Pat hat die Tür zu ihrem Wohnzimmer geöffnet, ließ Karwenna eintreten. Wieder blieb sie so stehen, daß Karwenna dicht an ihr vorbeigehen mußte. Und wieder spürte Karwenna die Anspannung bis in seinen Herzmuskel hinein.

Die Wiederholung dieses Vorganges machte ihn so betroffen, daß er sich mit angestrengter Bewegung in einen Sessel setzte.

Langsam löste sich Pat von der Tür, kam heran. Sie setzte sich Karwenna gegenüber, lächelte leicht, abwesend, als wolle sie sagen: Ich habe es natürlich bemerkt – Ihre Augen waren weit geöffnet, sie sah Karwenna unverwandt an, saß abwartend, so als läge es an ihm, zu bestimmen, wie es nun weitergehen solle.

Karwenna faßte sich mühsam. Fast mit Erschrecken stellte er fest, daß er nichts zu sagen wußte. Keine Frage, die sich ihm aufdrängte und die seine Anwesenheit erklärt hätte.

Sie schien seine Hilflosigkeit zu begreifen, stand plötzlich auf.

»Ich werde Kaffee machen.«

Sie ging in die Küche, ließ die Tür offen, so daß Karwenna sie hin und her gehen sah. Er hörte ihre Stimme: »Ich habe erwartet, daß Sie mich besuchen würden. Ich kann es nicht erklären, aber ich war ganz sicher. Ich stand heute morgen auf und dachte: Er wird kommen.«

Ihre Stimme quälte ihn und versetzte ihn zugleich in eine Stimmung, die so etwas wie freudige Erwartung enthielt, so als habe er sich ein Erlebnis verschafft, das er sich verschaffen wollte.

Karwenna lehnte sich zurück und wußte plötzlich: Wenn ich es will, habe ich eine Liebesgeschichte mit ihr. Alles, was sie sagt, was sie tut, jede Bewegung, enthält eine Hinwendung, eine eindeutige Hinwendung.

Karwenna trank Kaffee mit Pat.

Sie gab sich wie befreit, lächelte selbst dann, wenn kein Grund erkennbar war, schien durchdrungen zu sein von Erwartung und von Versprechen. Ihre Augen blitzten, so als habe sie es in der Macht, ihnen den gewissen Funken zu geben. Sie hielt den Kopf schräg, was ihr eine besonders verführerische Note gab, saß mit durchgebogenem Kreuz, daß ihre Brüste sichtbarer wurden.

»Ihr Leben wird sich nun sehr ändern«, sagte Karwenna. »Hat Ihre Mutter recht, wenn sie sagt, daß Sie angewiesen waren auf Georg Lindemann?«

»Sprechen wir nicht darüber«, sagte Pat.

»Es war zu sehen, daß Ihre Mutter sich Sorgen machte.«

»Sie macht sich immer Sorgen –«

Es mißfiel Pat sichtlich, daß Karwenna darauf zu sprechen kam.

»Sie ist krank, und ein Kranker fühlt sich bedrohter als ein gesunder Mensch. Das ist alles.«

»Sie haben keine Angst um Ihre Zukunft?«

»Nein, nein. Ich bin jetzt gut im Beruf. Ich habe ihn gelernt, ich versteh' jetzt etwas davon. Mein Vertrag mit der Firma besteht ja noch, und wenn er gekündigt wird –«, sie breitete die Arme aus, »dann mache ich morgen etwas anderes.«

Sie brachte sich auf dem Sessel sitzend wieder in Positur, ganz offensichtlich und so wie sie es gelernt hatte. Und Karwenna dachte: Sie posiert wie in einem Studio. Die Frage ist nur: Für welche Ware tut sie es?

Pat stand auf. »Wollen Sie Musik hören?« Sie bewegte sich durch den Raum mit dem gelernten Gang der Mannequins, bewegte die Hüften, drehte sich um, blitzte wieder mit den Augen.

Wieder dachte Karwenna: Sie geht wie nach einem Plan vor. Ihre Absicht ist nicht zu verkennen.

»Nein, nein«, sagte Karwenna und zwang sich, aufzustehen.

»Wie? Sie wollen schon gehen –?«

»Ja«, murmelte Karwenna, »ich muß nun ins Büro zurück.«

Sie zeigte ihre Enttäuschung ganz offen, legte die Platte, die sie schon ausgesucht hatte, zurück, meinte dann: »Wie Sie wollen. Ich habe mich gefreut, daß Sie hier waren.«

Sie kam heran, stand dicht vor ihm, hielt den Kopf gesenkt, als warte sie ergeben auf etwas, was sich nun ereignen müsse. In dieser Haltung zeigte sie keine Koketterie mehr, sondern eine Art von dumpfer Ergebenheit, so als habe sie die ganze Zeit sich einer großen Anstrengung unterzogen, die nicht belohnt worden sei. Sie hob den Blick, sah mit düsterem Ernst auf Karwenna.

»Sie können jederzeit zu mir kommen«, sagte sie, »wenn ich nicht hier bin, dann bin ich unten in der Wohnung bei meiner Mutter. Sollte ich im Studio sein, hinterlasse ich einen Zettel an der Tür.«

Sie zählte alles dies mit sachlicher und eindringlicher Stimme auf, verriet damit, wie sehr sie daran interessiert war, Karwenna wiederzusehen.

Sie brachte ihn bis an die Tür, stand dort erneut bedrückt wie jemand, der Erwartungen an den Besuch geknüpft hatte, die nicht erfüllt wurden.

Karwenna war sehr in Gefahr, zu erkennen zu geben, was er dachte, fühlte. Mit aller Anstrengung befleißigte er sich einer Haltung, die fast steif wirkte.

»Ich melde mich wieder«, sagte er und ging die Treppe hinunter.

*

Unten traf er auf Huberti, der gerade ins Haus gehen wollte.

»Oh«, sagte Huberti, lachte Karwenna an, »ich hatte mir fast gedacht, daß ich Sie hier noch mal sehen würde –«

»Hatten Sie?« fragte Karwenna ärgerlich.

Huberti hob die Hand, als wolle er sich entschuldigen, lächelte.

»Ich verstehe nichts von Ihrem Beruf. Sie sind noch bei Ermittlungen, nicht wahr?«

»Ja, immer noch. Haben Sie Zeit für mich?«

Karwenna gab seiner Stimme einen sachlichen und forschen Ton. Er war bestrebt, sein Gleichgewicht zurückzugewinnen.

»Ja, natürlich«, sagte Huberti sofort, ließ die Haustür los, die er offengehalten hatte. Sie schlug zu.

»Wollen Sie mich mit ins Büro nehmen?«

»Nein, nein«, zögerte Karwenna.

»Es gibt hier ein Café, das wenig besucht ist.«

Huberti ging neben Karwenna die Straße hinunter. Er war nicht bedrückt, eher aufmerksam, hielt sich Karwenna zugewandt – eine Hinwendung, wie auch Pat sie gehabt hatte, wie Karwenna fand – und ging Karwenna voraus in ein Café.

Das Café bestand aus einem einzigen großen Raum. Die Decke war stuckverziert, Stuckgirlanden rieselten die Wände herunter, an denen Bilder hingen, die Gesichter zeigten. Der Inhaber dieses Lokals zeigte seine Treue zum alten Königshaus mit Bildern aus der Dynastie der Wittelsbacher.

Huberti suchte einen Tisch aus, zeigte auf ihn. Er hatte sanfte Bewegungen, wandte sich jetzt um: »Ist dieser Tisch recht?«

Wortlos setzte sich Karwenna, zeigte eine gewisse Grobheit, fühlte sich dazu provoziert.

Huberti setzte sich ungekränkt. Er trug eine graue Hose mit Bügelfalten, ein sauberes Hemd und wieder einen Pullover. Huberti sah adrett aus, nicht wie ein Revolutionär. Karwenna dachte: Nein, so sieht er nicht aus, und fragte sich gleich weiter: Wie kam er auf die Bezeichnung ›Revolutionär‹? Er gab sich die Antwort: Hat sein Staatsexamen gemacht, Diplomphysiker, sucht keine Arbeit, hat Zeit, läuft herum, schwätzt.

»Sagen Sie«, fragte Karwenna, »warum arbeiten Sie nicht?«

Huberti behielt seine Ruhe, seine Gelassenheit. »Ich beantworte Ihnen die Frage sofort. Aber was trinken wir?«

Es verlangte Karwenna nach einem Bier. Huberti zog eine Tasse Kaffee vor, er kannte den Ober beim Namen. Der Ober lächelte zurück.

»Sie fragten, warum ich nicht arbeite?« Er fuhr gleich fort: »Arbeit stört beim Denken. Ich leiste mir den Luxus, nicht arbeiten zu brauchen, so lange es geht.« Er fügte gleich hinzu: »Ich verbinde keine Weltanschauung damit, und ich weiß auch, daß ich der Arbeit nicht entgehen kann. Irgendwann erwischt es mich, so wie es alle anderen erwischt hat.«

Huberti sprach ohne besondere Betonung, war nicht exaltiert, er sprach über seine Arbeitslosigkeit in der heitersten Weise, zeigte plötzlich mit dem Finger auf Karwenna: »Geben Sie es nur zu, daß Sie mich beneiden –«

»Ah was«, sagte Karwenna spontan und ärgerlich.

»Die meisten Leute tun es jedenfalls, weil sie fühlen, daß sie ihre Freiheit verloren haben.«

»Sie haben sie noch?«

»Ja, ich habe sie«, murmelte Huberti, senkte den Blick, »ich kann über meine Zeit verfügen –«

»Und was fangen Sie damit an?«

»Ich sagte Ihnen doch schon, ich lebe und denke.« Er entschloß sich zu lächeln. »Sie kennen das doch: Ich denke, also bin ich. Ich verschaffe mir das Erlebnis zu *sein* –«

Sein Lächeln enthielt nun Selbstironie, er sah Karwenna an, als wolle er um Entschuldigung bitten. »Wissen Sie, Ihre Frage ist schwer zu beantworten. Man fällt auf, wenn man eine andere Meinung hat als die herkömmliche. Ich leiste mir mal den Luxus, völlig andere Ansichten zu haben.«

Der Ober kam, brachte das Bier, den Kaffee.

»So«, sagte Karwenna, »und was für andere Meinungen haben Sie zu Tage gefördert?«

»Hm«, meinte Huberti, »einen praktischen Nutzen wird

das wohl alles nicht haben. Es ist ein ganz persönliches Erlebnis.«

Er schien bemüht, das Gespräch nicht ernsthaft werden zu lassen, so als sei er bereit, die Rolle eines Mannes zu übernehmen, der etwas tut oder denkt, was man nur belächeln kann. Dieses Lächeln wollte er auf sich nehmen, sah Karwenna an, als fordere er ihn zum Spott heraus.

»Wovon leben Sie?« fragte Karwenna.

»Meine Mutter hat eine Pension, die so gut ist, daß Sie sie allein nicht ausgeben kann.« Er breitete die Hände aus. »Meine Mutter ernährt mich –«

Seine Augen wurden plötzlich dunkler, als würde er nun eine ironische Bemerkung nicht zulassen. Aber Karwenna dachte nicht daran, war ganz in Gedanken.

»Sie haben Pat oft ins Studio begleitet.«

»Ja –«, Huberti schien froh zu sein, das Thema wechseln zu dürfen, richtete sich gleich auf. »Was sagen Sie zu dieser Tätigkeit? Waren Sie da? Haben Sie mit dem Studioleiter gesprochen?«

»Ja, und von ihm erfuhr ich, daß Sie dort öfter mit Lindemann zusammengetroffen sind. Ich möchte Ihnen die Frage noch einmal stellen: Wie gut kannten Sie Lindemann –?«

»Ah«, machte Huberti eine wegwerfende Bewegung. »Habe ich Ihnen das nicht schon gestern gesagt? Wir hatten ein gutes Verhältnis zueinander. Es beruhte im wesentlichen darauf, daß er mich nicht ernst nahm –«

Er sagte dies lächelnd und schien wirklich ungekränkt zu sein.

»Ja, der Studioleiter, den ich auch danach befragt, sagte, daß Lindemann Sie wie einen Haushund behandelt habe –«

»So? Sagte er das?« lächelte Huberti. »Sehr gut. Ja, das hat er ganz richtig beobachtet. Ja, er hat mich wie einen Haushund behandelt. Mal gestreichelt, mal in den Hintern getreten.«

Huberti lachte herzlicher.

»Um bei dem Beispiel zu bleiben: Er hätte mich gern ein paar Kunststücke machen lassen, aber –«, jetzt hob er die Schultern, »das schaffte er nicht.«

»Was für Kunststücke –?«

»Ich habe nur einen Vergleich gebraucht. Ich meine die Kunststücke, die er von allen verlangt hat. In seinem Laden mußten alle parieren, aufs Wort gehorchen, sozusagen bei Fuß gehen. Wer dies nicht tat, bekam die Peitsche –«

»Haben Sie die Peitsche bekommen?«

Huberti schien immer mehr Vergnügen an der Unterhaltung zu bekommen.

»Aber ich doch nicht. Ich sagte Ihnen doch schon, ich hatte mit dem Mann nichts zu tun. Ich bin unangreifbar, mir kann niemand etwas, weil ich nicht abhängig bin –«

Sein Lächeln war nicht ganz frei. Es war, als schnüre ihm ein plötzlicher Gedanke die Brust ein, bringe ihn um seinen wirklich gelassenen Ton.

Er blies seinen Atem weg, sah Karwenna an, als wolle er sehen, ob Karwenna dieses leichte Stocken und Atemholen aufgefallen sei.

»Aber Sie hatten eine genaue Meinung über Lindemann –«

»Ganz gewiß hatte ich die«, erwiderte Huberti spontan, »eine Meinung übrigens, die er kannte, aus der ich keinen Hehl gemacht habe. Ich hielt ihn für ein menschliches Unglück.«

Er lächelte, als wolle er diese Worte mildern. Zugleich beugte er sich vor, als sei nun ein Thema angeschnitten worden, das ihn stärker betreffe. Er wirkte wie jemand, der eine aufrechte Haltung einzunehmen wünscht, um dem, was er zu sagen hat, das Gewicht großer Ehrlichkeit zu geben.

»Ein menschliches Unglück?« fragte Karwenna.

»Ja, in der Art, die er verkörperte? Der Mann war ein reiner Zyniker. Nein –«, korrigierte sich Huberti, »er wirkte wie ein Zyniker, aber er war jemand, der Zynismen nicht als solche empfand. Was viel schlimmer ist. Der Mann hatte keinen Glauben, keine Ansichten, geistiger oder religiöser Art, infolgedessen auch keine Ideale oder etwas, was man so bezeichnen könnte. Wer das nicht hat, hat auch keine Moral. Der Mann ging durch das Leben wie ein Panzer –«, er grinste ein wenig unglücklich, so als bereite der Vergleich ihm Schmerzen, »der alles zermalmt. Hat ein Panzer Ideale oder kennt er Moral –?«

Jetzt lachte er nun wirklich.

»Und im übrigen ging er über Menschen hinweg wie ein Panzer es im Kriegsfalle tun würde. Für Lindemann war der Kriegsfall immer gegeben –«

Huberti war heftiger geworden, hatte sich vorgebeugt, seine Augen hatten plötzlich Feuer.

»Er walzte alles nieder, seine Frau, seinen Sohn, seine Angestellten

»Und Patricia –«

Huberti lachte: »Auch die, natürlich, auch die. Ich sagte ja jeden.«

»Haben Sie sich darüber mit Lindemann unterhalten?«

»Ja, ziemlich oft. Lindemann mochte diese Gespräche, manchmal suchte er sie sogar. Sie machten ihm Spaß. Er kam mir jedesmal vor wie jemand, der den Motor anläßt, sich auf den Ketten dreht, um sein Opfer zu erkennen, aufs Korn zu nehmen.«

Huberti saß stumm, sagte dann plötzlich: »Lindemann hat über jemanden wie mich laut gelacht. Er empfand nichts als Verachtung für mich.«

»Das waren dann sicher keine amüsanten Gespräche?«

»Nein«, sagte Huberti nach leichtem Zögern, gab zu: »Nein, das waren sie nicht. Man kann mit einem Panzer nicht diskutieren. Oder –?«

Er lachte Karwenna an, sank ein wenig zusammen, als wolle er andeuten, daß er nun genug über dieses Thema gesprochen habe.

Er sagte ganz freimütig. »Sie überlegen natürlich, ob ich Grund gehabt haben könnte, den Mann zu erschießen –«

»Ja, das tue ich«, sagte Karwenna.

Huberti schüttelte den Kopf, meinte: »Ich habe mich manchmal gefragt, ob dieser Mann das Leben wert ist, und wenn ich ehrlich bin, sage ich ›nein‹, der nicht, dieser Typ nicht, mit einem solchen Mann bewegt sich nichts, jedenfalls nicht in die richtige Richtung. Er taugt nichts für eine Fortentwicklung, an die man doch glauben sollte. Es ist doch so, daß die menschlichen Verhältnisse heutzutage in Ordnung gebracht werden müssen, sie müssen doch endgültig in Ordnung gebracht werden, oder –?«

Ganz unversehens war seine Stimme leidenschaftlich geworden. Sie zitterte fast, seine Hände hatten sich zusammengekrampft, er saß mit geballten Fäusten da und hatte ein Flimmern in den Augen, das verriet, wie sehr er aus dem Gleichgewicht geraten war.

Er atmete tief auf, rief den Ober.

»Nehmen Sie es mir nicht übel«, sagte er ruhiger, »aber ich will jetzt gehen, muß jetzt gehen.«

Er verzog die Lippen zu einem sonderbaren Lächeln. »Ich fange an, mein Gefühl von Freiheit zu verlieren. Es besteht unter anderem darin, jederzeit aufstehen und weggehen zu können.«

Er stand auf, sah Karwenna plötzlich ernst an: »Das kann ich doch?«

Er hatte den Satz ins Fragende erhoben, schien auf eine Antwort zu warten.

»Natürlich«, sagte Karwenna, stand ebenfalls auf.

Karwenna war größer als Huberti, der ihm jetzt klein, schmal und hilfsbedürftig vorkam.

Huberti lächelte wie jemand, der damit eine nette Geste für den Abschied vorbereitet.

»Also dann –«, er streckte ihm die Hand hin. »Werde ich Sie wiedersehen?« fragte er plötzlich.

»Bestimmt«, antwortete Karwenna, sah zu, wie Huberti hinausging, mit weichen Bewegungen und deutlicher Unsicherheit.

Karwenna setzte sich, hatte Lust zu rauchen und etwas Stärkeres zu trinken als Bier.

Er bestellte einen Schnaps, setzte sich wieder.

Er hatte plötzlich das Gefühl, als könne er die Verachtung, die Lindemann für Huberti offensichtlich empfand, teilen. Er dachte: Ich bin so wie Lindemann versucht, ihn in den Hintern zu treten.

Ganz plötzlich mißfielen ihm die traurigen Augen Hubertis, seine Weichheit, seine ›Gedankentiefe‹. Karwenna wurde ärgerlich und überdachte die Äußerungen, die gefallen waren. Huberti hatte Lindemann als einen Panzer bezeichnet, der jeden zu überrollen trachtete, er habe keine Ideale gehabt und damit keine Moral.

Um Himmels willen, dachte Karwenna, das ist ja, als gerate man plötzlich wie in einen Sumpf, einfach kein fester Boden mehr. Was war Huberti eigentlich? Wenn er sich selber als das Gegenteil Lindemanns ansah, dann war er ein Idealist, ein Moralist, jemand, der sich um den menschlichen Fortschritt Gedanken macht?

Wieder dachte Karwenna: um Himmels willen.

Er trank den Schnaps, fühlte die feurige Erregung seiner Eingeweide als eine Wohltat. Am Rande tauchte eine Frage auf: Könnte Huberti Lindemann erschossen haben aus einem Motiv heraus, das ein – nun ja, ein weltanschauliches war? Könnten die Gegensätze derart gewesen sein, daß Huberti es für so etwas wie seine Pflicht angesehen hat, ihn zu töten?

Nein, nein, dachte Karwenna. Der Gedanke, daß dem Fall ein solches Motiv zugrunde liegen könnte, erschreckte ihn.

Die Schärfe seiner Gedanken nahm ab, dafür brachte sein Gefühl ihm das Bild Pats vor Augen. Er sah sie vor sich, nah vor sich, spürte selbst jetzt im Gedanken an das Mädchen den leichten Schmerz in seinem Herzmuskel und erinnerte sich ihrer Blicke. Die Erwartung darin wurde in der Erinnerung überdeutlich.

Karwenna stand abrupt auf, als müsse er sich aus einem Bann befreien. Er lachte auf, so daß der Ober ihn verwundert ansah.

Es gilt nicht dir, dachte Karwenna mit Selbstironie, es gilt mir. Verdammt, dachte er, ich bin in Gefahr.

Er ging auf die Straße hinaus und wiederholte sich diesen Satz: Ich bin in Gefahr.

*

Im Wagen überkam ihn plötzlich wieder Mutlosigkeit. Er hatte wie ein verzweifelter Goldsucher das Sieb geschüttelt, nichts war geblieben, nichts als ein bißchen Sand, den er zurückschütten konnte.

Er sah auf die Uhr. Es war schon später Nachmittag.

Karwenna fuhr zurück ins Büro.

Henk sah ihn neugierig an, aber Karwenna beschränkte

sich darauf, die Schultern zu zucken und zu sagen: »Nichts, absolut nichts.«

Er setzte sich an seinen Schreibtisch, starrte den Stapel Papier an, der der Bearbeitung harrte. Widerwillig nahm er die Akten an sich, versuchte, sich zu konzentrieren. Aber er ertappte sich dabei, daß er still saß, die Hand schwer auf dem Papier liegen hatte.

Henk sagte besorgt: »Da kommt was auf uns zu, Karwenna. Die Presse hat angerufen. Irgendwie sehen sie Lindemann jetzt als eine bedeutende Persönlichkeit an. Der Fall bekommt einen politischen Dreh –«

Karwenna zog die Schublade auf, holte das Manuskript Lindemanns hervor. »Hast du das gelesen?«

»Ich habe mal reingeschaut.« Henk verzog die Lippen. »Ein kaltblütiger Bursche, was? Ein gehenkter Junge. Jetzt sieht man mal, wie's gemacht wird –«

Karwenna hatte ganz plötzlich Lust, mehr von Henk zu hören.

»Was sagst du dazu? Wie findest du die Sache ?«

»Mann, Mann«, murmelte Henk, »ich habe immer gedacht, Werbung macht man nur für Produkte wie – wie Waschpulver. Daß man auch Menschen durch Werbung verkaufen will –«

»Findest du das falsch?« fragte Karwenna plötzlich mit Erregung, »falsch oder bösartig oder unmoralisch –?«

»Es ist ziemlich clever«, meinte Henk.

»Nicht mehr?« wollte Karwenna wissen, »findest du es nicht ungeheuer schäbig? Da soll man wählen, Abgeordnete wählen, und in der Werbung bieten sie uns Monster an, Erdachte, künstlich Hergestellte, jedenfalls nicht die Menschen, die es sind –«

»Hallo, hallo«, wunderte sich Henk, »siehst du das so?«

»Mich wundert, daß du es nicht so siehst.«

»Aber, Menschenskind, Karwenna«, meinte Henk, »wie das so zugeht, das weiß man doch längst –«

»Findest du das denn richtig?«

»Richtig, richtig –«, gab Henk zurück, raffte sich auf und fuhr ärgerlich fort: »Was für eine Bedeutung hat denn das Manuskript für unseren Mordfall? Der Mann hat 'ne Werbefirma, und in der Leitung dieser Firma war er sicher genial –«

»Genial?« rief Karwenna aus, »der Mann war ein Kotzbrocken. Der Mann hat seine Angestellten schikaniert, sie gebraucht, ausgenutzt, weggeschmissen, wenn sie nicht mehr taugten, wenn sie nicht parierten –«

»Aber, aber –«, murmelte Henk, »was es da so für Typen gibt, das wissen wir doch.«

Karwenna bremste sich.

»Ich wollte nur mal fragen –«, senkte er die Stimme, schob das Manuskript beiseite.

»Schließ es lieber wieder weg«, rief Henk, »für die anderen Parteien ist das natürlich wie Dynamit –«

Richtig, dachte Karwenna. Die würden mit diesen Unterlagen einen solchen Gegenfeldzug starten, daß das politische Kräfteverhältnis sich umkehren könnte.

Ganz plötzlich tickte es in seinem Gehirn.

»Henk«, fragte er plötzlich, »könnte es doch sein, daß es in dem Fall politische Gründe gibt?«

»Bewahr uns der Himmel«, lachte Henk auf.

»Warum?« fragte Karwenna plötzlich erbittert und rief aus: »Wäre nicht besonders schön, aber kein Grund für uns, nicht zu funktionieren wie üblich –«

Der Gedanke, daß der Fall ganz andere Gründe und Motive haben könnte, verschaffte ihm plötzlich so etwas wie Erleichterung.

Er dachte an Pat. Und jetzt, indem er an sie dachte, ganz unvermutet an sie dachte, stellte er etwas fest, war er sich plötzlich ganz klar über eine Empfindung, die er hatte, die er ganz deutlich hatte: Pat war für ihn eine verdächtige Person.

Die Erleichterung war nur von kurzer Dauer gewesen. Es war, als sage etwas in ihm: Nein, nichts spricht sie von diesem Verdacht frei, bis jetzt noch nicht.

»Was ist los?« fragte Henk, der die plötzliche Abwesenheit Karwennas bemerkte.

»Nichts, nichts«, murmelte Karwenna, schloß das Manuskript Lindemanns wieder ein, sah dann Henk an und gestand leise: »Ich komme nicht weiter. Ich bin mitten in einer

Geschichte, die sich abgespielt hat zwischen Lindemann, Patricia und Huberti. Ich stehe neben den Personen, kann sie mir vorstellen, mache sie mir lebendig, aber ich begreife noch nichts.«

Und er fügte hinzu: »Der Gedanke an Politik ist Nonsens. Ich glaube nicht daran. Irgend etwas in dieser Richtung hätte ich längst feststellen müssen, irgendwas wäre dann aufgetaucht, ein Streit, ein Konflikt, ein Problem, eine Person oder mehrere.

Er saß wieder abwesend und meinte: »Ich denke, es bleibt bei den Personen, mit denen ich es jetzt zu tun habe.«

VI

Gegen sechs rief Karwenna Frau Lindemann an.

Sie war nicht am Apparat, sondern es meldete sich ihr Sohn Udo.

Der junge Mann rief sofort: »Sie haben den Mörder?«

»Nein, ich habe ihn nicht. Aber ich möchte noch mal mit Ihnen, mit Ihrer Mutter sprechen.«

»Kommen Sie nur vorbei. Ich bin zwar völlig fertig, aber für Sie habe ich natürlich Zeit.«

Karwenna legte den Hörer auf, erhob sich.

Henk stand neben ihm. »Hat das einen Sinn?« fragte er.

Karwenna antwortete mit Nervosität. »Es bleibt mir nichts anderes übrig, als immer wieder dasselbe zu tun, Fragen zu stellen, selbst wenn ich sie schon hundertmal gestellt habe. Du weißt, wie oft es vorgekommen ist, daß beim hundertsten Male die Antwort plötzlich ganz anders ausgefallen ist.«

Die blasse Sekretärin öffnete Karwenna die Tür der Villa.

Udo Lindemann kam sofort aus dem Büro, gab Karwenna die Hand, sprach gleich los: »unglaublich, was der Tod meines Vaters bedeutet. Als ob ein Felsblock auf uns alle niedergegangen sei. Die Firma ist wie zermalmt. Alles schwimmt uns davon. Wir machen ganz sicher nach außen hin einen wirren Eindruck, einen ganz wirren Eindruck. Niemand, der Bescheid weiß. Mein Vater hatte alle Fäden in der Hand –«

Seine Stimme wurde klagend.

»Ich bedaure, daß er nicht sehen kann, was er angerichtet hat mit seiner Art, alle anderen für unfähig gehalten zu haben.«

Es schien ihm aufzufallen, daß diese Art zu reden bei Karwenna einen schlechten Eindruck machen könnte. Er wischte über die Stirn.

»Entschuldigen Sie, aber es muß ja alles weitergehen. Ich muß mir seine Schuhe anziehen –«

Er lachte nervös, fuhr mit den Blicken herum, und Karwenna konnte ihm nur zustimmen, wenn der junge Mann gestand, daß er völlig durcheinander sei.

Er führte Karwenna in das Prachtzimmer, das seine Kälte nicht verloren hatte.

»Meine Mutter ist in ihrem Zimmer, kommt kaum zum Vorschein. Ich bin in größter Sorge. Aber wenn Sie sie sprechen wollen, Sie können es tun. Sie hat mir ausdrücklich gesagt, daß ich melden soll, wenn Sie anrufen oder kommen.«

»Lassen Sie es noch«, bat Karwenna.

Dann gab er dem jungen Mann einen kurzen Bericht, den er beendete: »Also noch kein Mörder weit und breit zu sehen.«

»Verrückt, verrückt, was«, murmelte der junge Mann, »irgend jemand hat doch eine Pistole in der Hand gehabt, wollte meinen Vater beseitigen, irgendwas von sich selber abwenden, Gefahr, Verluste, Bedrohung – haben Sie schon in dieser Richtung recherchiert?«

»Ihr Vater hatte eine Art, die ihm viele Feinde gemacht hat.«

Der junge Mann geriet ins Lachen. Es kam ganz ungewollt heraus: »Ja, das ist richtig. Er hat keine Gelegenheit vorbeigehen lassen, draufzuhauen. Seine Meinung war: Man muß Menschen fühlen lassen, wer der Herr ist. Sie wollen es so. Es war tatsächlich seine Meinung, daß alle Menschen ihren Platz sehen wollen, haben wollen. Man muß ihnen nur sagen, welchen. Er hat mir einmal erklärt: Niemand will unbedingt den ersten Platz haben, er ist scharf auf einen sicheren, auf seinen eigenen Platz, auf dem er sich einrichten, sich zu Hause fühlen kann.«

Der junge Mann suchte nach einer Zigarette, ging hin und her, trat von einem Fuß auf den anderen, rauchte schließlich und sah Karwenna eindringlich an.

»Mit seiner Art hat er sich natürlich viele Feinde gemacht, aber ich sehe keinen direkten Feind, niemanden, der einen Todeshaß auf ihn hatte.«

Der junge Mann schleuderte das Wort ›Todeshaß‹ heraus, daß es lauter war als jedes andere bisher gesprochene Wort. Es füllte den Raum mit seiner Bedeutung.

Todeshaß! Karwenna dachte über das Wort nach. Der Junge hatte recht. Irgend jemand, den Lindemann sich zum Feind gemacht hatte, hatte seinen Haß wachsen lassen in eine Dimension, die zum Verbrechen führen mußte, die zu einer Entladung geführt hatte.

»Ich habe recherchiert in Richtung Patricia Lomes und ihren Freund Huberti«, sagte Karwenna.

Der junge Mann hob schnell den Kopf, so als reiße es ihn hoch. Er starrte Karwenna an, überlegte aber seine Worte, ehe er sie aussprach:

»Daran habe ich auch schon gedacht.«

»Sie kennen Pat?«

»Ja, ich kenne sie.« Er verzog die Lippen. »Ungeheuer reizvoll. Wissen Sie –«, gestand er plötzlich, »um diese Geliebte habe ich ihn manchmal beneidet –«

Wieder schien er seine Wortre plötzlich unpassend zu finden. »Ich verstehe, daß Sie diesen privaten Bereich einbeziehen, aber ich selbst glaube nicht daran, daß Pat –«, es war, als brächte ihn der Gedanke zum Lachen, »daß Pat etwas mit dem Mord zu tun hat. Sie ist nicht besonders gescheit, aber auch nicht dämlich. Mein Vater brachte ihr nur Vorteile. Wissen Sie, daß er ihre Mutter unterstützte. Sie bekommt jeden Monat Geld. Sie steht bei uns auf der Gehaltsliste, wie ich gerade gesehen habe.«

Er erschrak ein wenig.

»Das ist steuerlich sicher nicht ganz korrekt, aber ich denke, daß dieser Aspekt Sie nicht groß interessieren wird.«

»Nein«, beruhigte Karwenna den jungen Mann.

»Ich habe gerade alles durchgesehen, alle Unterlagen, Verträge, Listen. Ich muß mich doch mit allem vertraut machen, da sehe ich, daß eine todkranke Person –«, jetzt mußte er lachen, »sozusagen bei uns im Büro sitzt und eine höchst wertvolle Arbeit leistet –«

Er lachte, sein Lachen wurde fast herzlich: »Ein Filou, mein Vater, was? Typisch ist das, ganz typisch für ihn –«

Er brachte sein Lachen zu einem Ende, stand dann mit hängenden Armen, hielt den Kopf schief und wiederholte: »Pat schlagen Sie sich aus dem Kopf. Die ist auf meinen Vater angewiesen gewesen –«

»Sie hat eine eigene Karriere gemacht.«

»Ah was, mit Hilfe meines Vaters. Allein findet sie sich in diesem Beruf nicht zurecht.«

»Sie kennen Huberti?«

»Ja, den kenne ich.« Wieder lachte der junge Mann. »Haben Sie den vielleicht auch unter die Lupe genommen?«

»Ich bin noch dabei.«

Das Lächeln des jungen Mannes enthielt jetzt eine Spur Verachtung.

»Den können Sie ebenfalls streichen. Der bringt einen Mord nicht zustande. Ich denke, daß Mord etwas ist, wozu man eine gewisse Voraussetzung mitbringen muß, Entschlußkraft, Härte, etwas in der Art –«

Er sah Karwenna fragend an, als wolle er sich bestätigen lassen, daß er sich richtig ausgedrückt habe.

»Huberti ist ein Spinner. Aber –«, gab er zu, »man kann ganz interessant mit ihm reden. Wir haben nächtelang geredet.«

»Er hat sich auch oft mit Ihrem Vater unterhalten?«

»Ja, aber mein Vater so en passant, niemals richtig, er hat ihn nicht ernst genommen. Er hat ihn behandelt wie –«

»Wie seinen Haushund?«

Udo sah verdutzt auf, nickte dann. »Ja, ungefähr so.«

»Es gab niemals Streit zwischen den beiden?«

»Immer«, lachte Udo, »das war ja der Witz. Mein Vater wußte, daß Huberti ihn nicht mochte. Es machte ihm Spaß. Er pflegte zu sagen: Na, Freund, halten Sie mir mal wieder meine Sünden vor. Und – und Huberti tat es jedesmal.«

»Hielt Ihrem Vater seine Sünden vor.«

»Das sagte ich ja.«

»Welche Sünden denn?«

»Nun –«, rief der junge Mann barsch, »die, die er nun mal hatte.

»Welche hatte er?«

»Wollen Sie mich zwingen, schlecht über meinen Vater zu reden? Er ist tot –«

»Ich würde es gern wissen, was alle als die ›Sünden‹ Ihres Vaters ansahen.«

Es schien, als habe Udo seinen Einwand nur schicklichkeitshalber gemacht. Er redete nun ohne Zögern los, so als käme ein alter Haß, eine lange zurückliegende Bedrücktheit zum Vorschein.

»Er war eine Gewaltnatur. Ohne Höflichkeit, ohne Liebe. Er anerkannte keine Verpflichtung etwa ›seinen Nächsten zu lieben‹. Er ist niemals in die Kirche gegangen. Mit jedem Pfarrer fing er gleich ein Streitgespräch an. Das hätten Sie mal hören sollen. Er bat seinen Widersacher – der noch gar nicht wußte, daß er als ein solcher angesehen wurde –, sich zu setzen, lehnte sich selbst zurück und legte los, gemeinerweise mit ganz sanfter, höflicher Stimme, sah ihn mit Mitleid an und sagte: Armer Kerl, der Sie sind. Müssen da jeden Sonntag Märchen erzählen. Sie sind ein Märchenerzähler –«

Der junge Mann lachte, seine Wangen röteten sich in Erregung.

»Das sagte mein Vater ganz ungeniert dem Stadtpfarrer, der bei meinem Vater Unterstützung erhoffte für ein christliches Jugendzentrum und bekam nun *das* zu hören: Wie halten Sie das aus? Wie kommen Sie klar mit Ihrem Gewissen? Sie haben doch eins. Und auch Verstand hoffe ich. Wie können Sie dann daran glauben, daß Jesus Gott war? Er war ein genau so armes Würstchen wie Sie oder ich, der, als seine Zeit gekommen war, genau so zu Staub zerfiel wie wir beide zu Staub zerfallen werden. Uns, dieses Menschengeschlecht, hat niemand in der Hand, niemand schützt uns. Wir sind eine Rasse, die sich ganz allein durch das Dickicht der Natur schlagen muß –«

Wieder lachte der junge Mann auf.

»Sie können sich vorstellen, wie das ausging. Der

Schwarze ging mit fliegenden Rockschößen, und mein Vater – ich erinnere mich daran wie heute – erschien auf dem Flur und rief: Da läuft einer vor seinem Verstande davon.«

»Ihr Vater war demnach nicht religiös.«

»Nein, das war er nicht. Er hat meine Mutter davon abgehalten, in die Kirche zu gehen. Es sei denn, du nimmst die ganze Sache wie ein Theaterstück, gegen Theater habe ich nichts, aber man sollte ein Theater auch ein Theater nennen –«

Karwenna hörte aufmerksam zu, so als würde ihm etwas Wichtiges gesagt und als läge es an ihm, nichts zu verpassen.

»Er lachte über jede idealistische Regung. Und über jede moralische. Er sagte: Es muß Regeln geben. Die Regeln müssen akzeptiert werden. Man muß ihnen Respekt verschaffen. Die Menschen brauchen Lebensgerüste. Aber sie sollen nicht anfangen zu fantasieren. Es gibt viel zu viele Leute, die fantasieren, das war ein Ausspruch, den ich oft gehört habe, sie produzieren Fantasien, setzen sich selbst in diese Gemälde hinein und sitzen darin wie in Papierschiffen –«

Udo bremste sich, sah Karwenna mit gequälten und zugleich belustigten Blicken an.

»Sie sehen, es fällt mir ganz leicht, ihn zu zitieren. Er hatte eine kräftige Sprache. Alles, was er sagte, hörte sich ungeheuer ehrlich an und so, als sei man selber naiv und töricht.

»Hm«, meinte Karwenna, »jetzt verstehe ich, daß er mit Huberti Streitgespräche geführt hat –«

»Nun ja«, schränkte Udo Lindemann ein, »Huberti nahm er nicht ernst. Die Streitgespräche mit ihm hatten keine Schärfe. Er hielt Huberti einfach für einen Dummkopf. Ein Pfarrer, so pflegte er zu sagen, hat Macht. So ein Träumer wie Huberti hat gar keine. Der sitzt nur in einem Papierschiffchen.«

Das Gespräch über seinen Vater hatte den jungen Mann stärker mitgenommen, als er wahrhaben wollte. Er zeigte seine zitternde Aufgeregtheit, suchte nach einem Taschentuch, um sich zu schneuzen, stand mit rotgeränderten Augen, halbem Lächeln, grinste plötzlich: »Vielleicht hat ihn der Stadtpfarrer erschossen, um Jesus zu verteidigen.«

Sein Lachen, das aus ihm herauspolterte, brach ab, er hob die Schultern. »Entschuldigen Sie, aber meine Fantasie hält sogar dies für möglich, daß ihn ein religiöser Eiferer erschossen haben könnte.«

Jetzt erschien Frau Lindemann.

»Ah«, rief sie, »habe ich doch recht gehört. Ich meinte, Ihre Stimme zu erkennen.«

Sie reichte Karwenna die Hand.

»Ich habe versucht zu schlafen. Und ich glaube, es ist mir gelungen. Wenigstens für eine Stunde.«

Sie sah aufmerksam von einem zum anderen.

»Ist etwas passiert?«

»Nein, nichts, Mama. Die Polizei weiß so wenig wie wir.« Er wandte sich an Karwenna: »Das stimmt doch, oder haben Sie mir etwas vorenthalten?«

»Nein, Sie haben recht.«

»Er orientiert sich –«, rief Udo seiner Mutter zu, »fragt mich nach Vater aus. Ich habe ihm einiges erzählt –«

»Was hast du erzählt?«

»Entschuldige«, erboste sich der Junge plötzlich, »ich kann ihn jetzt nicht schonen. Es wäre falsch, es wäre unsachlich.«

Er brach ab, atmete auf, sah seine Mutter bedrückt an.

»Wir sind auf sein Lebensbild zu sprechen gekommen«, murmelte er, »ich habe nur Ansichten wiederholt, die er hatte und die er selber formuliert hat –«

Er wandte sich an Karwenna. »Sie haben das doch richtig aufgefaßt? Ich bin kein Schwätzer, der nun über seinen Vater herzieht.«

»Nein, nein«, beruhigte ihn Karwenna, »ich habe es richtig aufgefaßt.«

Karwenna wandte sich an Frau Lindemann.

»Haben Sie gewußt, daß Ihr Mann Frau Lomes finanziell unterstützt?«

»Ja, ich weiß es. Ich hatte nichts dagegen, daß einer armen Person geholfen wurde, die auf den Tod wartet. Was mir mißfällt, ist, daß es sich um eine Hilfsaktion handelte, die nicht karitativ war –«, das Wort machte sie lachen, »sondern daß sie eine Nebenerscheinung war eines – nun ja, einer geschäftlichen Abmachung.«

»Kennen Sie Frau Lomes?« fragte Karwenna plötzlich.

Frau Lindemann zögerte mit der Antwort, dann nickte sie, sagte kurz: »Ich habe sie einmal gesehen –«

»Wo haben Sie sie gesehen? Frau Lomes ist bettlägerig. Wollen Sie sagen, Sie haben sie in ihrer Wohnung besucht?«

Wieder zögerte sie, als sei ihr die Frage unangenehm.

»Ja«, erwiderte sie dann, »ich habe sie einmal besucht –«

»Ohne Wissen Ihres Mannes?«

»Natürlich ohne sein Wissen. Aber ich glaubte das Recht zu haben, mich informieren zu dürfen –«

»Über die Beziehung zwischen Ihrem Mann und Patricia –«

»Ja«, sagte Frau Lindemann entschlossen, so als habe sie sich entschlossen, nicht auszuweichen. »Ich sage ja, obwohl mein Mann aus dieser Beziehung kein Hehl gemacht hatte. Er hat sie nicht verborgen. Er sagte es mir immer, wenn er eine Beziehung zu einer Frau anknüpfte.

»Er sagte es?«

»Ganz offen. Er war sogar fair und sagte mir immer, mit welcher Dauer ich rechnen müsse. Er schätzte seine Verhältnisse ab und war in dieser Schätzung ziemlich genau –«

Karwenna fand, daß Frau Lindemann keine Ironie hörbar machte, sie sah Karwenna ernsthaft an als sei sie aufgefordert, über Tatsachen zu berichten.

»Er sagte: Ich habe da ein junges Mädchen gefunden, eine Schönheit. Ich werde sie zu einem Fotomodell machen. Sie ist ein bißchen naiv, aber es macht mir nichts aus, daß sie es ist.«

Karwenna dachte nach, blieb dann aber bei dem Thema: »Warum haben Sie Frau Lomes aufgesucht?«

»Ich hörte, daß sie krank war. Ich dachte, sie bezahlt die Hilfe, die man ihr gibt, die sie braucht, mit ihrer Tochter.«

Sie lächelte schwach: »Das interessierte mich.«

»Sie besuchten sie also. Wie lange ist das her?«

»Mehr als sechs Wochen.«

»Wie verlief dieser Besuch?«

»In der höflichsten Weise. Ich klingelte, eine Krankenschwester öffnete mir. Sie ließ mich ein, und ich sprach mit Frau Lomes.«

»Gab es irgendwelche Aufregungen?« erkundigte sich Karwenna.

»Nein, nein. Die Sache war sehr merkwürdig. Ich setzte mich an das Bett. Frau Lomes sah mich an und sagte sofort: Sie sind seine Frau.«

»Sie hat sie erkannt?«

»Ja. Sie hat es gewußt, gefühlt, geahnt. Sie sagte nur: Sie sind seine Frau. Sie sagte es ohne Aufregung –«

Sie schwieg, als gäbe es nichts weiter zu berichten.

»Worüber haben Sie gesprochen?« wollte Karwenna wissen, »wie verlief das Gespräch?«

»Ganz ruhig –«, erwiderte Frau Lindemann etwas einsilbig, »wir haben uns ganz sachlich unterhalten, es wurde festgestellt, daß ich meinen Mann nicht zurückhalten kann, gewisse Dinge zu tun, so wie Frau Lomes sich außerstande sah, auf ihre Tochter Einfluß zu nehmen. Es verband uns etwas, gemeinsame Hilflosigkeit.«

Frau Lindemann hatte nun eine gewisse Kühle in der Stimme.

»Sollten wir uns erregen? Zwei hilflose alte Frauen? Frau Lomes kennt ihre Krankheit, macht sich keine Illusionen. Der Tod ist größer, sagte sie. Vor ihm verlieren die Dinge ihre Bedeutung. Sie haben sie für mich jetzt schon nicht mehr.« Sie hob die Stimme: »Das war einzusehen.«

Karwenna war nicht zufrieden. Er suchte den großen Konflikt, den ›Todeshaß‹, wie der junge Lindemann sich ausgedrückt hatte, und fand ihn nicht.

Er selbst kannte ja Frau Lomes, und was Frau Lindemann sagte, leuchtete ein. Es hatten zwei ältere Frauen beisammengesessen, die eins miteinander gemeinsam hatten: Hilflosigkeit, Machtlosigkeit.

»Haben Sie Patricia gesehen?«

»Ich sehe sie öfter –«, antwortete Frau Lindemann lakonisch, »aber auch das habe ich Ihnen schon gesagt. Wir trafen uns im Studio oder auch hier im Hause, wenn mein Mann Feste gab, für Kunden, für Mitarbeiter.«

»Ihr Verhältnis zu dem Mädchen –?«

Die Frau machte eine Bewegung, als fange das Gespräch an, für sie eine Qual zu werden.

»Ich habe gewußt, was von mir verlangt wurde. Zurückhaltung, Diskretion.«

Sie lachte plötzlich: »Was, um Himmels willen, hätte ich tun sollen? Eine Szene machen? Dann kennen Sie die Gepflogenheiten in diesem Hause nicht.«

Karwenna verabschiedete sich schließlich.

Der junge Mann brachte ihn bis auf die Straße, sagte: »Warum haben Sie meine Mutter in dieser Weise befragt? Glauben Sie vielleicht an Eifersucht?« Er lachte, wartete gar nicht auf eine Antwort.

»Mein Vater hätte solche Gefühle gar nicht zugelassen. Und da er sie nicht zuläßt, *hat* man sie auch gar nicht. Seine Macht über andere Menschen war faszinierend.«

Udo Lindemann stieß das Wort mit besonderer Betonung aus, widerholte es: »Faszinierend. Man hätte sich selbst lächerlich gefunden.«

*

Karwenna fuhr langsam durch die Straßen. Es wurde dunkel, die ersten Straßenlampen blitzten auf, hängten ihre Lichter punktscharf über das Band der Straße.

Er überlegte, was er gehört hatte.

Er sah die beiden alten Frauen beieinander, die zarte, traurige, dem Tod geweihte Gestalt der Frau Lomes, im Bett liegend. Neben ihr sitzend Frau Lindemann. Karwenna versuchte sich das Gespräch vorzustellen. Frau Lindemann war sehr wortkarg gewesen, fand er jetzt.

Was haben die beiden Frauen miteinander gesprochen? Die eine, die kranke, verdankte Lindemann die Aussicht, in aller Ruhe sterben zu können. Sie war zur Dankbarkeit verpflichtet, hat sie sicher auch zum Ausdruck gebracht.

Gespenstisch, dachte Karwenna.

Ob über Pat gesprochen wurde? Über Lindemann? Was war der Anteil der Frau Lindemann an diesem Gespräch gewesen?

Er fand keine Antwort auf diese Frage, registrierte nur, daß plötzlich das Bild der Frau Lindemann sich verdunkelt hatte, so als erkenne er die Züge dieser Frau nicht mehr in Deutlichkeit.

Aber Eifersucht –?

Karwenna hob die Schultern und fand, daß diese Möglichkeit ausschied.

Dennoch hatte er plötzlich den Eindruck, als sei Frau Lindemann interessanter, als er bisher gedacht hatte.

Karwenna wachte auf, fand, daß er auf dem Weg nach Schwabing war, wurde unruhig, dachte an Pat.

Er suchte einen Parkplatz am Rand der Straße, hielt an, um besser nachdenken zu können.

Dann stieg er aus, weil er ein gelbes Telefonhäuschen sah.

Es war inzwischen ganz dunkel geworden. Die Nacht war warm, man hörte Musik, Lachen, als würden alle Stimmen nachts heller.

Karwenna telefonierte mit seiner Frau.

»Ah«, sagte sie, »du kommst nicht.«

»Nein, ich bin mitten in einem Fall.«

Er hatte erwartet, daß Helga wie so oft ihr Schicksal beklagen würde, aber zu seinem Erstaunen und zu seiner Erleichterung nahm sie seine Mitteilung geduldig auf. Ihre Stimme klang ganz weich: »Du tust mir leid, du Armer. Mach dir keine Sorgen um mich. Ich werde fernsehen und dann schlafengehen. Bis später –«

Sie legte auf, und Karwenna bekam ein schlechtes Gewissen.

Er hatte keinen Grund, nicht nach Hause zu gehen.

Er mochte sich nicht mehr in den Wagen setzen, schlenderte die Straße hinauf. Er kannte diesen merkwürdigen Zustand des Nachdenkens. Ein Nebeneffekt war, daß er sich in seiner Umgebung plötzlich fremd vorkam, er gewann Distanz zu Personen, zu Bildern. Er ging auch jetzt inmitten eines Menschenstromes als gehöre er nicht dazu.

Es schien, als schärfe sich sein Ohr für die Fremdheit von Stimmen. Er sah junge Leute aus einem Auto steigen in einer Art und Weise, wie Cowboys vom Pferde steigen. Er sah einen jungen Mann, der Bilder ausgestellt hatte, verloren über seine Bilder hinweg in die Ferne starrte und dabei ein trokkenes Brötchen aß. Er sah eine Frau, die einen Pudel auf die Straße geführt hatte und nun ungeduldig wartete, daß der Hund tat, was er tun sollte. Er sah einen Mönch vorbeigehen, mit weit ausholenden Schritten, daß die weiße Kordel, die er sich um den braunen Bauch geschlungen hatte, hin und her flog.

Karwenna nannte diese Phase eine Phase, in der er alles in Frage stellte, alles, was er wußte, was er kannte, wovon er überzeugt war. Es war eine Phase der Depression, die er genoß. Er genoß eine gewisse Traurigkeit, Unerfülltheit.

Er ging die Straße hinauf und hielt jeden wirklich faßbaren Gedanken von sich fern, er überließ sich seiner Stimmung. Die Stimmung schuf immer stärker ein Bild, das Bild von Pat.

Er sah sie in den verschiedenen Phasen des Kennenlernens, sah sie vor sich die Treppe hinaufgehen, sah sie an der Tür stehen in der Hinwendung zu ihm, er sah sie neben sich im Lokal, er spürte ihre Hüfte, ihre warme Hand, ihr Haar wehte ihm in die Stirn.

Und plötzlich hörte er die unbekannte Stimme Lindemanns, die den Satz aussprach, den sein Sohn wiedergegeben hatte: Wir sind eine Rasse, die sich ganz allein durch das Dickicht der Natur schlagen muß.

Durch das Dickicht der Natur, der Naturgesetze? Hat er das gemeint?

Die Erinnerung an Patricia trat zurück, und Lindemann schob sich nach vorn, so als stünde der kräftige Tote von der Bank auf, schüttle den Tod ab und sehe Karwenna an, nüchtern, zynisch, als würde er sagen: Auch Ihr Schicksal ist es, sich durch das Dickicht der Natur zu schlagen. Ihre eigene Natur, meine ich, Ihre eigene.

Karwenna blieb vor dem Rot einer Kreuzung stehen, wußte plötzlich, wohin er wollte. Er mußte noch einmal mit Huberti sprechen.

Er orientierte sich, überquerte die Straße, bog in die Franz-Josef-Straße ein, suchte das Haus, in dem Huberti mit seiner Mutter wohnte.

Er stieg die Treppe hinauf, klingelte.

Er mußte nicht lange warten. Die Mutter Hubertis öffnete wieder. Sie stand sanft vor Karwenna, ihr Haar leuchtete wieder silbrig.

Die alte Frau strömte Liebenswürdigkeit und Harmonie aus, in einer Weise, die Karwenna jetzt als wohltuend empfand. Er war fast versucht, die alte Dame an sich zu ziehen, lächelte sie an und fragte nach ihrem Sohn.

»Er ist nicht da«, bedauerte die alte Dame, »um diese Zeit ist er immer unterwegs –«

»Ja«, lächelte Karwenna, »er rennt durch die Straßen.«

Sie lachte herzlich. »Ja, er läuft viel. Es ist eine Angewohnheit, die er hat und die er nicht ablegt.«

»Kann ich hereinkommen?« fragte Karwenna, nannte seinen Namen, aber verschwieg, daß er Kriminalbeamter war.

»Ja, kommen Sie nur«, sagte Frau Huberti unbefangen, »Sie waren ja neulich schon hier.«

Sie sagte es, als sei dies ein ausreichender Grund, ihn vertrauensvoll hereinzubitten.

Karwenna betrat das Zimmer der alten Dame. Sie ging an einen Fernsehapparat und stellte ihn ab.

»Ich störe Sie hoffentlich nicht.«

»Nein, nein«, lächelte die alte Dame, »das Fernsehen bietet mir nichts Neues mehr.«

Karwenna hörte diesen Satz ein wenig verdutzt und fragte sich, wie er gemeint sei.

»Ich hätte Ihren Sohn gern gesprochen. Wo kann ich ihn finden?«

»Wenn er nicht gerade läuft, dann gibt es ein paar Lokale, die er aufsucht –«

Wenn er nicht gerade läuft, wiederholte Karwenna für sich die Worte der alten Dame.

Sie nannte ihm die Lokale, sie waren ihr geläufig. Sie nannte die Straßennamen und beschrieb ihm den Weg.

»Ihr Sohn arbeitet nicht –«, sagte Karwenna plötzlich.

»Nein, er konnte sich noch nicht dazu entschließen.«

»Warum nicht?«

»Er fürchtet, einen Fehler zu machen. Ein Mensch, der sich auf eine Tätigkeit einläßt, für die er nicht geschaffen ist, begeht einen Fehler, der manchmal nicht wiedergutzumachen ist.«

Die alte Dame sah ihn offen an, ehrlich, vertrauensvoll.

»Ist das seine Meinung?«

»Ja, seine und meine. Ich habe ihm gesagt: Warte noch, Junge, bis du ganz sicher bist. Wir haben Zeit.«

»Sie ernähren ihn«, murmelte Karwenna.

»Das Geld, das ich beziehe, reicht für zwei. Wir haben keine großen Ansprüche. Wir beide nicht. Essen und Trinken nimmt bei uns nicht den Platz ein, den dies gewöhnlich bei Menschen einnimmt. Uns reicht wenig. Dafür ist uns etwas anderes wichtig, nämlich zu reden, in guter Stimmung zu sein. Das ist wichtiger –«

Die Stimme der alten Dame blieb gleichmäßig. Karwenna hörte ihr angestrengt zu. Welcher Unterton war da hörbar?

Er fand nichts. Die Stimme war fest, schwankte nicht, drückte Überzeugung aus.

»Zu reden, sagen Sie? Worüber unterhalten Sie sich mit Ihrem Sohn?«

»Über alles«, sagte sie und lächelte plötzlich. Das Lächeln galt nicht Karwenna, es hatte keinen Bezug zu seiner Person. Es galt ihrem Sohn.

»Über alles. Über Gott und die Welt.« Sie nickte plötzlich: »Ein guter Junge, ein kluger Junge.«

Karwenna dachte: Sie betet ihn an. Sie betet ihren Sohn an. Mißmutig dachte er, daß unter diesen Umständen ein Gespräch kaum großen Sinn haben werde.

Sie fuhr fort: »Die Welt ist aus dem Gleichgewicht gebracht, darin werden Sie mir sicher zustimmen. Sie hat sich verändert in einer gefährlichen Weise. Wie alt sind Sie?« fragte sie, »haben Sie eine Erinnerung an frühere Zeiten? Sie waren schlimm, aber es gab doch noch alte Regeln, die gültig waren, die man sich bemühte, einzuhalten –«

Ihre Augen hatten nun einen Ausdruck von Dringlichkeit.

»Heute sind wir alle in der größten Gefahr, im Unglauben unterzugehen.«

»Im Unglauben? Wie meinen Sie das?«

»Es wird an nichts mehr geglaubt. Man sieht in sich selber keine Bestimmung mehr –«

Jetzt endlich bekam ihre Stimme eine Färbung, sie wurde leidenschaftlich. »Der Mensch hat eine Bestimmung. Sie zu finden, ist seine ständige Aufgabe. Er darf niemals nachlassen, sie zu finden. Die Bestimmung, die ihn verbindet mit der Ewigkeit –« Sie lachte plötzlich.

»Ich sehe Ihren Gesichtsausdruck, und ich kenne ihn. Ich sehe ihn so oft bei Leuten, die mir zuhören, denen ich versuche, mich verständlich zu machen.« Sie lachte: »Geben Sie es zu: »Sie fragen sich, ob ich bei Verstand bin.«

»Nun«, meinte Karwenna, »was Sie sagen, ist etwas ungewöhnlich.«

»Ist es ungewöhnlich, sich zu fragen, was eigentlich mit Menschen los ist –? Es ist *die* Frage, die wir uns alle stellen müssen: Was ist eigentlich mit uns los? Diese Frage ist zugleich eine Aufgabe, die dringendste, die es gibt.«

Sie machte eine Handbewegung, verstärkte ihr Lächeln noch. »Ah, ich kann nicht reden, wie mein Sohn redet. Er hat mehr Schulen besucht, mehr und bessere. Unterhalten Sie sich mal mit ihm –«

»Ich werde es tun«, murmelte Karwenna.

»Ich habe Sie in Verwirrung gebracht?«

»Nein, nein.«

Karwenna ließ sich noch einmal sagen, wo er die Aussicht hatte, Huberti zu finden, verabschiedete sich dann von der Dame, deren leises, warmes Lachen er noch im Ohr hatte, als er die Treppe hinunterging.

*

Hm, dachte Karwenna, es gibt keinen Grund, sich über Leute lustig zu machen, die nachdenken, was Aufgabe und Bestimmung des Menschengeschlechtes ist.

Er wollte sich die Erinnerung an das Gespräch mit Frau Huberti aus dem Kopf schlagen, aber es gelang ihm nicht.

Er dachte: Eins ist allerdings richtig. Diese Fragen haben heute mehr Gewicht als früher. Er fragte sich: Gab es die Fragen früher überhaupt? Die Bestimmung des Menschen? Er lachte plötzlich: Lindemann hatte die Antwort darauf gefunden: Die menschliche Rasse hat keine Bestimmung. Sie ist darauf angewiesen, sich mit Mut und Glück durch das Dickicht der Naturgesetze zu schlagen.

Nette alte Dame, dachte Karwenna und fühlte Sympathie für sie.

Er ging auf die Leopoldstraße zurück, gleich im ersten der Lokale, die ihm die Mutter genannt hatte, fand er Huberti.

Er stand an einer Bar, saß halb auf einem Hocker, halb stand er. Er führte ein Glas Bier an die Lippen, lachte über das, was sein Nebenmann gesagt hatte. Er setzte das Glas ab und erkannte Karwenna.

Huberti schien darauf nicht gefaßt. Es schien, als sei er ganz unvorbereitet, wirkte überrascht. Es kam Karwenna so vor, als habe Huberti sich verfärbt. Das dauerte nicht länger als eine Sekunde, dann drehte sich Huberti vollends zu Karwenna um. »Sie tauchen auf wie ein Gespenst«, rief er, »plötzlich stehen Sie da. Zufall, daß wir uns hier begegnen?«

»Ich habe Sie gesucht.«

»Nanu«, murmelte Huberti, »wie lange sind Sie unterwegs?«

»Ihre Mutter hat mir eine Reihe von Lokalen gesagt, wo ich Sie finden kann –«

»Haben Sie mit meiner Mutter gesprochen?« fragte Huberti verdutzt, krauste die Stirn, war sichtlich verwirrt.

»Ich will Sie gleich beruhigen«, fügte Karwenna hinzu, »ich habe keinen besonderen Grund, Sie zu sehen. Es ist immer noch nichts passiert –«

Er betonte dieses ›es ist immer noch nichts passiert‹, als sei es etwas, was diese Hervorhebung verdient.

»Worauf warten Sie denn?« erkundigte sich Huberti.

Karwenna hob die Schultern.

»Bei jedem Mordfall gibt es Entwicklungen, Dinge, die in Bewegung sind. Und ganz plötzlich taucht irgendwo etwas auf, eine Ungereimtheit, etwas, was nicht zu erklären ist.« Er lächelte Huberti an: »Darauf warte ich.«

Huberti senkte den Kopf, schien nachzudenken. »Nicht schlecht«, meinte er dann. »Wie sagten Sie: Die Dinge sind in Bewegung?«

»Ja. Selten gibt es nach einem Mordfall totales Schweigen, totalen Stillstand.«

»Das ist denkbar«, erwiderte Huberti. »Sie sagen mir da etwas, was ich nicht wußte, aber – ich stimme Ihnen zu.« Es schien, als überlege er intensiv, nickte dann noch einmal. »Man kann es fast natürlich nennen.«

»Ja.« Karwenna sah sich im Lokal um, »Sie sind hier mit Freunden?«

»Bekannte, alles Bekannte«, antwortete Huberti, »ich kenne eine Menge Leute.« Er lächelte: »Vielleicht zu viele. Ich sollte weniger kennen, dafür bessere –«

Karwenna bestellte ein Bier, stand eine Weile schweigend neben Huberti, der mit seinem Nebenmann ein paar unverbindliche Worte wechselte. Die Luft war durchzogen von Zigarettenqualm. Er lag blauleuchtend über der Szene.

Da standen blutjunge Mädchen, in weißen Jeans, die so eng anlagen, daß sich die Höschen abzeichneten. Die Beine steckten wie in engen Röhren, Reiterbeine, Cowboybeine. Die Hinterteile reckten sich vor, knackige Jugend, kein Fett, keine Bäuche, jede Haut gespannt, faltenlos, jeder Muskel funktionierte im Drehen, im Wenden, und Bewegung war überall an der Bar, kein steifes Stillsitzen, sondern es war, als woge die Linie der Leiber auf und ab.

Hier brennt Lebensfeuer, dachte Karwenna, und niemand fragt sich nach der menschlichen Bestimmung.

Huberti hatte Karwenna angesehen. »Gehen wir ein bißchen?« fragte er.

»Ah ja, der Strandläufer«, lächelte Karwenna, trank sein Bier halb aus und verließ mit Huberti das Lokal.

Kaum draußen, schlug Huberti ein gleichmäßiges Tempo ein, er schlenderte nicht, sondern marschierte, machte lange Schritte. Er ging die Leopoldstraße hinunter, blieb auf der linken Seite, ging vorbei an Cafés, an Geschäften, an Lokalen. Aus den Kellereingängen schwoll Musik und das Knattern der Entlüftungsanlagen.

Karwenna hatte Mühe, mit Huberti Schritt zu halten.

»Ich denke die ganze Zeit über Sie nach«, sagte Huberti.

»Tun Sie das?«

»Ja, ich bin mir über Ihren Typ nicht ganz klar –«

»Fragen Sie mich«, sagte Karwenna trocken.

»Sind Sie persönlich engagiert in Ihrem Beruf?«

»Nicht immer. Aber manchmal –«

»Sind Sie es in diesem Fall?«

»Ja, in diesem Fall bin ich es –«

»Können Sie erklären, warum?«

»Noch nicht, aber ich weiß, daß dieser Fall mich aufregt –«

Huberti schritt aus, hielt den Kopf gesenkt, als kenne er hier jeden Meter. Er ging abwesend, sagte eine ganze Weile lang nichts.

»Kommt es vor«, fragte er plötzlich, »daß Sie auf einer bestimmten Seite stehen?«

Er blickte auf, erklärte es näher, ohne jedoch seinen Marsch zu unterbrechen: »Es gibt Täter und Opfer, und manchmal ist nicht eindeutig, wer Täter und wer Opfer ist – das gibt es doch?« fragte er mit großem Interesse.

»Ja, das gibt es.«

Karwenna fühlte eine leichte Erregung in sich. Er wußte plötzlich: Huberti spricht über den Mord.

»Auf welcher Seite stehen Sie dann?« fragte Huberti, »immer auf der des Gesetzes?«

»Ich muß auf dieser Seite stehen. Mein Gefühl spielt keine Rolle, darf keine spielen.«

»Aber Sie haben es?«

»Ja, ich habe es«, gab Karwenna zu, »ich habe manchmal Mörder überführt –«, er zögerte, sagte es dann entschlossen, »mit denen ich große Sympathie hatte. Die Mörder hatten mein Mitgefühl –«.

Huberti ging weiter, mit langsam wiegendem Schritt, überschritt die Nebenstraßen, wand sich durch Autolücken hindurch, vermied das Zusammenstoßen mit Menschen, die die Leopoldstraße hinaufgingen.

»Ich weiß nicht, ob ich Ihnen glauben soll«, meinte Huberti plötzlich. »Ich glaube, daß im Beruf des Polizisten ein anderer Beruf verborgen ist, der des Jägers. Sie müssen es sein, ein Mann, der sich wie auf der Jagd fühlt, der die Spur sucht, dann auf der Spur bleibt und sein Opfer haben will.« Er fügte hinzu: »Er erlaubt sich dann durchaus Mitgefühl –«

Er blieb stehen, sah Karwenna streng an.

»So ist es doch?«

Karwenna antwortete nicht. »Warum antworten Sie nicht?«

»Weil ich Ihre Frage überlege. Ich selbst habe sie mir noch nie gestellt.«

»Sie sind jedenfalls ehrlich. Sie sagen nicht gleich nein.«

Karwenna überlegte tatsächlich, ob etwas an dem, was Huberti sagte, richtig war. War er ein Jäger?

Natürlich war er es. Aber funktionierte er wie ein Windhund, der blind hinter einem künstlichen Hasen herrennt?

»Natürlich sind Sie ein Jäger«, sagte Huberti und fügte plötzlich hinzu: »Lindemann hat in Ihnen den richtigen Mann. Wenn er es könnte, würde er Sie beauftragen –«, jetzt grinste er, »seinen Mörder zu suchen. Der hatte nämlich selber den Jagdinstinkt –«.

»Hatte er?«

Karwenna war darauf aus, Huberti zum Reden zu bringen. Er erkannte, daß Huberti reden wollte. Das Gehen war es wohl. Sein Kopf produzierte Gedanken, und sie wollten zur Sprache gebracht werden.

»Lindemann war Jäger in Reinkultur«, nickte Huberti, »immer bewaffnet, immer darauf aus, Jagdbares zu entdecken.«

Er blieb stehen, wandte Karwenna das Gesicht zu, dessen Haut nun in Erregung zuckte. »Und er berief sich dabei auf ein Naturgesetz. Er sagte: Die Natur will es. Sie rangiert sich, der Stärkere unterwirft den Schwächeren. Man muß sehen, daß man oben bleibt. Das ist das einzige Gesetz, das die Natur anerkennt, das Grundgesetz der Natur –«

Huberti nahm seinen Gang wieder auf. Er atmete heftig, richtete die Blicke voraus auf die Universität, der sie jetzt nahe gekommen waren. Der Springbrunnen war in Betrieb, schüttete seine Wassermassen ringförmig über den steinernen Tulpenrand, Lichtfunken blitzten auf, das Geräusch des fallenden Wassers war monoton und donnernd.

Huberti schritt weiter aus.

»Ich hoffe, Sie können noch«, rief er, »ich gehe immer bis zum Odeonsplatz, bis zur Feldherrnhalle, dann durch den Hofgarten, am Armeemuseum vorbei in die Königinstraße. Ist Ihnen das zu weit –?«

»Nein, es ist mir nicht zu weit.«

»Was hat meine Mutter Ihnen gesagt?« wollte Huberti plötzlich wissen. »Sie haben ihr doch Fragen gestellt?«

»Ja, ich fragte sie, warum Sie nicht arbeiten. Das hat sie mir erklärt —«

Huberti antwortete nicht sofort, aber er lächelte.

»Eine gute Frau. Sie haben sie hoffentlich nicht für einfältig gehalten.«

»Sie erzählte mir, daß Sie die Welt verbessern wollen.«

Huberti blieb so abrupt stehen, daß Karwenna sich zurückdrehen mußte.

»Muß man nicht«, rief er, »sind Sie der Meinung, daß es nicht nötig ist? Gehören Sie auch zu denen, die alles einfach weiterlaufen lassen wollen?« Jetzt war seine Stimme aufgeregt, zeigte die Aufgeregtheit ganz plötzlich und voll. »Sollte man nicht versuchen, die Entwicklung in die Hand zu bekommen —«

»Das versuchen schon viele Leute —«

»Ah, ich sehe«, rief Huberti, »Sie fassen, was ich sage, politisch auf, nur so. Ja, ist denn das der einzige Weg —?«

Er zeigte seinen Eifer, stand vorgebeugt, auf den Zehenspitzen, so wie er sich zu jähem Halten gebracht hatte.

»Was für einen Weg meinen Sie?« fragte Karwenna.

»Ich meine, daß jeder bei sich selbst anfangen muß. Jeder muß sich als einen unfertigen Menschen begreifen, als einen Entwurf, um es genau zu sagen, als einen rohen Entwurf, als einen ersten Entwurf, den man selber zu verbessern hat. Selber«, betonte er, »man ist zu einer Arbeit aufgerufen, die notwendig, befriedigend und künstlerisch ist —«

»Wie kann man sich selber verbessern?« fragte Karwenna verdutzt.

»Finden Sie in Ordnung, wie Sie sind?« fragte Huberti, »sind Sie völlig zufrieden?« Er setzte gleich fort, mit Emphase: »Jeder Mensch ist seinen natürlichen Trieben ausgeliefert, er ist auf Befriedigung aus, auf weiter nichts, aber Befriedigung eines Bedürfnisses ist nichts, was weiterführt, setzt nichts in Gang, führt nicht zu Weiter-, zu Höherentwicklung —«

Er war ganz außer Atem geraten. Er stand da wie jemand,

der sich demaskiert hat, es an der Zeit gefunden hat, sich offen zu zeigen.

»Herr –«, sagte Huberti, warf den Kopf zurück, »Sie werden mir nicht bestreiten können, daß es sich hier um ein Thema handelt, das für uns alle wichtig ist. Es ist das wichtigste Thema überhaupt, es gibt kein anderes, das annähernd so wichtig ist.«

Er nahm seinen Gang wieder auf, ging nun allerdings langsamer, als beschäftige ihn die Anstrengung, Worte zu formulieren.

»Das Hin und Her der menschlichen Entwicklung hat sich in Geschichte, Literatur und Kunst niedergeschlagen. Ein interessantes Feld für Leute, die es studieren wollen. Es war keine Dringlichkeit damit verbunden. Man konnte die Gegebenheiten, die Details betrachten mit – mit Wohlwollen, mit Entzücken, mit Grausen. Man konnte versuchen, Linien aufzuzeigen. Merkwürdigerweise wurden diese Linien nur aufsteigend gesehen. Was für ein gewaltiger Irrtum. Aber wie es auch sei, dieser Irrtum spielte keine Rolle, er war nicht wichtig. Aber nun, heute, jetzt – können wir uns keinen Irrtum mehr leisten. Die Gefahr ist zu groß, daß die Menschheit von dieser Erde verschwindet – ohne sich selbst begriffen zu haben. Die technischen Errungenschaften –«, jetzt lachte er höhnisch, »haben eine neue Lage geschaffen. Sie haben dem Thema, über das wir sprechen, eine Dringlichkeitsstufe gegeben, die Dringlichkeitsstufe eins.«

Wieder blieb er stehen, starrte Karwenna an.

»Der Mensch muß heute wissen, was er als wirklichen Fortschritt anzusehen hat, und das ist keine Magnetschwebebahn, sondern das ist der Fortschritt, der ihn selbst betrifft, im Innersten betrifft. Er muß endlich wissen, wohin er geht oder – anders ausgedrückt – welchem gedachten Bilde er sich anzugleichen hat.«

Die Erregung dampfte aus Huberti heraus, es war, als stünde er im Rausch seiner Gedanken. Er bewegte den Kopf ruckhaft, als müsse er ständig seinen Hals freimachen von irgendeiner Gewalt, der er ausgeliefert sei.

Was er sagte, schien ihn zu befriedigen, aber die Befriedigung schwand plötzlich, so als gewännen andere Gefühle die Oberhand. Seine Sicherheit brach zusammen, seine starre Haltung verlor sich, als würden die erstarrten Muskeln ihre Beweglichkeit zurückgewinnen.

Er sank fast ein wenig zusammen, sein Lächeln wurde schief, ein wenig unglücklich. Auch sein Atem, den er bei seiner Rede gleichsam souverän gehandhabt hatte, wurde zitternd, flatternd.

»Ich habe Sie wohl nicht beeindruckt?« fragte er, wartete nicht auf die Antwort, lachte, schritt wieder aus und schien sich nicht darum zu kümmern, ob Karwenna ihm folgte. Er hielt den Kopf gesenkt, ging plötzlich befangen in brütendem Schweigen, seine Hochgemutheit war ihm völlig verlorengegangen. Stumm schritt er an den gewaltigen Häusern vorbei, die die Ludwigstraße säumten. Zu hören war nur das gleichmäßige Surren der Autos. Wenn eine Lampe Rot zeigte, stockten die Autos, die anderen fuhren dicht auf, es bildete sich eine Kolonne, hinter spiegelndem Glas sah man Menschen, einzeln, mehrere, unlebendig hockten sie hinter ihrem Glas, hinter Glasscheiben zu betrachten wie zu Forschungszwecken.

Karwenna empfand plötzlich die Distanz, die Blech und Glas geschaffen hatten. Er sah sich gleichmütig angesehen, blickte selbst gleichmütig zurück.

Er dachte: Der Junge beginnt bei mir Wirkungen zu haben.

Huberti hatte seine Absicht offenbar geändert. Er überquerte die Straße, als das Grünlicht es ihm erlaubte, mit hastigen kleinen Sprüngen, er bog rechts ab in eine Seitenstraße hinein.

»Entschuldigen Sie«, rief er Karwenna zu, »ich muß etwas trinken. Ist Ihnen nicht auch danach?«

Karwenna folgte ihm wortlos.

Es hatte sich ein Schweigen eingestellt, das nicht leer war, es war belebt von untergründiger Spannung.

Huberti spürte es, so wie es Karwenna spürte. Es war ein Schweigen, dessen Spannung sich von Minute zu Minute erhöhte.

Karwenna dachte: Was bin ich jetzt? Bin ich der ›Jäger‹, von dem Huberti gesprochen hatte, und übernimmt Huberti die Rolle des Opfers? Sieht er es so? Sieht er sich selber so?

Huberti schien es gleichgültig zu sein, was Karwenna dachte. Er machte nicht den Versuch, die Stimmung zu durchbrechen mit Belanglosigkeiten. Er hatte seinen düsteren Gesichtsausdruck nicht verloren, bog plötzlich ein, hielt vor einem Lokaleingang.

»Macht es Ihnen etwas aus, mit hier hineinzugehen?« fragte er.

»Nicht das geringste«, antwortete Karwenna.

Das Lokal war vollgestopft mit Jugendlichen. Alle sahen wie gebannt nach vorne. Ein kleines Podium. Eine Gruppe von jungen Musikern war bei der Arbeit.

»Ganz neu«, sagte Huberti, »die hat's vor zwei Monaten noch nicht gegeben. Sie haben einen neuen Sound, merken Sie?«

Karwenna bemerkte es, weil Huberti es erwähnte. Diese jungen Leute benahmen sich nicht wie Besessene, sie standen ganz ruhig, fast in einer Atmosphäre von Traurigkeit. Sie spielten »soft«, ihr Klang war weich, leise. Wenn sie laut wurden, schien es, als erschreckten sie davor, suchten zurück zu ihrem leisen, ruhigen, wehmütigen Klang.

Huberti hatte Karwenna eindringlich angesehen, hatte ihm voll das Gesicht zugekehrt, fragend. »Wie gefällt Ihnen das?«

»Jedenfalls kann man sich dabei unterhalten«, sagte Karwenna.

»Tut es jemand?« fragte Huberti ernsthaft.

Karwenna sah sich um. Nein, niemand unterhielt sich. Alle standen schweigend, wie ergriffen, den Eindruck machten sie jedenfalls, sie überließen sich der Musik oder ihrer Vorstellung davon.

»Sie haben einen irren Erfolg«, flüsterte Huberti, »das Lokal ist jeden Abend voll. Und alle sind still, weil niemand einen Ton verlieren will.

Karwenna fand die Musik angenehm. Sie versetzte ihn in eine harmonische Stimmung.

»Ich finde sie gut«, sagte er, da Huberti ihn immer noch eindringlich ansah.

»Warum finden Sie sie gut?« wollte Huberti wissen.

»Weil sie nicht laut sind«, erwiderte Karwenna. »Wissen Sie, ich mag die verzweifelten Schreier nicht.«

Huberti lachte: »Was gebrauchen Sie da für einen Ausdruck? Die verzweifelten Schreier?« Er nickte: »Sehr gut, sehr gut. Sie haben einen sehr richtigen Eindruck wiedergegeben. Die Lauten, die Schreier zeigen ja etwas: Sie zeigen Verzweiflung, eine Art davon und sicher ohne zu wissen, daß sie ein Bild der Verzweiflung abgeben. Sie haben den Stil für modern gehalten, zu stehen und gleichsam gegen den Himmel zu schreien, schweißnaß, mit aufgerissenem Mund –«

Karwenna wunderte sich über die bildhafte Sprache.

»Sie folgten einer Mode, einem Trend, einem Stil und sagten doch so etwas wie eine Wahrheit. Auf dem Grund dieser schreienden Musik liegt Verzweiflung.«

Huberti kam ganz dicht an Karwenna heran, sah ihn eindringlich an: »Glauben Sie es mir, so ist es. Wir haben eine ganze Reihe von Jahren lang eine verzweifelte Musik gehabt. Die Dummköpfe haben sich davon abgewandt, mit Grausen, mit Gleichgültigkeit. Nur die jungen Leute, die ganz jungen, haben mitgeschrien. Warum wohl?« Huberti kam noch näher heran, daß Karwenna versucht war, zurückzutreten, aber er wollte nicht ausweichen.

Huberti flüsterte: »Weil junge Leute diese Verzweiflung gespürt haben. Die Verzweiflung, die sich noch gar nicht artikuliert hat, noch gar keine Worte hatte, gar nicht versuchte, sich zu begründen –« Huberti lächelte: »Sage ich Ihnen was Neues?«

»Diese hier sind nicht verzweifelt –?«

»Nein –«, murmelte Huberti, machte eine lange Pause, wich mit seinen Blicken nicht vom Gesicht Karwennas. »Die haben die Verzweiflung überwunden, sie resignieren –«

Karwenna lachte nun, als müsse er sich aus dem Bann der Stimme Hubertis befreien.

»Diese hier resignieren?«

»Ja, sie wissen, daß alles Wehren keinen Sinn hat. Sie weiden auf den Wiesen der Erinnerung –«

»Ihre Formulierungen können sich hören lassen. Verfassen Sie Gedichte?«

Huberti lachte. »Ich bin versucht. Manchmal bin ich versucht, es zu tun.« Er hob die Schultern: »Aber ich denke, meine Begabung reicht nicht.«

Er zeigte auf die Gruppe der jungen Leute auf dem Podium.

»Sie gehen weg von uns, sie entfernen sich, sie wollen für sich sein, allein sein, wenn das Ende kommt –«

Karwenna war versucht, die Luft anzuhalten.

»Wenn das Ende kommt –?«

»Ah«, Huberti machte plötzlich eine grobe Handbewegung, »machen Sie sich doch nichts vor, seien Sie doch nicht so dumm wie andere Leute –«, er hob die Stimme, »Sie glauben doch nicht, daß es *so* weitergehen kann. Das zu glauben, kann doch nicht Ihr Ernst sein. Es wird etwas passieren, wir laufen auf etwas zu, es kommt unausweichlich näher. Sehen Sie das nicht –?«

Er hob die Hand, um ein paar junge Leute zu beruhigen, die ziemlich dicht standen und sich durch die Stimme Hubertis gestört fühlten.

»Kommen Sie –«, flüsterte Huberti, nahm Karwenna mit auf die Straße. Dort schlug er einen kalten Ton an, schien bemüht zu sein, sich präzise auszudrücken.

»Woran glauben Sie denn eigentlich? Sagen Sie mir das mal. Denken Sie, es geht so weiter, verändern werden sich nur technische Details, etwa die Art, zu telefonieren oder fernzusehen und sich von einem Punkte zum anderen zu bewegen?«

Er atmete auf.

»Wenn Sie dazu keine Meinung haben, überhaupt keine, dann bin ich versucht, Ihnen Intelligenz abzusprechen.«

Er schien auf Konfrontation aus zu sein, schien einen Zusammenstoß nicht zu scheuen. Seine Stimme war lauter geworden, und Karwenna sagte: »Höre ich da jetzt Verzweiflung?«

Huberti war so verblüfft, daß er fast erschrocken stehenblieb.

»Ach«, sagte er, und es klang so überrascht, daß Karwenna zu lachen begann.

Huberti murmelte: »Bin ich es noch?«

Er setze sich wortlos in Gang, marschierte los, hielt wieder den Kopf gesenkt und schien unansprechbar zu sein. Aber er atmete schwer.

Karwenna hielt sich an seiner Seite und fragte sich: Was hat alles dies mit Lindemann zu tun? Denn es mußte etwas zu tun haben mit dem Tod Lindemanns, mit Mord.

Huberti bog in die Tengstraße ein, marschierte die Straße entlang. Wieder schwieg er, und Karwenna unterbrach das Schweigen nicht, sondern blieb an der Seite Hubertis, der einen ruhigen, mechanischen Schritt hatte.

Karwenna bekam ein Gefühl für die Nacht, die er auf diese Weise durchschritt, er sah sich im Geflecht von Straßen, von Kreuzungen, sah die aufgetürmten Häuser, die sich wie Schluchten darboten, mit einem finsteren Grunde, glatten, harten, abweisenden Kanten.

An der Ecke Tengstraße Franz-Josef-Straße blieb Huberti stehen. Er zeigte Erschöpfung, streckte die Hand aus und hielt sich an Karwenna, indem er seinen Arm berührte.

»Na?« fragte Karwenna.

»Es ist nicht der Weg«, murmelte Huberti, »der Weg macht mir nichts aus, den gehe ich jeden Abend.«

Er schwieg eine Weile, sagte leise: »Sie wollen etwas von mir, nicht wahr?«

»Ja«, sagte Karenna.

Er war auf die Frage nicht gefaßt gewesen und nicht einmal auf die Antwort, die er gegeben hatte.

Huberti fragte nicht weiter. Er schwankte ein wenig, verstärkte den Druck seiner Hand auf dem Unterarm Karwennas. Dann schüttelte er den Kopf.

»Sie warten vergeblich«, sagte er leise, ernsthaft. »Der Jäger in Ihnen wird nicht zum Schuß kommen –«. Er schien seinen Humor zurückzugewinnen, grinste ein wenig, »Sie werden ohne Beute nach Hause gehen müssen. Von diesem langen Marsch werden Sie nichts mit nach Hause bringen als müde Füße.«

Sein Lachen wurde ironischer.

»Vielleicht werden Sie Blasen bekommen.«

Seine Hand, die er immer noch auf dem Unterarm Karwennas hielt, sagte etwas anderes. Sie bat um Entschuldigung, sie drückte Sympathie aus, vielleicht bat sie sogar um Hilfe.

Langsam löste Huberti seinen Griff, die offene Hand blieb noch eine Weile auf dem Unterarm Karwennas, sein Lachen verlor die Ironie, wurde fast schüchtern. Konnte man sagen hilflos?

»Ich mag Sie«, sagte er plötzlich, »ich leide darunter, daß ich mich nicht verständlich machen kann. Nicht wahr, Sie haben mich nicht verstanden?«

»Nicht ganz«, antwortete Karwenna, »aber ich verspreche Ihnen, daß ich über alles nachdenken werde.«

»Das ist sehr viel«, lachte Huberti plötzlich, wurde ganz vergnügt, »Sie ahnen gar nicht, wieviel das ist.«

Er nahm seinen Schritt wieder auf.

»Tun Sie, was Sie gesagt haben. Wissen Sie, was zum Denken, zum richtigen Denken gehört? Ich werde es Ihnen sagen: daß man einen Schritt zurück tut. Gehen Sie von jedem Ding, über das Sie nachdenken wollen, einen Schritt zurück, oder zwei oder noch mehr, gewinnen Sie Distanz, befreien Sie sich aus dem Netz sogenannter üblicher Meinungen, sie ahnen gar nicht, wie sehr wir darin verstrickt sind. Sie ahnen es nicht«, sagte er noch einmal ernsthaft. »Aus diesem Grunde kommt man so selten zu einem richtigen Urteil. Man gibt nur Echos wieder, hält diese Echos für seine Meinung und ist noch stolz darauf, ein Echo zu sein –«

Er hatte eine lebhafte Sprechweise angenommen, nickte Karwenna zu.

»Zurücktreten, weit genug zurücktreten. Ihr Anblick einer Sache wird ganz anders –«

Er atmete wieder freier, als habe er eine Phase der Unsicherheit überwunden.

»Mein Gott«, sagte er ein über das andere Mal, »wir stehen immer zu nah, zu dicht, erfassen die Gegenstände, die Themata nicht, wie wir es sollten. Man lebt in einer Zeit, wird in ihr bewegt und soll einen Anblick gewinnen über eben diese Zeit. Das ist schwer«, murmelte er, »sehr schwer.«

Er ging weiter, ab und zu hörte Karwenna seine Stimme, die irgend etwas an die Oberfläche brachte, etwa: »Wissen

Sie, es ist so viel guter Wille vorhanden.« Oder: »Man kennt die jungen Leute nicht. Dieser Wille, es recht zu machen, es gut zu machen!« Oder: »Das Selbstbewußtsein ist bei den anderen.«

Ab und zu sah Huberti Karwenna von der Seite an. Karwenna sah so etwas wie eine brennende Zartheit im Gesichte Hubertis, seine Augen hatten Glanz, sein Mund bewegte sich im Sturm seiner Gefühle.

Er hob schließlich die Schultern, breitete die Arme aus, als wolle er sich entschuldigen, blieb stehen und sagte: »Sie haben einen langen Marsch mit mir gemacht.« Er schüttelte den Kopf. »Sie haben es getan, ohne einen direkten Grund zu haben, denn sonst hätten sie ihn mir gesagt. Nicht wahr, Sie hatten keinen Grund. Keinen direkten?«

»Nein, keinen direkten.«

Huberti sah ihn eine Weile schweigend an, murmelte dann: »Sie machen mir Angst.« Sein Lächeln kam wieder: »Sie sind der Typ, der sicher Ärger im Büro hat. Kann man das sagen? Haben Sie Ärger in Ihrem Büro?«

»Manchmal.«

»Ich verschwinde jetzt«, sagte Huberti, »ich werde noch irgendwo etwas trinken und dann nach Hause gehen.«

Dennoch schien er sich von Karwenna nicht lösen zu können, sah ihn an, als habe er noch eine Frage zu stellen oder als warte er auf eine Frage.

Karwenna schwieg, so daß Huberti ihm die Hand gab und sich umdrehte.

Er verschwand in der Nacht, wurde kleiner und kleiner.

*

Karwenna blieb stehen, wo er stand. Die Nacht wurde langsam kühler, aber die Kühle war wie eine Erfrischung für ihn. Der Weg hatte ihn angestrengt, seine Muskeln waren warm.

Distanz, dachte Karwenna, Huberti hatte ihm Distanz anempfohlen. Distanz, um besser sehen zu können.

Nicht schlecht, dachte er und spürte einen gewissen Grimm wachsen: nichts Konkretes. Er hatte sich aus der

Konkretheit der Dinge entfernt und in Empfindungen gebadet.

Er sah plötzlich wieder die jungen Leute vor sich, hörte ihre sanfte Musik, sah die merkwürdige Gebanntheit der Zuhörer und rief sich ihre Gesichter in die Erinnerung zurück, alles kleine, schmale, junge Gesichter, ungezeichnete Gesichter, Anfängergesichter, Lebensanfänger.

Was für eine Art der Betrachtung gewöhnst du dir da eigentlich an? dachte Karwenna.

Sei nicht verschwommen, laß dich nicht hineinziehen in Verschwommenheiten, sagte er zu sich selber.

Es hat irgendwo eine Pistole gegeben. Sie ist auf Lindemann abgefeuert worden, eine Kugel hat ihm die Brust durchschlagen, das Herz zerrissen, sie ist durch den Rücken gejagt und durch ein faustgroßes Loch ausgetreten und steckt irgendwo, liegt irgendwo.

Und ich gehe mit einem Mann spazieren, der sich Sorgen um die Menschheit macht.

Karwennas Augen wurden enger.

Alle seine Gedanken kreisten bewußt oder unbewußt um das Motiv. Er suchte es, er suchte es in diesem Falle wie ein Verzweifelter. Er maß das ganze Feld von möglichen Motiven ab, alle herkömmlichen und auch die, die nicht herkömmlich waren.

Er stockte.

War der Fall deshalb so schwer zu lösen? Weil es sich nicht um ein herkömmliches Motiv handelte? Aber nahmen eben diese Motive, diese nicht herkömmlichen Motive nicht zu? Hatte die Verbrechenslandschaft nicht begonnen, sich zu verändern?

Wie hatte Huberti gesagt? Sie werden als Jäger nicht zum Schuß kommen, Sie werden ohne Beute nach Hause gehen. Sie werden nichts zurückbringen als müde Füße.

Seine Stimme hatte sich ziemlich sicher angehört.

Langsam ging Karwenna weiter, versuchte sich zu erinnern, wo er seinen Wagen gelassen hatte, fand ihn schließlich und fuhr nach Hause.

*

Helga sah ihren Mann aufmerksam an, sah seine Abwesenheit, quälte ihn nicht mit Fragen. Er empfand dies als angenehm, zugleich wunderte er sich, denn Helga hatte es nicht gern, wenn er spät nach Hause kam und dafür keine Erklärung gab. Sie kochte das Essen gern zu einer bestimmten Zeit, ihr Tagesablauf enthielt genaue Zeitmarkierungen, und wenn da etwas durcheinandergeriet, war sie gestört, verstimmt, ja fast unglücklich.

Karwenna sah seine Frau schuldbewußt an.

»Entschuldige«, sagte er, »ich komme nicht vorwärts mit dem Fall.« Er lächelte plötzlich: »Ich komme mir vor, wie jemand, der vor einem defekten Radioapparat sitzt, dem Apparat Töne und Stimmen entlockt, aber sie sind zu weit weg, zu unscharf, zuviel Rauschen dabei –«

Auch Helga lachte.

»Ein guter Vergleich, glaube ich. Ich habe übrigens in der Zeitung über den Mord gelesen. Der Tote war ein wichtiger Mann.«

»Ja, für einige Leute war er ziemlich wichtig.«

»Hat es was mit Politik zu tun? Ich habe nämlich so eine Andeutung gelesen und gleich gedacht: Bloß das nicht.«

»Ich habe es auch eine Zeitlang gedacht, aber jetzt denke ich, daß der Fall nichts mit Politik zu tun hat. Es ist eine – eine menschliche Sache, eine private Sache –«

»Das Fotomodell?« fragte Helga.

Karwenna hob überrascht den Kopf.

»Steht alles in der Zeitung«, lächelte Helga, holte die Zeitung, »sie haben auch ein Foto von dem Mädchen abgedruckt.«

Helga schlug die Zeitung auf.

Tatsächlich, ein Foto von Pat, eins der Werbefotos. Pat trug ein langes, wehendes Kleid, das oben in nahezu frivoler Weise ausgeschnitten war. Pat hatte den Kopf nach hinten geworfen. Ihre Haare hingen lang und schwarz herunter. Sie blickte den Betrachter von der Seite an, daß man das Weiße in ihren Augen sah.

»Das war die Geliebte des Toten, nicht wahr. So steht es hier jedenfalls.«

»Ja«, erwiderte Karwenna.

»Hast du schon mit ihr gesprochen?«

»Ja, mehrmals.«

»Ist sie so hübsch wie sie auf dem Foto aussieht?«

»Ja.« Er zögerte, fügte hinzu: »Fast noch hübscher.«

»Könnte in dieser Beziehung ein Motiv liegen?« fragte Helga. Sie wußte, ihr Mann hatte es nicht gerne, wenn sie seine Überlegungen anstellte, aber er schwieg, zeigte weder Widerspruch noch Zustimmung.

»Ich meine –«, setzte sie fort, »der Mann hat eine Frau. Es wird hier erwähnt. Daß er eine Frau hat, einen Sohn.«

»Ja«, nickte Karwenna. Er antwortete nicht mehr, nicht ausführlicher, weil das Bild von Pat ihn wieder tief beeindruckt hatte. Er war nicht darauf gefaßt gewesen, ihr Bild zu sehen. Nun lag das Zeitungsblatt vor ihm. Ihm schien, als blicke Pat ihn ununterbrochen an.

»Könnte die Frau ihren Mann nicht umgebracht haben?« hörte Karwenna die Stimme seiner Frau.

»Nein, das glaube ich nicht«, sagte Karwenna nun, »dieser Frau liegt Eifersucht nicht. Ihr Mann hat ihr jedesmal gesagt, wenn er eine Beziehung zu einer Frau anfing. Er hat sie sogar über die vermutliche Dauer dieses Verhältnisses informiert –«

»Was, was?« sagte Helga überrascht.

»Ja, ein ehrlicher Mann, ehrlich und offen «

»Und brutal –«

Karwenna lachte, nickte. »Ja, das war er. Kein sehr feiner Typ, er nahm keine Rücksichten, auf niemanden, schon gar nicht auf seine Frau –«

»Sie kannte also dieses Mädchen, wie heißt sie –?« Sie wollte im Zeitungsblatt nachsehen.

»Pat«, sagte Karwenna.

»Pat?« wunderte sich Helga.

»Patricia –«, sagte Karwenna nun den vollständigen Namen.

»Du sagst Pat?«

»Alle sagen Pat.«

Karwenna ärgerte sich, daß er plötzlich ein schlechtes Gewissen hatte. Aber Helga sprach schon weiter, wurde lebhafter:

»Ich sage dir, seine Frau hat ihn erschossen. Sie ist es leid gewesen. Sie hat es vielleicht lange ertragen, aber es gibt einen Punkt, da hört alles auf, da geht nichts mehr in die Schüssel hinein —«

»In die Schüssel —?« fragte Karwenna lächelnd.

»Sie war es«, sagte Helga fest.

»Hm«, meinte Karwenna, »eine Laie überträgt seine Gefühle immer auf einen anderen. Du glaubst, daß Frau Lindemann ihren Mann erschossen hat, weil *du* es an ihrer Stelle getan haben würdest.«

Sie blickte ihren Mann überrascht an.

»So ist es«, sagte Karwenna, »du bist empört. Und wenn sie ihren Mann erschossen hätte, hätte sie dir aus der Seele geschossen —«

Er lachte, und Helga lachte mit.

»Aber wenn sie es nicht ist, wer kommt dann in Frage? Deine Pat —?«

Wie kam sie darauf zu sagen: deine Pat? Sie sagte es übrigens ganz nebenbei, ohne gehässige und provozierende Betonung.

»Ich sage dir ja —«, erklärte Karwenna ärgerlich, »daß der Fall auch für mich im dunkeln liegt.« Er starrte eine Weile vor sich hin. Er erinnerte sich des Vergleichs, den er gebraucht hatte, und kam sich erneut vor wie jemand, der den Stimmen lauscht, die aus dem defekten Radioapparat kommen, überlagert von Geräuschen, aber dennoch so, daß man jeden Augenblick glaubt, die Stimmen zu verstehen.

Er war so abwesend, daß Helga das Gespräch abbrach. Sie ging ins Schlafzimmer, um die Betten zu richten.

Als sie zurück ins Zimmer kam, saß Karwenna immer noch in tiefer Abwesenheit, drehte plötzlich den Kopf.

»Wir sollten abends mal ausgehen«, sagte er, »es gibt eine Menge neuer Lokale. Und völlig neue Musik —«

»Neue Musik?« sagte sie überrascht.

»Ja, sentimentale Musik, ganz leise, romantische Musik. Sehr nett, sehr angenehm.«

Er stand auf, erwartete keine Antwort und sah aus, als sei er mit seinen Gedanken schon wieder ganz woanders.

Im halben Schlaf noch dachte er an Huberti.

Karwenna genoß den Zustand, im halben Schlaf an der Bewußtseinsgrenze zu sein. Es war ein Zustand, in dem manchmal die Dinge Konturen bekamen und klarer wurden.

Karwenna dachte auch jetzt, kurz vor dem Einschlafen an Huberti und versuchte sich über den Mann klarzuwerden.

Aber je mehr er über Huberti nachdachte, um so wacher wurde Karwenna.

»Kannst du nicht schlafen?« fragte Helga plötzlich.

»Nein. Vielleicht hängt es damit zusammen, daß ich heute abend zu ausgiebig spazierengegangen bin.«

VII

Am nächsten Morgen fühlte Karwenna neue Energie in sich, eine Energie, über die er sich wunderte.

Es gibt keinen wirklich mysteriösen Fall, sagte er sich, nur die Umstände machen ihn dazu. Jede Tat hat ein klares Motiv, auch dieser Mord hat ein erkennbares Motiv.

Zuversicht erfüllt ihn plötzlich, und als er sein Büro betrat, war diese Zuversicht so sichtbar, daß Henk überrascht fragte, ob etwas passiert sei.

»Nein, es ist nichts passiert«, sagte Karwenna, setzte sich dann an seinen Schreibtisch und unterrichtete Henk über den vergangenen Abend, erzählte ihm von der Begegnung mit Hubertis Mutter und mit Huberti selber, den er auf einem langen ›Strandlauf‹ begleitet hatte.

Er erzählte Henk auch, über was er sich mit Huberti unterhalten hatte, erzählte von den ›Ansichten‹, die Huberti geäußert hatte.

Henk hörte aufmerksam zu. Karwenna hatte erwartet, daß Henk ironisch werden würde, aber Henks nachdenklicher Gesichtsausdruck veränderte sich nicht.

»Nicht uninteressant«, murmelte er dann, »irgendwie ist es rührend, daß alle Welt arbeitet, sich um Brot und Geld bemüht, und einer rennt jeden Abend durch die Stadt, um sich Gedanken zu machen –«, jetzt lächelte er, »– für uns alle.«

Er hob die Schultern, grinste: »Die Spinner bewegen die Welt.«

Karwenna war überrascht. »Ist das deine Meinung?«

»Alle Leute, die was in Bewegung gesetzt haben, waren zunächst Spinner. Vielleicht ist dieser auch einer von denen, deren Namen man sich merken muß. Wie heißt er? Huberti –?«

Nun schien Henk doch bereit, diese Sache von der humorvollen Seite zu nehmen.

»Was will er denn eigentlich?«

»Einen neuen Menschen«, sagte Karwenna.

»Na, was habe ich gesagt«, lachte Henk, »ein Spinner, aber von der ganz gewaltigen Art. Glaubt denn der, daß es das gibt?«

Henk stand plötzlich aufgerichtet, sah Karwenna kopfschüttelnd an »Mann, Mann«, murmelte er, »wir haben es mit der alten Art zu tun, die ganz schön haarig ist.« Er streckte den Finger aus, »aber ich sage dir, es ist die Zeit danach. Wir haben eine Zeit, die bringt lauter kleine Gurus hervor. Sie sausen wie von der Tarantel gestochen nach Indien, oder in den Himalaya, versenken sich oder stellen sich auf den Kopf oder essen mal nichts und haben dann Erscheinungen oder Überzeugungen der heiligsten Art.«

Karwenna lachte. Irgendwie hatte Henk es auf einen Nenner gebracht, Huberti war ein ›kleiner Guru‹, so wie Schwabing sie in seinen Dachkammern hervorbringt, kleine, bleiche Genies, die ihre revolutionäre Phase durchlaufen.

Die Bezeichnung erleichterte Karwenna. Sie führte Huberti und seine Ansichten auf den Boden der Tatsachen zurück, stellte ihn neben seine Kollegen, für die Nepal der Nabel der Welt war.

Mit leisem Schauder stellte Karwenna plötzlich fest, daß er anfällig gewesen war, daß Huberti Eindruck auf ihn gemacht hatte. Diese Anfälligkeit warf sich Karwenna nun vor wie ein Versagen.

Henk sah Karwenna an, als wolle er sagen: Was jetzt?

»Ich gehe auf Pat los«, sagte Karwenna, »Huberti hat mir zu verstehen gegeben, daß ich von ihm nichts erfahren werde.« Er nickte, ernsthaft: »Was ich ihm glaube. Aber Pat weiß genausoviel, das ist meine Meinung. Und sie ist nicht so stark.«

»Soll ich mitgehen?« fragte Henk.

»Nein, nein«, erwiderte Karwenna, sah das schwache, warnende Lächeln bei Henk.

»Pat ist *dein* Fall, willst du *das* sagen?«

Karwenna zeigte eine gewisse nachdenkliche Überraschung.

»Ja, mein Fall«, sagte er dann entschieden.

*

Karwenna fuhr nach Schwabing. Er war immer noch gutgelaunt, fast vergnügt, genoß seine Tatkraft. Irgendwas wird heute passieren, sagte er sich, ich spüre es und ich bin überzeugt, daß es an mir liegt.

Er parkte vor dem Hause von Pat, stieg die Treppen hinauf.

Je höher er stieg, um so mehr wuchs plötzlich eine gewisse Beklommenheit, die sich mit seiner Energie mischte, eine brisante Mischung, wie er fand.

Er hörte plötzlich Helgas Stimme, die sagte ›deine Pat‹, er hörte die Stimme Henks: ›Pat ist deine Sache, nicht wahr?‹

Karwenna stand vor der Tür, zögerte plötzlich, als fühle er, daß die Begegnung mit Pat für ihn gefährlich sein könnte.

Er drückte die Klingel, stand eine Weile, wartete, begriff dann, daß sie nicht da war.

Ebenso enttäuscht wie erleichtert wandte sich Karwenna ab, ging eine Treppe tiefer, klingelte an der Tür zur Wohnung von Pats Mutter.

Wieder öffnete die leberfleckübersäte Krankenschwester.

Nein, Pat war nicht da.

Nun war nur noch Enttäuschung bei Karwenna. Er stand unschlüssig, fragte dann, wie es Pats Mutter gehe.

»Ganz zufriedenstellend«, sagte die Krankenschwester.

»Kann ich sie noch mal sprechen?«

Die Schwester zögerte, überlegte. Sie fragte: »Sie sind Polizist, nicht wahr?«

»Ja«, sagte Karwenna, »ich will Frau Lomes nicht vernehmen. Sie weiß doch nichts vom Tode Lindemanns?«

»Nein, sie weiß nichts.«

»Wissen *Sie* denn Bescheid?« fragte Karwenna.

»Ich bin bei Lindemann angestellt«, sagte die Krankenschwester trocken, »er führt mich in seiner Gehaltsliste.«

»Ah so«, sagte Karwenna, »Sie auch?«

Die Krankenschwester verzog keine Miene. »Mir ist es egal, wie ich mein Geld bekomme, wenn ich es nur bekommen.«

»Haben Sie jetzt Sorgen?«

»Nein, ich habe keine.«

»Fürchten Sie nicht, daß Sie jetzt entlassen werden?«

»Ich habe mich schon erkundigt, ich werde nicht entlassen.«

»Bei wem haben Sie sich erkundigt?«

»Ich habe angerufen, mit dem Sohn von Lindemann gesprochen, der übernimmt doch alles.«

»Aha, und was sagte er?«

»Er sagte: Keine Angst, Sie kriegen Ihr Geld so lange, bis Frau Lomes gestorben ist –«

Karwenna stand immer noch vor der offenen Wohnungstür, trat jetzt ein, fast mit Gewalt. Die Krankenschwester sah ihn verdutzt an.

»Finden Sie das nicht ungewöhnlich?« fragte Karwenna.

»Ungewöhnlich nicht, sondern großzügig. Aber die Leute haben es ja«, fügte sie nüchtern hinzu, »Sie haben genug Geld. Großzügigkeit bedeutet für solche Leute keine Anstrengung.«

»Außerdem –«, sagte Karwenna langsam, »kennt Frau Lindemann ja Frau Lomes. Sie war mal hier, nicht wahr?«

»Ja, sie war hier, öfter hier.«

»Öfter hier?«

»Ja, drei-, viermal. Sie schaute manchmal herein, wenn sie Pat besucht hatte –«

Karwenna hielt die Luft an, fragte ungläubig: »Wenn sie Pat besucht hatte? Sie sprechen von Frau Lindemann?«

»Ja, von ihr. Sie kam dann manchmal herein und begrüßte Frau Lomes.«

Karwenna schwieg eine Weile, dann sagte er: »Hören Sie, ich muß mit Frau Lomes sprechen.«

Die Schwester zeigte ihr Unbehagen nun ganz offen.

»Ich verspreche Ihnen, ich werde Frau Lomes nicht aufregen.«

Er streckte der Schwester die Hand entgegen.

»Denken Sie daran«, murmelte die Frau, »Frau Lomes weiß nichts. Für sie lebt Lindemann.«

»Ich denke daran«, versicherte Karwenna, folgte der Schwester in das Krankenzimmer und dachte: Kein Zweifel, nun bist du Jäger, und zwar ein Jäger, dem plötzlich Wild vor der Flinte aufgetaucht ist.

Frau Lomes erkannte Karwenna sofort wieder, hob den kleinen mageren Kopf mit den Knopfaugen.

Karwenna lächelte sie an, streckte die Hand aus, war bemüht um einen heiteren sicheren Ton.

»Ich wollte Pat besuchen«, rief er, »traf sie aber nicht an und dachte: Geh mal bei ihrer Mutter vorbei.«

»Pat ist nicht da«, sagte Frau Lomes, »Huberti hat sie abgeholt, ich weiß nicht, was sie vorhaben. Vielleicht hat er sie ins Studio gebracht. Wollten Sie etwas Wichtiges von Pat?«

»Nein, nein.«

»Setzen Sie sich.« Frau Lomes machte eine Handbewegung, sah dann die Schwester an. »Lassen Sie uns mal allein –«

Wortlos ging die Krankenschwester hinaus, nachdem sie Karwenna einen Blick zugeworfen hatte, als wolle sie ihm sagen: Denken Sie an unsere Abmachung.

Frau Lomes zeigte keine besondere Stimmung, es war schwer auszumachen, was sie dachte oder fühlte. Ihr Gesicht war zu faltig, ihr Mund saß inmitten von Falten, als sei versucht worden, ihn zusammenzunähen, ihre Augen waren ganz glanzlos, matt, ihr Blick hatte keine Tiefe. Frau Lomes sah Karwenna an, wartete, bis er neben ihr auf einem Stuhl Platz genommen hatte.

»Ich habe Sie zusammen mit Pat gesehen, und mir ist etwas aufgefallen –«, sagte die alte Dame. »Schieben Sie mir ein Kissen in den Rücken, ich möchte Sie besser ansehen können.«

Karwenna tat, was die alte Dame verlangte, schob ihr ein Kissen in den mageren Rücken, so daß sie sich aufrichten konnte.

»Mir ist an Pat aufgefallen: Sie hat Sie in einer besonderen Weise angesehen. Und Sie –«, fügte sie streng hinzu, »haben es auch getan. Sie haben Pat ebenfalls in einer besonderen Weise angesehen.«

Sie verzog den faltigen Mund, lächelte. »Ich kenne Pat lange genug, um zu wissen, was mit ihr los ist, wenn sie jemanden in dieser Weise ansieht.«

Karwenna schwieg, wußte nicht, was er entgegnen sollte. Außerdem schien eine Entgegnung nicht gewünscht zu sein, denn die alte Dame hob die Hand, als wolle sie keine Erklärung hören.

»Pat ist ein hübsches Mädchen, nicht wahr?«

»Ja, das ist sie.«

»Und sie wird öfter in der Weise angesehen, die ich bei Ihnen bemerkt habe. Sie wollen etwas von ihr –«

Karwenna wollte sagen, daß er nichts von Pat wolle, aber die alte Frau ließ ihn nicht ausreden. »Streiten Sie es nicht ab. Das ist eine von den Sachen, die ich noch bemerke. Und ich habe dazu etwas zu sagen.«

Sie setzte sich noch mehr aufrecht, um Karwenna in ihren Blick nehmen zu können.

»Bringen Sie Pat nicht in Schwierigkeiten.«

»In welche Schwierigkeiten?«

»Sie wissen, daß Sie die Freundin von Lindemann ist. Das wissen Sie doch. Wenn Sie Pat kennen, gut kennen, dann ist Ihnen das bekannt. Daß sie in festen Händen ist, eine feste Beziehung hat. Wissen Sie das?«

»Ja, ich weiß es.«

»Der Mann hat unser Schicksal in der Hand. Er gibt Pat Arbeit und ermöglicht uns zu leben. Die Krankenschwester wird von ihm bezahlt. Ich brauche diese Frau.«

Die dunklen Knopfaugen waren voll auf Karwenna gerichtet.

»Sie wissen, was mit mir los ist?«

»Sprechen Sie von Ihrer Krankheit?«

»Ja, davon spreche ich. Ich habe Leukämie, meine Tage sind gezählt.«

Ihre Stimme schwankte nicht. Sie war ein wenig spröde, weil kein voller kräftiger Atem dahinter war, aber sie sprach gleichmäßig und ohne deutliche Erregung.

»Wie lange es dauert, weiß ich nicht. Aber nicht mehr sehr lange. Ich glaube, kein Jahr mehr. Ich habe den Arzt mal gehört, als er es zu Pat sagte. Er sagte, kein Jahr mehr. Ich tat, als ob ich schlafe. Niemand hat gemerkt, daß ich zugehört habe. Aber ich weiß es.«

Sie machte eine Pause.

»Lassen Sie mich in aller Ruhe sterben. Warten Sie die Zeit ab. Das war es, was ich Ihnen sagen wollte –«

»Hören Sie –«, sagte Karwenna rauh, »ich habe nicht die Absicht, Ihre Tochter zu meiner Geliebten zu machen –«

»Was?« Sie hob den Kopf. »Habe ich Sie so mißverstanden?«

Sie sah Karwenna zweifelnd an.

»Mag sein«, erklärte sie dann, »daß ich Ihre Blicke mißverstanden habe, aber Pat will etwas von Ihnen, soviel ist sicher.«

Sie lächelte. »Ich kenne meine Tochter zu gut. Sie hat noch nie vor mir etwas geheimhalten können –«

Sie streckte die Hand aus, bat: »Tun Sie nichts. Denken Sie daran, daß wir auf Lindemann angewiesen sind.«

Sie machte eine Pause, holte Atem: »Das ist ein Mann –«, sie unterbrach sich, um das folgende zu betonen, »– der sofort reagiert. Haben Sie mich verstanden? Er reagiert sofort, und wir verlieren alles –«

»Na, daran glaube ich nicht«, murmelte Karwenna und war versucht, über das Makabre dieser Situation zu lächeln. Zugleich fragte er sich: »Warum eigentlich darf diese Frau nicht wissen, daß Lindemann tot ist? Was soll eine Frau, die in dieser gelassenen Weise über ihren eigenen Tod spricht, noch erschüttern?

»Wie gut kennen Sie Lindemann –?«

»Ich habe ihn zwei-, dreimal gesehen. Ich habe nicht ausführlich mit ihm gesprochen, weil – nun, ich bin nicht der

Gesprächspartner für einen solchen Mann, das werden Sie begreifen, wenn Sie ihn kennen. Sie kennen ihn doch?«

»Ja, ich kenne ihn.«

»Er hat sicher Eindruck auf Sie gemacht?«

»Ja, großen Eindruck.«

»Auf mich auch. Wie gesagt, er war zwei-, dreimal hier. Aber ich habe gehört, wenn über ihn gesprochen wurde. Pat sprach über ihn –«

»Und Frau Lindemann.«

Frau Lomes stockte, warf Karwenna einen aufmerksamen Blick zu.

»Ja, auch seine Frau«, sagte sie leise.

»Frau Lindemann hat Sie besucht?«

»Ja, sie war ein paarmal hier.«

»Sie hat auch Pat besucht?«

»Ja, auch Pat –«, Frau Lomes machte plötzlich einen unsicheren Eindruck. »Es irritiert Sie, nicht wahr«, flüsterte sie, »daß eine Frau die Geliebte ihres Mannes besucht. Aber das ist es ja eben: Er ist ein ganz besonderer Mann, was seine Frau durchaus begriffen hat. Wenn sie hier war, fiel kein böses Wort über Pat, sie klagte nicht, sie bedauerte ihr Schicksal nicht –«

»Warum kam sie?«

Frau Lomes zögerte mit der Antwort, lächelte schon vorher ein wenig unglücklich, als wisse sie, daß ihre Antwort auf Unglauben stoßen könnte: »Sie fühlte sich wohl hier –«

Karwenna war in der Tat so perplex, daß er wiederholte: »Sie fühlte sich wohl hier –?«

Frau Lomes wurde lebhafter.

»Daß Ihr Mann sie betrog, kümmerte sie nicht. Nicht sehr. Es hat sie gekränkt, das ganz sicher. Jede Frau ist gekränkt, wenn ihr Mann sie schlecht behandelt, sie betrügt. Aber das war nichts Neues für sie, und sie hatte sich längst damit abgefunden.«

Frau Lomes machte eine Pause, als überlege sie, wie sie ihre Worte glaubhaft machen könnte.

»Es ist kein schlechtes Wort über ihren Mann gefallen.«

Ganz plötzlich gewann ihr Ton an Schärfe. »Man kann sich gegen einen Mann nicht wehren, nicht, wenn er so – so stark, so willensstark, so brutal ist. Eine Frau hat da nur eine Waffe: es hinzunehmen, wie es ist, und sich nicht darum zu kümmern, kein Gefühl daran zu verschwenden und keine Tränen. Dieser Mann war für sie ein Fremder, so gut wie ein Fremder, ein – nun ja, so etwas wie ein Gegenstand, mehr nicht, sie verband nichts mehr damit, keine Gekränkheit, kein Leiden –«

Karwenna krauste die Stirn.

Frau Lomes hielt die Blicke auf Karwenna, musterte ihn genau, forschte in seinem Gesicht.

»Sie können es mir glauben, der Mann spielte keine Rolle in unseren Gesprächen. Wir wußten, daß wir Angst vor ihm hatten, daß alle Angst vor ihm hatten, es war die Angst, die immer da war, am Rande da war, aber es wurde nicht über ihn gesprochen –«

»Wenn Frau Lindemann Sie besucht hat, worüber haben Sie gesprochen?«

»Oh, über vieles. Ich habe mein Leben hinter mir, bald hinter mir, auch Frau Lindemann hat in ihrem Leben viel erfahren, viele Begegnungen gehabt, mit Menschen und mit Problemen –«. Sie lächelte. »Uns ging der Stoff nicht aus.«

Karwenna stand auf, als halte es ihn nicht mehr auf dem Stuhl.

»Und Pat?« fragte er. »War Frau Lindemann mit Pat vielleicht befreundet –?«

Er glaubte, daß er einen starken Ausdruck gewählt hatte, der sofort den Widerspruch von Frau Lomes hervorrufen würde, aber der Widerspruch kam nicht. Sie schien seine Worte zu überlegen, sagte dann: »Man könnte es fast so nennen.« Sie lächelte: »Ich weiß, es hört sich unglaublich an und ist es vielleicht auch, aber es verbindet sie so etwas wie – wie Freundschaft. Frau Lindemann weiß ja, daß Pat – nun, daß sie keine große Wahl gehabt hat. Sie ist ein gutes Kind, wissen Sie, und sie liebt ihre Mutter –«

Karwenna bewegte sich unruhig.

Was hörte er denn da? Pat und Frau Lindemann so gut wie Freundinnen? Nun, davon hatte Frau Lindemann kein Wort gesagt. Auch Pat hatte es nicht erwähnt. Wurde es verschwiegen, absichtlich verschwiegen? Zweitens wurde etwas klar ausgesprochen: Pat hat die Beziehung zu Lindemann angenommen ihrer Mutter wegen.

Karwenna stand abwesend.

Das hatte Frau Lindemann ja gesagt. Sie hatte gesagt: Mein Mann kauft Menschen. Lindemann hatte Pat gekauft, ein Mädchen, das keine Wahl hatte.

Gut, aber – Karwenna suchte tief in seiner Erinnerung. War es nicht Frau Lindemann, die bei der ersten Vernehmung das Gespräch auf Pat gebracht hatte, doch ganz deutlich den Verdacht in diese Richtung gelenkt hatte. Warum tat sie dies, wenn sie mit Pat befreundet war? Was für eine Art von Freundschaft war das?

Frau Lomes sah Karwenna plötzlich beunruhigt an.

»Warum interessiert Sie das?« fragte sie plötzlich besorgt. »Verstehen Sie, ich will nur, daß die Verhältnisse bleiben, wie sie sind, bringen Sie sie nicht in Unordnung –«

»Ich?« rief Karwenna aus, setzte sich langsam wieder. »Ich bringe nichts in Unordnung«, versicherte er, lächelte Frau Lomes an, versuchte seinen gelassenen Ton zurückzufinden.

»Frau Lindemann hat Pat also besucht.«

»Ja, Pat und Huberti –«

»Und Huberti –?«

»Sie waren meistens zu dritt –«

»Zu dritt?«

Karwenna hatte das Gefühl, von einer Verwunderung in die andere zu stürzen.

Huberti, er hatte Huberti ganz vergessen!

Er fühlte seine Betroffenheit, die ganz instinktiv war, und suchte die Begründung dafür.

»Sie haben sich immer oben getroffen«, murmelte Frau Lomes. »Ich habe ihre Schritte gehört und die Musik, die sie machten.«

Karwenna brauchte Zeit, um zu begreifen, was er hörte.

»War Frau Lindemann auch mit Huberti befreundet?«

»Ja, sie hat sich sehr gern mit ihm unterhalten. Ich weiß es, sie hat darüber gesprochen. Daß Huberti ein Mann sei, mit dem sie sich gut unterhalten könne. Man kann es wirklich«, beteuerte Frau Lomes, »auch ich höre ihm gern zu. Er hat

Ansichten, die –«, jetzt zögerte sie, wurde leiser, »die einem das Sterben leichter machen.«

Sie sagte plötzlich mit großem Ernst: »Und darum geht es ja. Daß uns allen das Sterben schließlich leichtfällt –«

Hm, dachte Karwenna. Sie gebraucht Worte, die nicht von ihr sind. Sie gebraucht Worte, die sie gehört hat.

Die Schwester kam wieder herein, stand in der Tür mit einem vogelscharfen, mißtrauischen Blick.

»Alles in Ordnung, Frau Lomes?« fragte sie.

»Ja, es ist alles in Ordnung«, nickte Frau Lomes. »Nehmen Sie mir das Kissen aus dem Rücken.«

Die Schwester kam heran, entfernte das Kissen. Das Gespräch mit Karwenna hatte Frau Lomes stärker angestrengt als sichtbar gewesen war. Die Schwester bettete die Kranke zurück. Sie lag flach im Bett, verursachte kaum eine Wölbung der Bettdecke. Ihr Gesicht war ein wenig grauer geworden, ihre Blicke wurden stumpf, so als zöge sich mit dem Blick auch zugleich ihr Verstand zurück in Schlaffheit.

Sie flüsterte mit Anstrengung: »Sie denken daran, nicht wahr, Sie tun nichts, was Lindemann übelnehmen könnte? Denken Sie daran, der Mann hat uns in der Hand –«

Die Schwester sah Karwenna verdutzt an.

Karwenna nickte.

Er ging auf den Flur hinaus, wartete dort, bis die Schwester herauskam, leise die Tür hinter sich zuzog.

»Worüber haben Sie gesprochen?« wollte die Krankenschwester wissen.

»Ich habe mein Versprechen gehalten. Ich habe den Mord an Lindemann nicht erwähnt.«

»Es würde sie in schreckliche Unsicherheit stürzen«, meinte die Schwester. »Sie erträgt ihr Leiden, weil sie glaubt, daß sie sich keine Sorgen machen muß um Geld –«

»Ich habe eine Frage: War Frau Lindemann mit Patricia Lomes so gut wie befreundet –?«

Die Schwester lachte auf: »Hört sich komisch an, aber der Ausdruck ist nicht schlecht. Ja, sie waren wie befreundet. Ich sah sie oft zusammen. Sie gingen auch miteinander aus –«

»Sie gingen aus miteinander?«

»Ja, es wurde davon gesprochen, daß sie zusammen Lokale besucht hatten.«

Karwenna war immer noch verdutzt, versuchte seine Eindrücke zu ordnen. »Aber Lindemann selbst –?«

»Nein, der wußte davon nichts. Wenn Frau Lindemann Pat besuchen wollte, kam sie erst in diese Wohnung, um zu fragen, ob ihr Mann da sei –«

»Ob ihr Mann da sei –?« wiederholte Karwenna.

»Ja, in diese Wohnung kam ihr Mann nicht. Oder ganz selten. Er mochte Frau Lomes nicht. Ich nehme an, weil sie krank war. Er mochte keine kranken Menschen.«

Karwenna verabschiedete sich, stand eine Weile unschlüssig im Treppenhaus, ging dann die Stufen hinauf zur Wohnung von Pat und klingelte erneut.

Aber auch jetzt war Pat nicht da. Niemand öffnete die Tür.

Langsam ging Karwenna zurück auf die Straße, stand unten eine Weile unschlüssig. Ihm fiel auf, daß er sich auf Pat gefreut hatte. Tief in ihm war freudige Erwartung gewesen.

Er lachte auf. Er hatte also Pat ›in einer besonderen Weise‹ angesehen. Ihre Mutter hatte es bemerkt, und sie hatte auch bemerkt, daß Pat ihn, Karwenna ›in einer besonderen Weise‹ angesehen hatte.

Karwenna seufzte auf, konnte sich gegen die vielen auf ihn einstürzenden Gedanken nicht wehren, fuhr schließlich los, um im Verkehr seine Gedanken zu verlieren.

Aber er konnte es nicht. Immer mehr und stärker dachte er an Frau Lindemann.

Das gab es also, daß eine Frau mit der Geliebten ihres Mannes befreundet war? Daß sie dort aus und ein ging, nachdem sie allerdings vorher gefragt hatte: Ist mein Mann da?

Was für Situationen muß es da gegeben haben! Andererseits war klar, daß Eifersucht für Frau Lindemann keine Rolle gespielt hatte. Dieses klassische Mordmotiv kam nicht in Frage. Damit entfiel Frau Lindemann als Verdächtige.

Karwenna hatte ohne es zu wollen den Weg eingeschlagen, der ihn zu Lindemanns Villa führen würde.

Nun gut, dachte er. Immerhin hat es neue Erkenntnisse gegeben, die einen Besuch rechtfertigen.

Die blasse Sekretärin öffnete Karwenna die Tür.

Frau Lindemann sei nicht da.

Ehe Karwenna eine weitere Frage stellen konnte, kam Udo Lindemann aus dem Büro, stand verdutzt vor Karwenna, starrte ihn an.

»Sie wieder?« fragte er etwas lahm.

Karwenna entschloß sich, einzutreten, ließ dem jungen Mann gleichsam keine Wahl.

»Fragen, Fragen –«, lächelte er, »die Arbeit eines Kriminalbeamten besteht darin, Fragen zu stellen –«

»Noch mehr Fragen –«, murmelte der junge Mann, wurde plötzlich zornig: »Sagen Sie, schwätzt man bei Ihnen im Amt? Ich höre, man hat Ihnen ein Manuskript mitgegeben.«

»Sie meinen den Propagandafeldzug für die Herren Abgeordneten.«

»Ja, den meine ich –«, antwortete Udo Lindemann humorlos.

»Den hat mir Ihr Geschäftsführer gegeben –«

»Was der Mann niemals hätte tun dürfen. Ich habe ihn deswegen schon zur Rechenschaft gezogen.«

Er starrte Karwenna düster an.

»In der Presse sind Andeutungen darüber gemacht worden. Das ist etwas, was uns, unseren Geschäften sehr abträglich ist –«

»Hm –«, grinste Karwenna, »nehmen Sie es nicht so ernst. Denken Sie immer daran, was Ihr Vater in dieser Situation getan haben würde –«

»Wie?« Udo sah Karwenna verdutzt an.

»Ihr Vater hätte sich nicht aus dem Gleichgewicht bringen lassen –«

»Das ganz gewiß nicht«, murmelte der junge Mann und schien zu überlegen, ob Karwenna seine Worte ironisch gemeint hatte.

Er machte eine entschiedene Handbewegung. »Ihr Amt war da nicht die undichte Stelle?«

»Nicht, daß ich wüßte.«

Nach kurzem Zögern fragte der junge Mann: »Sie wollten meine Mutter sprechen?«

»Ja, ich hatte noch ein paar Fragen an sie.«

»Kann ich Ihnen nicht helfen?«

»Nein. Ich komme wieder, wenn Ihre Mutter da ist.«

Er wollte sich abdrehen, zögerte plötzlich: »Sie haben die Führung voll übernommen –?«

»Ja«, nickte der junge Mann, »ich habe die Nacht durchgearbeitet, um einen Überblick zu gewinnen. Ich lebe von Kaffee und Zigaretten –«

In der Tat sah der junge Mann bleich aus. Seine Augen enthielten einen Funken aufgeregten Feuers, und Karwenna dachte plötzlich: ein Motiv? Der Sohn, der schwache, ewig zurückgestellte Sohn, der sich an seines Vaters Stelle setzen will, setzen muß, um nicht kaputtzugehen.

Karwenna starrte Udo Lindemann eindringlich an. Es schien, als prüfe er seine plötzlich aufgetauchte Theorie am Objekt.

Dem jungen Mann war der intensive Blick unbehaglich. Er wechselte die Farbe, er verlor das Bleiche und wurde rot, so als schieße ihm das Blut ins Gesicht.

Er stand plötzlich atemlos, so daß Karwenna sich sagte: Ist da etwas? Warum benimmt er sich so?

»Hören Sie«, sagte Karwenna langsam, »ich habe Sie noch nicht gefragt, wo Sie zur Mordzeit waren.«

»Wo ich war, während –« Udo stockte.

»Ja, wo waren Sie in der Mordnacht? Sie waren in Lindau, nicht wahr?«

»Ja, ich habe Fotos gemacht. Ich war mit mehreren Fotomodellen unterwegs«. Er stieß hervor: »Wir arbeiten nicht nur mit Pat Lomes. Da gibt es eine Menge anderer Modelle.«

»Wo waren Sie in der Mordnacht, fragte ich Sie. Im Hotel? In welchem –«

Der junge Mann nannte das Hotel, fügte dann hinzu: »Ja, bin ich denn für Sie ein Mordverdächtiger?« Er lachte auf, schien in die größte Erregung zu geraten. »Na, das ist ja allerhand. Sie halten es für möglich, daß ich meinen Vater umgebracht habe?«

Der Gedanke brachte ihm den Atem durcheinander, er mußte husten, während er hustete, begann er schon zu lachen, brachte dies zusammen aus der Kehle, das Husten und das Lachen. Sein Blick wurde ironisch.

»Herr –«, rief er, »wenn dies eine ernsthafte Vermutung ist, dann frage ich mich, ob der Mordfall bei Ihnen in den richtigen Händen ist –«

Er lachte stärker, schien plötzlich Vergnügen zu empfinden oder so etwas wie Befriedigung, denn er nickte, sagte: »Nur zu, machen Sie nur weiter so.«

Er lachte erneut, und Karwenna empfand das Verhalten des jungen Mannes plötzlich als ungewöhnlich. Udo Lindemann holte ein Taschentuch hervor, als müsse er sich Lachtränen abwischen, aber ebensogut konnte es sein, daß er wirklich weinte, weil er für einen Augenblick die Fassung verloren hatte.

Karwenna notierte das Hotel und die Namen der Zeugen, die der junge Mann nannte.

Er nannte die Namen bereitwillig, war plötzlich ganz leise, hielt den Kopf gesenkt, und Mutlosigkeit schien sich auszubreiten.

In diesem Augenblick kam Frau Lindemann.

Sie entstieg einem kleinen weißen Wagen, mit dem sie in den Hof gefahren war.

Sie sah Karwenna durch die noch offene Haustür hindurch, stand eine Weile ganz still, nachdenklich, kam dann ruhig auf das Haus zu.

Udo sah seine Mutter, rief: »Der Herr hier hat noch Fragen. Andauernd werden einem sinnlose Fragen gestellt. Auch mir, Mama. Ich wurde tatsächlich gefragt, wo ich in der Mordnacht war. Ich mußte mein Alibi nachweisen –«

Er lachte, aber es war kein freies Lachen, sondern ein Gemisch aus Spott, Angst und Aufregung.

»Na –«, sagte Frau Lindemann, »du hattest ja keine Schwierigkeiten, nicht wahr, dein Alibi nachzuweisen.«

»Sage das nicht –«, antwortete Udo, »ich habe ein Einzelzimmer gehabt. Ich sagte, ich habe geschlafen. Wer will ausschließen, daß ich aus meinem Bett gestiegen und leise am Portier vorbeigeschlichen bin, mich in meinen Wagen gesetzt habe. Von Lindau nach München, das sind bei freier Strecke nachts zwei Stunden. Hin und zurück macht vier Stunden –«. Er wandte sich an Karwenna, »Wieviel Zeit veranschlagen Sie für den Mord?«

»Hör damit auf«, verwies Frau Lindemann ihren Sohn streng. »Das ist kein Fall für Gedankenspiele dieser Art –«

»Nein?« sagte der junge Mann fast schmetternd laut.

»Nein«, erwiderte Frau Lindemann hart.

Sie stand Blick in Blick mit ihrem Sohn. Udo hielt den Blick seiner Mutter nicht aus, verzog das Gesicht, breitete die Arme aus: »Nun ja, dann überlasse ich dich jetzt den Fragen der Polizei –«, er grinste schief, »und begebe mich an meinen Arbeitsplatz zurück.«

Er ging ins Büro, wo die blasse Sekretärin ihn schon erwartete.

»Nehmen Sie ihm sein Verhalten nicht übel«, meinte Frau Lindemann. »Der Junge ist aufgeregt. Nicht nur das –«, überlegte sie, »zu meiner Verwunderung sehe ich jetzt, daß er seinen Vater geliebt hat. Ich dachte, zwischen beiden sind Abgründe, und nun sehe ich, so tief waren die Abgründe gar nicht. Sie waren nicht – nicht grundsätzlicher Art –«.

Frau Lindemann sprach ruhig, als spreche sie über einen Gegenstand, der sie ernsthaft beschäftige.

»Kommt noch hinzu«, fuhr sie fort, »daß er die Arbeit seines Vaters tun muß, die Arbeit eines Elefanten –«. Sie hob die Schultern, »das macht ihn aufgeregt. Finden Sie nicht auch, daß er aufgeregt ist?«

»Ja, das ist er.«

Sie richtete die Blicke nun voll auf Karwenna.

»Sie haben noch Fragen an mich?« Sie wartete die Fragen nicht ab, sagte: »Nicht hier im Flur. Bitte kommen Sie –«

Sie ging Karwenna voraus, stand einen Augenblick nachdenklich in der kalten Pracht des Wohnraumes, wandte sich dann um: »Nicht hier. Gehen wir in mein Zimmer –«

Sie ging Karwenna voraus die Treppe hinauf.

Ihr Zimmer war in der Tat besser, harmonischer, belebter. Karwenna selbst war froh, der Kälte des Prachtzimmers entronnen zu sein, bemühte sich um einen leichten Ton.

»Ich habe keine dringenden Fragen –«

»Sie haben nur dringende Fragen«, murmelte Frau Lindemann, begleitete diesen Satz mit einem ernsthaften Blick. »Auch die einfachste Frage ist eine dringende Frage –«, sie setzte hinzu: »Ich nehme an, Sie sind noch nicht weitergekommen.«

»Nein, noch nicht viel weiter –«

Frau Lindemann stand im Zimmer, hoch aufgerichtet, das Kreuz durchgedrückt, Kinn und Kopf erhoben.

»Ich wußte nicht, daß Sie mit Pat befreundet sind.«

»Aha«, murmelte sie, überlegte, lächelte dann schwach: »Sie vermissen, daß ich darüber gesprochen haben.«

Frau Lindemann zeigte keine Erregung, eher eine matte Ausgewogenheit in jeder Bewegung.

»Trinken Sie einen Tee mit?« fragte sie.

»Gerne.«

Frau Lindemann holte aus einem Schrank Geschirr, setzte es auf den Tisch. Dann entnahm sie dem Schrank einen Topf, ging hinaus, um ihn im Bad mit Wasser zu füllen.

Sie kam wieder herein und sagte: »Sie sehen, daß ich mich unabhängig gemacht habe, von meinem Mann, von meiner Küche, von diesem ganzen Haus. Ich kann hier in aller Ruhe meinen Tee kochen.«

Ihre Stimme enthielt ein wenig Ironie, aber nicht zuviel. Die Ironie war ihr nicht wichtig, es war eine Nebenbei-Ironie.

Sie hatte die Frage, die ihr gestellt war, keinen Augenblick vergessen, lächelte plötzlich, sah Karwenna voll an. »Ich habe in der Tat darüber mit voller Absicht nicht gesprochen –«, sie zögerte, »um nicht in einem zu schlechten Lichte dazustehen.«

Sie lügt, dachte Karwenna, sie lügt, das ist nicht der Grund.

»Wie sieht das aus, wenn man hört, daß die Frau die Geliebte ihres Mannes besucht, nicht, um sie zu beschimpfen, nein, um sie kennenzulernen – dies zunächst und dann, um einen Menschen wiederzusehen, der – nun ja, der ein junger sympathischer Mensch ist, zu dem man freundschaftliche Gefühle entwickelt hat.«

Sie schien selber zu merken, daß das, was sie sagte, ein wenig fadenscheinig klang, sie setzte hinzu: »Vergessen Sie nicht, daß ich in meiner Person – ein Fall für die Einsamkeit bin.«

Sie schützte sich selbst mit der Ironie, die ihre Stimme voll enthielt. »Ein Fall für die Einsamkeit. Denken Sie daran und nehmen Sie das wörtlich.« Ihre Stimme nahm an Kraft zu:
»Frauen, wenn sie alt werden, sind der Einsamkeit ausgeliefert, einer grenzenlosen Einsamkeit. Sie werden gequält, geschlagen damit. Mit Einsamkeit, die zur Krankheit wird.«
Sie machte eine Pause, als müsse die Erregung abklingen. Aber ihr durchsichtiges Lächeln war geblieben.
Ihr Ton wurde leichter.
»Berücksichtigen Sie die absolute Einsamkeit, in die ich geraten war, dann werden Sie nicht viel Bemerkenswertes finden an meiner Beziehung zu der –«, sie wurde erneut ironisch, »zu der Geliebten meines Mannes. Dieser Tatbestand, der alle Welt aufzuregen scheint, war für mich – belanglos.«
Sie gab dem Wort ›belanglos‹ einen verächtlichen und absolut glaubwürdigen Unterton mit.
»Nun also –«, gestand sie, »ich war mit Pat befreundet. Ich genoß ihre – ihre Jugend, ihre Einfachheit, ihr Wohlverhalten, ihren Gehorsam und ihre Liebe, die sie ihrer Mutter entgegenbrachte –«
»Sie waren auch mit Huberti zusammen –«
»Ja –«, nickte sie, blieb mit ihren Blicken aufmerksam auf dem Gesicht Karwenna, wiederholte es: »Ja, auch mit Huberti –«
»Was halten Sie von Huberti?«
»Ein sehr interessanter junger Mann«, sagte sie sofort und mit Ehrlichkeit, »was er sagte, fand ich faszinierend, es hat mich sehr beschäftigt. Ich fühlte mich plötzlich in Gesellschaft dieser jungen Leute angeregt und unterhalten. Mein Geist fühlte sich wieder beschäftigt, die – die Einsamkeit wich ein wenig zurück.«
Karwenna sah ihr zu, wie sie den Tee bereitete.
Frau Lindemann war keine ›alte Frau‹. Sie war eine ältere Frau, aber sie war nicht alt in einem Sinne, der dieses Wort als etwas Häßliches gelten läßt. Sie war proportioniert, sie hatte Busen und kräftige Schultern, ihr Gesicht war nicht faltenreich, sondern hatte charaktervolle Linien. Sie war ›jemand‹, dachte Karwenna.

Es schien, als wisse Frau Lindemann, daß Karwenna sie mustere. Sie ließ es über sich ergehen, wandte sich mit weicher Bewegung um, servierte den Tee.

»Wie oft waren Sie mit Pat und Huberti zusammen –?«
»Ziemlich oft, fast jeden Tag.«
»Wußte Ihr Mann von dieser Freundschaft?«
»Nein, er wußte es nicht.«
»Er hätte sie nicht geduldet?«
»Ganz sicher nicht.« Sie zögerte. »Ich weiß nicht, vielleicht hätte er es sogar geduldet. Durchaus möglich, daß es ihm egal gewesen wäre.«
»Aber Sie haben alle Vorsichtsmaßnahmen beachtet –«
Sie wurde aufmerksam.
»Bevor Sie zu Pat hinaufgingen, informierten Sie sich bei Frau Lomes oder bei der Krankenschwester –«
»Das haben Sie alles herausbekommen –?« fragte Frau Lindemann.
»Ich habe es nebenbei erfahren und darüber nachgedacht.«

Frau Lindemann schenkte Tee nach, setzte die Kanne zurück. Sie war nicht aufgeregt. Karwenna suchte nach Anzeichen dafür, aber er konstatierte nur weiche, nachdenkliche Gelassenheit bei Frau Lindemann.

»Ihr Mann hat es also nie erfahren –?«
Sie antwortete nicht sofort.
Sie hob die Stimme: »Nie erfahren –?« Sie schien die Frage zu überdenken. »Vielleicht hat er es gewußt. Er hat mir gegenüber keine Andeutung gemacht.« Ihre Stimme wurde ironischer. »Er hätte sie sicher gemacht. Er nahm jede Gelegenheit wahr, einen Menschen ins Unrecht zu setzen, ihn zu verdächtigen, ihn zu quälen.«

Karwenna trank den Tee, fühlte sich beunruhigt, ohne für seine Unruhe den Grund zu wissen.

Frau Lindemann sah ihn ruhig an, wich seinen Blicken nicht aus. Karwenna hatte den Eindruck von großem Mut, den die Frau besaß, zu dem sie fähig war. Ihre Persönlichkeit wurde immer deutlicher, ausgeprägter. Er erinnerte sich nicht, diesen Eindruck am ersten Tage gehabt zu haben.

Ärgerlich dachte Karwenna: Fehlschlag. Du erfährst

nichts. Du kommst einfach nicht auf den richtigen Dreh, der doch dabeisein muß. Langsam fuhr er in Gedanken fort: Der dabeisein muß in dem Verhältnis Frau Lindemann, Pat, Huberti. Mußte er die Krankenschwester dazurechnen, vielleicht auch Udo Lindemann?

Karwenna wußte es nicht.

Er hatte nur ein Gefühl: Er roch den Mord immer stärker. Das machte ihn schließlich fast fröhlich.

Er bedankte sich bei Frau Lindemann, stand auf, entschuldigte sich: »Ich kreise mit meinen Fragen in der Luft herum wie ein Vogel –«

»Wie ein Raubvogel, nicht wahr?« sagte Frau Lindemann ruhig.

Karwenna sah sie überrascht an.

»Wenn Sie so wollen«, meinte er, »wie ein Raubvogel also, der den Punkt sucht, den ganz bestimmten, ganz gewissen Punkt –«

»Den Menschen meinen Sie, auf den er herunterstoßen muß –«

Karwenna murmelte: »Ja«, er lächelte, »wenn wir schon bei dem Beispiel bleiben wollen.«

Frau Lindemann brachte ihn bis vor das Haus. Sie war nicht ganz ›da‹, sie wirkte in sich zurückgezogen, weich, matt, voller Gedanken, die sie nicht aussprach. Sie wirkte nicht aggressiv, nicht schuldbewußt, nicht aufgeregt.

Sie sah ihm nach, wie er davonfuhr.

VIII

Karwenna fuhr erneut durch die Straßen der Stadt und fühlte, daß er wütend wurde. Irgendwie sah er plötzlich, daß man ihn ›handhabte‹. Sie handhaben mich, dachte er. Sie sind entschlossen, mir nichts zu sagen, und die Art und Weise, wie sie es tun, ist beleidigend.

Er spürte seine Aggression plötzlich und ganz stark den Wunsch, den Fall zu lösen. Ich kriege ihn schon, dachte er, ich kriege den Mörder. Ich werde ihn herausziehen aus seinem Versteck, bis er ganz da ist, voll zu sehen ist.

Er genoß seinen Zorn, überließ sich ihm. Seine Wut übertrug sich auf seine Fahrweise. Er überholte selbst dort, wo überholen nicht erlaubt war, und beschleunigte mit aufheulendem Motor.

Es dauerte eine Weile, bis er seinen Zustand begriff, er fuhr an den Straßenrand und dachte nach, zitternd nach, wie er feststellte.

Jäger, dachte er, du bist ein Jäger, natürlich bist du das. Versuche es nicht zu leugnen. Du gehörst auch in diese Scheiß-Menschheit, die nur Kampf kennt, alle gegen alle, da ist nur Hauen, Stechen, Schlagen, Überwältigen, jeder will den anderen überwältigen.

Auch ich will überwältigen, dachte er, beschönige es nicht, es ist die Wahrheit.

Warum hast du angehalten? fragte er sich.

Er wußte es plötzlich, wendete den Wagen, fuhr den Weg zurück, den er gekommen war.

Er fuhr zurück zur Villa.

Er brauchte nicht hineinzufahren, er sah durch das weit offene Tor, daß der weiße Wagen Frau Lindemanns nicht mehr da war. Sie war also wieder weggefahren, kurz nachdem sie mit ihm Tee getrunken hatte. Das Gespräch hatte sie aufgeregt. Mit wem wollte sie sich besprechen?

Karwenna wendete den Wagen erneut. Es kamen nur zwei Adressen in Frage.

Vor dem Hause Pats, das er als erstes aufsuchte, sah er den Wagen nicht. Er fuhr ein paar Straßen weiter, hielt vor dem Hause Hubertis.

Da war er. Da stand der kleine weiße Wagen der Frau Lindemann. Ein Fiat, ein Cabrio.

Na also, dachte Karwenna, parkte den Wagen irgendwo halsbrecherisch an einer Ecke, nahm keinerlei Rücksicht, schlug die Tür zu und ging in das Haus hinein.

Er versuchte seine Gedanken zu ordnen, sich auf irgendeine Situation einzustellen, aber er wußte nicht, welche ihn erwarten würde, beschloß, sich überraschen zu lassen.

Er klingelte an der Tür Hubertis.

Frau Huberti öffnete ihm wieder. Die alte Frau mit den wunderschönen weißen Haaren sah ihn unbefangen an.

Aus dem Flur heraus hörte man die Stimme Hubertis:
»Wer ist da, Mama?«

»Ich bin es«, erwiderte Karwenna, »Karwenna.«

Huberti kam langsam heran.

»Danke, Mama«, sagte er höflich zu seiner Mutter. Sie ging zurück, verschwand in ihrem Zimmer.

Huberti hatte den Blick bohrend auf Karwenna gerichtet. Es entstand ein unbehagliches Schweigen. Karwenna blieb eisern stehen, hielt den Blick aus und dachte: Mal sehen, wer es länger aushält.

»Was wollen Sie?« fragte Huberti, gab die Tür nicht frei.

»Sie bitten mich nicht hinein?« fragte Karwenna direkt.

»Ich bin beschäftigt –«, murmelte Huberti.

»Sie –? Beschäftigt?« fragte Karwenna und spürte, daß er seine Freundlichkeit verloren hatte. »Ich denke, Sie tun nichts, Sie haben Zeit, den ganzen Tag Zeit?«

Huberti war blaß, zeigte unter der Härte der Worte Karwennas eine gewisse Wirkung. Er setzte mehrmals an, etwas zu sagen, konnte es dann nicht.

Hilflos, dachte Karwenna, zum ersten Male sehe ich ihn ziemlich hilflos.

»Ich bestehe darauf, mit Ihnen zu sprechen«, sagte Karwenna, »und zwar jetzt.«

Huberti wollte eine hochfahrende zornige Bewegung machen, bremste sich dann wieder.

»Ich weiß, daß Frau Lindemann hier ist. Sie sitzt hier in der Wohnung und bespricht mit Ihnen die ›Lage‹. Es ist eine Lage entstanden, nicht wahr –?«

Wieder schnappte Huberti nach Luft, gab dann die Tür frei.

»Kommen Sie herein, Herr Kommissar«, sagte er laut, so laut, daß Karwenna wußte, er informiert jemanden.

Karwenna ging in den Flur hinein. Er fühlte sich angespannt, hatte seinen insgeheimen Zorn noch nicht verloren, fühlte sich durchtränkt davon.

Huberti öffnete ein Zimmer. Karwenna trat ein.

Im Zimmer wandten sich Pat und Frau Lindemann ihm zu.

»Oh«, sagte Karwenna überrascht, »Sie sind hier?«

Frau Lindemann saß in einem Sessel. Ihr Gesicht war plötzlich kreidebleich.

»Sie müssen ja gefahren sein wie der Blitz. Was wollen Sie hier?« stieß er nach, »warum sind Sie hier? Was besprechen Sie hier –?«

Er blickte auch Pat an. Pat saß wie versteinert. Sie trug graue Hosen, einen langen faltigen Überwurf, der orientalische Farben zeigte. Das Ganze war blusig zusammengerafft, mit einem Gürtel gehalten. Ihr Hals wuchs groß und frei aus dem Ausschnitt dieses Gewandes. Alles ist Linie an ihr, dachte Karwenna, so sieht es aus, wenn alles zusammenpaßt.

Er spürte wieder, daß er beeindruckt war. Zugleich bemerkte er, daß Pat ihn angstvoll ansah. Sie hatte deutlich den Atem angehalten, nahm dann einen tiefen Atemzug.

Karwenna dachte: Ich bin reingeplatzt in eine wichtige Unterredung. Sie sind aufgescheucht wie Hühner, sitzen da und starren mich an.

Huberti war der erste, der seine Fassung halbwegs wiedergewann.

»Werden Sie konkret«, forderte er Karwenna auf, »Sie suchen mich auf und haben dafür einen Grund. Was ist Ihr Grund?«

Er hatte sich vorgebeugt, konnte nicht verhindern, daß seine Stimme schwankte, einen verzweifelten, bohrenden Unterton bekam. Er wiederholte: »Was ist Ihr Grund –?«

Karwenna spürte, daß diese Frage ihm wichtig war und daß er sofort aus einer Angst heraus befreit werden wollte.

»Nennen Sie ihn«, rief Huberti aus, »oder lassen Sie uns in Ruhe.«

Er betonte dieses ›Lassen Sie uns in Ruhe‹ so sehr, daß es wie ein Schrei war.

»Ich kann niemanden in Ruhe lassen«, sagte Karwenna, »bis der Mord an Lindemann aufgeklärt ist. Und ich werde Ihnen sagen, warum ich hier bin –«. Er machte eine Pause, sah von einem zum anderen, schien jeden mit den Blicken taxieren zu wollen. »Ich nehme an – nein –«, korrigierte er sich, »ich nehme nicht an, sondern ich weiß es, daß Sie hier, Sie alle hier mit dem Mord zu tun haben, in irgendeiner Weise, über die ich mir nicht klar bin, aber Sie haben damit zu tun. Und ich werde nicht ruhen, bis ich weiß, was Sie damit zu tun haben.«

Frau Lindemann hatte sich unter den Worten Karwennas immer stärker aufgerichtet, als gebe ihr diese Haltung Kraft und Selbstsicherheit. Ihr Gesicht war immer noch totenbleich, als habe alles Blut sich zurückgezogen, habe nur wächserne Blässe zurückgelassen. Pat verlor erneut ihren Atem. Sie hatte die Augen weit aufgerissen, starrte Karwenna entgeistert an und mit verstärkter Angst, die in ihren Augen irrlichterte. Huberti stand noch neben Karwenna, hielt die Arme schlaff hängend, machte einen so selbstvergessenen Eindruck, als habe er nicht zugehört und schon gar nicht begriffen. Er schien große Kraft zu brauchen, sich zu rühren, brachte eine Bewegung zustande, der Hilflosigkeit anhaftete, keine Entschiedenheit.

»Was reden Sie denn da?« murmelte er, »wir sollen etwas mit dem Mord an Lindemann zu tun haben?« Er versuchte seiner Stimme Empörung zu verleihen. »Wie kommen Sie denn auf diese absurde Idee? Schließen Sie –«, jetzt versagte die Stimme, »schließen Sie Frau Lindemann mit ein?«

»Ja, das tue ich«, rief Karwenna.

»Seine eigene Frau –«, setzte Huberti fort. »Ja, sagen Sie, welchen *Grund* sehen Sie denn? Wollen Sie uns das vielleicht sagen? Welcher Grund wäre denkbar, für jeden von uns, Lindemann zu töten? Sehen Sie einen Grund –?«

Er schien sich an dieses Wort zu klammern, prononcierte es, schleuderte es gleichsam in den Raum, als sei es ein Wort, das imstande sei, die Sinnlosigkeit von Karwennas Behauptung zu beweisen.

»Es gibt doch gar keinen Grund«, beteuerte Huberti. »Mich hat der Mann nie interessiert –«

»Sie haßten ihn –«

»Ich mochte ihn nicht. Sie, Herr Kommissar, mag ich auch nicht. Ich mag viele Leute nicht – kein Grund, sie deswegen umzubringen. Denken Sie an Pat? Pat hatte nur Vorteile von Lindemann, und zwar vom lebendigen Lindemann. Frau Lindemann? Denken Sie an sie? Eine Frau, der ihr Mann seit langem gleichgültig war? Die mit der Geliebten ihres Mannes befreundet war? Ja, ich sage ›befreundet‹, ich gebrauche dieses Wort. Wo also um alles in der Welt ist das Motiv?«

Er starrte Karwenna an, stand atemlos, als habe er seine letzte Kraft mobilisiert, um seiner Stimme Überzeugungskraft zu verleihen.

»Nichts«, er schüttelte den Kopf, »weit und breit sehe ich nichts, keinen Grund, keinen vernünftigen Grund. Sie sehen uns hier zutiefst – bedrückt, traurig, wir bedauern das – das Schicksal, das Lindemann getroffen hat. Ich bedaure es«, rief er aus, »wenn Sie mich persönlich fragen: Ich bedaure es.«

Er senkte den Kopf, als habe er eine Unzulässigkeit begangen, er setzte sich, wohl auch, weil seine Füße ihn nicht mehr trugen. Er saß plötzlich wie ein Häufchen Elend, wie Karwenna konstatierte.

Frau Lindemann saß immer noch wie versteinert. Es schien, als brauche sie keinen Atem, sie saß völlig regungslos.

Aber sie sah den Blick Karwennas auf sich gerichtet, begann plötzlich zu lächeln, lächelte stärker. Ihr starres Gesicht zerbrach in Bewegungen, wie eine Wasserfläche, die sich endlich im Winde kräuselt.

Ihre Stimme war schwach, aber verständlich. »Auch mich –«, flüsterte sie, »beziehen Sie ein in den Kreis der Verdächtigen?«

Sie machte eine Pause. »Dagegen ist nichts zu sagen. Ich an Ihrer Stelle würde das auch tun. Es wäre mein erster Gedanke gewesen, aber –«, wieder eine lange Pause, »ich sage, was Huberti gesagt hat: Welches Motiv sollte ich haben? Daß mein Mann mir gleichgültig war, ist festgestellt worden. Warum sollte ich ihn töten –?«

Karwenna hatte alle drei im Blick. Er sah, daß Pat den Kopf senkte, als ertrüge sie seine Blicke nicht mehr. Sie senkte den Kopf so tief, daß ihre dunklen Haare nach vorn fielen, ihr Gesicht einhüllten, verdeckten.

Ganz plötzlich wußte Karwenna: Wenn keiner redet, Pat kriege ich dazu.

Das Gerede ging hin und her. Karwenna litt darunter, daß er sich nicht konkret äußern, daß er nur Andeutungen machen konnte. Er empfand eine Stimmung, und er wußte, daß er eine Stimmung erzeugte, eine Atmosphäre der Gespanntheit, vielleicht sogar der Drohungen. Karwenna haßte diese Art des Verhörs, weil sie ihm nicht ehrlich genug war. Operationen am Rande des Bewußtseins, wie er es nannte.

Er sah drei Leute, die sich gegen ihn wehrten, aber denen in diesem Sichwehren die Überzeugungskraft fehlte. Sie saßen zusammen wie unter einem Dach der Angst, der gemeinsamen Angst, der gemeinsamen Atemlosigkeit.

Das jedenfalls, sagte sich Karwenna, ist konkret feststellbar.

»Geben Sie es auf«, beschwor ihn Huberti, »es kommt nichts dabei heraus, Sie werden nicht hören, was Sie hören wollen. Ich versichere es Ihnen –«

Er stieß dies mit äußerster Resolutheit heraus. Seine Stimme war ebenso flehend wie fest. »Nichts, nichts kommt dabei heraus.« Er schüttelte den Kopf.

Er saß dann geduckt, als habe er auf diese Weise seinen Körper besser unter Kontrolle. Pat saß ähnlich, zurückgezogen in sich selbst. Nur Frau Lindemann saß hoch aufgerichtet. Aber es war wohl die Art, wie sie dieses Verhör am besten überstand.

»Gut«, sagte Karwenna, hob die Schultern, »genug für jetzt –«

Er wußte, daß er am Ende war. Er hatte versucht, die Atmosphäre aufzuheizen, eine gewisse Überspannung zu erzeugen, aber sie hatte zu keinem Ausbruch geführt, zu keiner Entladung.

»Dann will ich nicht länger stören –«, murmelte Karwenna. »Allerdings haben Sie mich nicht überzeugt. Ich bleibe dabei: Sie wissen, was passiert ist, wer Lindemann getötet, wer ihn beseitigt hat.«

Niemand sagte ein Wort, als seien alle es müde, sich zu wehren, irgendein Gegenteil zu beteuern.

Huberti brachte Karwenna an die Tür. Er lächelte ein wenig: »Na, Sie haben uns ja ziemlich zugesetzt. Ist das die Art, wie bei Ihnen die Verhöre geführt werden?« Er nickte Karwenna zu: »Sie verstehen was von der Sache, das muß ich sagen.«

Er war offensichtlich bestrebt, zu Karwenna ein gutes Verhältnis herzustellen, faßte ihn sogar an, berührte seinen Unterarm. »Sie sind aufgeregt«, sagte er, »Sie kommen in dem Fall nicht vorwärts, das bedrückt Sie, und so kommen Sie auf die – auf die unmöglichsten Gedanken.«

»Halten Sie den Mund«, fuhr ihn Karwenna grob an und setzte fort: »Sie sind der Typ, der keinen Boden unter den Füßen hat. Sie sagen irgend etwas, nur irgend etwas, blasen das Ganze auf wie einen Luftballon. Sie spielen mit Luftballons, wissen Sie das?«

Huberti war erschrocken, verstummte völlig, wärend Karwenna die Treppe hinunterschritt.

IX

Tage vergingen.

Karwenna erledigte die alltägliche Arbeit, hatte genug zu tun mit anderen Fällen, mit Zeugenvernehmungen in anderer Sache. Aber seine Stimmung hatte sich verdüstert. Der Fall Lindemann rührte sich nicht, lag wie ein Stein, den niemand anheben konnte. Es bewegte sich einfach nichts.

Henk hatte noch einmal Zeugen vernommen. Er hatte alle Angestellten verhört. Es war einfach nichts zum Vorschein gekommen. Das Charakterbild Lindemanns war nur immer klarer geworden. Ein harter, nüchterner Mann, der nicht die geringsten Ideale hatte, niemals Weichheit gezeigt hatte, immer skeptisch, mißtrauisch, zynisch war.

Der Polizeipräsident ließ Karwenna rufen, bat ihn in die Sesselecke.

»Mal in aller Ruhe, Karwenna, wie steht der Fall Lindemann? Seien Sie ganz offen: Kommen Sie vorwärts? Oder kommen Sie nicht vorwärts? Wie beurteilen Sie die Sache?«

»Sie bewegt sich nicht«, sagte Karwenna, »absoluter Stillstand –«, er fügte hinzu: »obwohl ich weiß, wer damit zu tun hat.«

Er schilderte den Fall, berichtete von Huberti, von Pat, von Frau Lindemann und von seiner Überzeugung, daß unter diesen drei Menschen der Täter zu finden sei.

»Vielleicht haben sie es nicht selbst getan«, sagte Karwenna, »aber sie wissen, wer es getan hat. Sie schützen den Mörder.«

»Die eigene Frau«, murmelte der Polizeipräsident.

Karwenna schilderte das Verhältnis zwischen Lindemann und seiner Frau, soweit er es kannte.

Der Präsident ging im Zimmer auf und ab.

»Die Presse hat sich in den Fall verbissen«, gab er zu bedenken, »die Sache hat möglicherweise einen politischen Anstrich. Sie riechen Skandale überall. Jeder möchte gern sein Watergate haben, irgendwas ans Licht ziehen.« Er blieb stehen, sah Karwenna an.

»Es wird gefragt, ob wir –«, er betonte es, wiederholte es, »ob wir vielleicht die Sache mit Absicht zu lax behandeln.«

Karwenna schwieg. Was sollte er daraufhin sagen?

»Soll ich den Fall anderen übertragen? Vielleicht eine Sonderkommission bilden? Verstehen Sie, ich möchte nichts tun, ohne mit Ihnen darüber zu reden. Ich will nichts hinter Ihrem Rücken veranlassen.«

»Nun können Sie es tun«, murmelte Karwenna lakonisch, »nun haben Sie mit mir geredet.«

»Verstehen Sie, Karwenna, ich bin in einer Zwangslage. Es muß neuer Wind in den Fall gebracht werden. Sie wissen, daß Sie für mich ein fähiger Beamter sind –«

»Geben Sie mir noch drei Tage Zeit«, sagte Karwenna zu seiner eigenen Überraschung.

»Also sehen Sie da doch einen Weg?« wollte der Polizeipräsident wissen.

»Eine Möglichkeit, ja, eine Möglichkeit –«, erwiderte Karwenna.

»Das ist mir natürlich lieber als – als spektakuläre Kommissionen zu bilden. Eine Sonderkommission, die gebildet wird, ist immer so etwas wie ein Eingeständnis, wir sagen laut und deutlich: Wir kommen nicht vorwärts. Auch Sonderkommissionen bringen nicht immer zustande, was man von ihnen erwartet oder was man mit ihnen verspricht.«

Der Polizeipräsident entließ Karwenna, brachte ihn bis zur Tür. »Drei Tage haben Sie gesagt, Karwenna. Sie haben die drei Tage –«

Karwenna ging den Gang hinunter zum Fahrstuhl, blieb plötzlich am Fenster stehen. Was hatte er gesagt, versprochen? Den Fall in drei Tagen zu lösen? Bin ich wahnsinnig, dachte er, wie bist du nur darauf gekommen?

Aber er wußte plötzlich, wie er darauf gekommen war.

Pat Lomes. Er hatte sie plötzlich vor sich gesehen, den Kopf gesenkt, die Schultern eingezogen, die Haare, die ihr Gesicht einhüllten, verdeckten.

Karwenna atmete auf, schüttelte den Kopf. Ich bin wahnsinnig, dachte er.

*

Helga stellte das Essen auf den Tisch. Tafelspitz mit jungem Gemüse.

»Bemerkst du nicht, daß ich dir dein Lieblingsessen gemacht habe?«

Karwenna schreckte auf.

»Ah ja, ich sehe es.« Er lächelte. »Ich hätte es schon noch gemerkt.«

»Bist du ganz sicher?« Helga lächelte, sah ihren Mann besorgt an. »Du hast Ärger im Büro?«

»Ärger kann man nicht sagen.«

»Noch kein Mörder für Herrn Lindemann?« fragte sie und hatte ihrer Stimme einen leichten Ton gegeben.

»Nein, er zeigt sich nicht«, murmelte Karwenna. Er schenkte Bier in sein Glas, versuchte lebhaft zu sein.

»Er versaut uns die Abende, wie es aussieht«, meinte er. »So viel hat der Typ gar nicht verdient.«

Es verlangte ihn plötzlich danach, über Lindemann zu reden.

»Wir alle –«, sagte er, »haben doch irgendwelche Ideale, Vorbilder, Vorstellungen, die wir für richtig halten, die wir uns wünschen –«

»Und dieser Mann hatte sie nicht?«

»Nein, er besaß keine Ideale. Er negierte alles, was nur danach riecht.«

»Kann man so leben?«

»Er konnte. Er hatte keine Lust, ›sich etwas vorzumachen‹.

Ich zitiere jetzt aus einer Vernehmung eines seiner Angestellten. Lindemanns Meinung war, ein Hauptfehler des Menschen sei, ›sich etwas vorzumachen. Er hat sich darüber lustig gemacht. Er sagte: Alle warten auf irgend etwas, auf irgendetwas Positives, etwas, was in der Zukunft liegt und herbeigeführt werden muß, irgendeine Art von Paradies oder paradiesähnlichen Zuständen.«

»Die sieht er nicht?«

»Nein, die sieht er überhaupt nicht. In einem anderen Protokoll heißt es: Nur der Körper eines Menschen ist im Besitz der Wahrheit, der Geist nicht –«

»Hört sich ganz lustig an.«

»Was meinst du damit?« fragte Karwenna ärgerlich.

»Es hört sich an, als ob er recht hat.«

»Wahrheit, Wahrheit –«, murmelte Karwenna, »das ist ein Begriff, der zur Spekulation herausfordert. Spekulieren kann man nur mit – mit dem Verstand, mit der Phantasie, mit dem Geist –«

Er ereiferte sich plötzlich. »Nur der Körper ist im Besitz der Wahrheit, das ist doch –«

Er verstummte.

»Jaja«, meinte Helga friedlich, »Philosoph ist der Mann nicht.«

Karwenna mußte lachen.

»Nein«, gab er zu, »Philosophie interessierte ihn sicher nicht. Der Mann hat nur auf seinen Bauch gehört und auf das, was sich darunter befindet –«

»Drück dich nicht so gewunden aus«, meinte Helga plötzlich. »Du sprichst von Fressen und Lieben.«

»Ja, davon.«

Karwenna wurde plötzlich nachdenklich, sah Huberti vor sich, der auf nachtdunkler Straße stehengeblieben war, ihn angefunkelt hatte: Muß man nicht darüber nachdenken, welchem gedachten Bilde man sich anzugleichen hat?

Er wußte den genauen Wortlaut nicht mehr.

Er lachte plötzlich auf. »Weißt du«, sagte er zu Helga, »das ist ein Fall, der kein normales Motiv hat. Jedenfalls kein Bauchmotiv, es kommt nicht aus dem Körper, es kommt aus dem Kopf –«

Er verstummte, starrte auf den Teller. Er hatte kaum angefangen zu essen.

»He –«, rief ihn Helga an.

Karwenna murmelte: »Verrückt, verrückt. Könnte sein, ich weiß jetzt das Motiv –«

Er legte Messer und Gabel beiseite, als habe ihn der Hunger verlassen.

»Tu mir das nicht an«, sagte Helga, »und laß dieses Essen stehen.«

*

Karwenna hatte nicht vorher angerufen, sich nicht angemeldet. Er wollte ihr keine Gelegenheit geben, Huberti zu verständigen. Er wollte sie allein haben, ganz allein.

Er ging die Treppe hinauf, verharrte kurz vor der Wohnung von Frau Lomes, überlegte, ob er dort nach Pat fragen sollte. Aber er entschied sich, weiterzugehen. Er würde sehen, ob Pat in der Wohnung und ob sie allein war.

Er hatte dann immer noch Zeit, hinunterzugehen, die Krankenschwester zu fragen oder sich vor das Haus zu stellen, um auf Pat zu warten.

Es war nach zehn Uhr abends. Das Haus summte noch von verschiedenen Geräuschen, man hörte Musik, Stimmen von Menschen hin und wieder, Türenschlagen, Wasserlaufen.

Karwenna stand eine Weile vor der Wohnungstür Pats. Er hatte mechanisch gehandelt, so als sei er in einen Zwangsablauf geraten und erwache nun, für einen Augenblick nur, für ein paar Sekunden, in denen er sich frage: Weißt du, was du tun willst? Er schob den Gedanken erneut beseite, fühlte sich plötzlich als ein Teil der Zwangsläufigkeit.

Pat selbst öffnete die Tür.

Sie war erschrocken und stand eine Weile stumm vor Karwenna, so wie er stumm vor ihr stand.

Wortlos trat sie beiseite, als ereigne sich etwas, was sie erwartet habe, etwas, gegen das sie sich nicht wehren könne.

Ebenso wortlos betrat Karwenna die Wohnung. Er horchte, keine Musik, keine Stimmen.

»Allein?« fragte er.

Sie nickte nur, sah ihn wieder an. Er sah, daß sie ängstlich war, aufgeregt. Sie war der Typ, der dies ganz leicht erzeugt, die Furcht war immer da, als sei sie ein Teil ihres Wesens. Als genüge eine Kleinigkeit, sie hervorzurufen, sichtbar zu machen.

Pat trug ein Kleid aus Thai-Seide. Die Farben leuchteten, grün mit weiß, blaßblaue Streifen dazwischen, hochlaufend bis zur Brust, zum Hals. Sie sah selbst mit ihren dunklen Haaren wie eine Thailänderin aus, nur daß sie hochgewachsen war.

Pat brachte sich mit einer Bewegung zurück in die Wirklichkeit, ging Karwenna voraus in das Wohnzimmer.

Immer noch war kaum ein Wort gefallen, und doch hatte sich eine besondere Situation eingestellt. Karwenna war sich darüber klar. Es war eine körperliche Situation. Sie betraf ihren Körper und seinen. Karwenna wußte, daß er dies erwartet hatte, ging Pat nach, stand vor ihr. Sie wandte sich um, sah ihn an.

Karwenna versuchte, eine gewisse Kühle zurückzugewinnen, erkannte aber, daß es nicht möglich war und daß er dies auch nicht wollte.

Pat setzte sich auf das Sofa, hielt den Kopf erhoben. Immer noch kein Wort.

Karwenna setzte sich, ohne aufgefordert worden zu sein. Es hatte sich eine Intimität eingestellt, die Höflichkeitsfloskeln überflüssig machte.

Karwenna saß eine Weile mit gesenktem Kopf. Ein Gedanke meldete sich: Du kannst alles noch rückgängig machen. Noch ist nichts passiert. Du kannst normale Fragen stellen und dich dann verabschieden.

Aber er wußte, kaum daß er diesen Gedanken hatte, sich formulierte, daß er dazu nicht mehr fähig war, nämlich normale Fragen zu stellen.

Er wollte es auch nicht. Er sagte sich dies ganz ehrlich: Ich will es auch nicht.

Pat zeigte ihre tiefe Aufregung deutlicher. Eine Frau, die aufgeregt ist und Angst hat – bietet sich dar. Das dachte Karwenna, als er Pat sah. Die Möglichkeit einer Frau in einer bedrohlichen Situation? Sie bietet sich dar. Es ist die Art der Schwachen, den Starken zu besänftigen.

Hatte Karwenna insgeheim nicht dies gewußt, gewußt und gewollt?

»Trinken wir etwas?« murmelte Karwenna.

Wortlos erhob sich Pat, ging an einen Tisch, auf dem Flaschen standen, eine ganze Batterie von Flaschen: Whisky, Gin, Kognak, Campari, Port, Sherry.

Sie stand abwesend vor den Flaschen, starrte sie an, drehte sich um, hilflos um, als wolle sie fragen: Was möchten Sie denn?

Karwenna stand auf, stellte sich neben sie, starrte ebenfalls die Flaschen an. Er spürte die körperliche Nähe Pats sehr stark. Sie nahm ihm den Atem, behinderte ihn, machte seine Bewegungen träge.

Er griff nach einer Flasche. Was war es? Sherry, er hatte den Sherry erwischt. Er traute sich einfach nicht, zu sprechen, als würde seine Stimme seine Erregung verraten.

Was war zu verraten? fragte er sich. Sie wußten beide, daß sie erregt waren.

Pat holte Gläser, sie waren hoch oben in einem Schrank. Sie mußte sich auf die Zehen stellen, der Saum ihres Rockes rutschte hoch, entblößte ihre Kniekehlen.

Karwenna hielt die Flasche noch in der Hand, stand abwesend und doch mit geschärfter Empfindungsfähigkeit. Es ist eine erotische Situation, dachte er, und er wußte, daß er sie erwartet hatte. Sie hatte sich tagelang angekündigt. Der Mann in ihm hatte es gewußt.

Pat hielt ihm die Gläser hin, erst eins, dann das andere. Karwenna schenkte ein. Pat hielt die Gläser dicht vor ihrem Körper, und Karwenna erkannte, daß ihre Brust sich hob und senkte. Die Bewegung war nicht ruhig, sondern tief und zitternd.

Karwenna betrachtete die goldgelbe Flüssigkeit in seinem Glas und dachte: Eine erotische Situation verkürzt den Raum, schafft einen intimen Umkreis von wenigen Metern, so als richten sich Wände auf, durchsichtige und doch vorhandene, schaffen eine Schutzzone, in der sich etwas vollziehen kann.

Karwenna sah Pat voll ins Gesicht, in ihre Augen.
»Angst, ja?« flüsterte er.
Sie setzte das Glas ab, setzte sich auf das Sofa. Sie hielt die Knie eng beinander, der Stoff senkte sich zwischen ihren Beinen, zeichnete ihre Oberschenkel nach. Pat hielt den Mund geöffnet. Jede Art von Geistigkeit hatte sich verloren, Pat war nicht da, nicht ihr Kopf, nicht ihr Verstand, sie hatte sich völlig in ihren Körper zurückgezogen.
»Angst, ja?« wiederholte Karwenna.
Er setzte sich neben sie, er tat dies aufatmend und mit einem Gefühl von Endgültigkeit, so als habe er den Rest seines Verstandes davongeschickt.
Pat brachte sich in Bewegung, senkte zugleich ihren Kopf, brachte ihren Kopf an seiner Schulter zur Ruhe, eine Bewegung, die Karwenna ergriff, ein wildes Gefühl in ihm erzeugte, denn eine Frage, die nicht ausgesprochen wurde, war beantwortet, jemand sagte ›ja‹, mit einer einzigen Bewegung sagte er etwas aus, bot sich dar. Von nun an war alles erlaubt, einfach alles.
Karwenna saß wie erstarrt. Er spürte, daß ihm der Hals eng wurde, er war versucht, den Kragen zu lockern. Er spürte ihre Last an der Schulter, spürte den Duft, der aus ihren Haaren stieg, er spürte ihre Brust an seinem Oberarm. Und er fühlte, daß er keine Wahl mehr hatte. Er hatte eine Szene zu nehmen, wie sie war, sie hatte sich völlig entzogen, passierte einfach, setzte Normalitäten außer Kraft.
Er hob den Atem, zog Pat an sich, er spürte ihren Körper stärker. Sie flehte ihn an, ihr Körper flehte ihn an, das war es, was er begriff, ein Mensch, der um Hilfe bat, um Nachsicht, um Schutz, der sich ganz aufgab. Eine Ursituation, in der Hilfe nicht zu verweigern war, weder Hilfe noch Schutz.
Karwenna berührte ihr Gesicht mit den Lippen, er spürte die Hitze in ihren Händen, suchte mit den Lippen ihren Mund. Sie schlang die Arme um seinen Hals, zog ihn mit Kraft an sich, sie war in Zittern geraten, ihr Körper verlor seine Fassung.
»Sag es«, flüsterte Karwenna, »es wird nie aufhören, wenn du es nicht sagst. Kind, du bist nicht der Typ, das auszuhalten –«

Daß er sprach, schien sie zu erschrecken. Sie versuchte zu begreifen, was er gesagt hatte, ihr Druck, ihre Umarmung verstärkte sich nur, sie küßte ihn wilder, sie zog seinen Kopf herunter an ihre Brust.

Sie wollte alles.

*

Pat lag auf dem Rücken und sah wie blind gegen die Decke.

Karwenna lag neben ihr, hatte sich aufgestützt, sah sie an. Nur Nachtlicht kam durch die Fenster herein. Ihre Haut war blaß, von magischem Schimmer, der Schimmer, der sich im Atemholen bewegte. Karwenna hatte seine Hand auf ihrer Brust, sie hatte ihr Gesicht ihm zugekehrt, ihre Augen waren ganz dunkel, als falle jeder Schimmer in die Tiefe, in Brunnentiefe.

»Sag es«, flüsterte Karwenna.

Sie hob sich über ihn, senkte ihr Gesicht, brachte es an seiner Schulter zur Ruhe, lag dort mit ihrem Kopf eine ganze Weile.

Karwenna fuhr mit der Hand über ihren Rücken, streichelte sie, zeichnete mit den Fingerkuppen ihre Rippen nach, ihr Rückgrat. Er war erfüllt von Sympathie.

Pat behielt ihren Kopf neben seinem, er sah ihre Augen nicht mehr. Sie holte Atem, sie setzte an, etwas zu sagen, tat dies mehrmals, brachte nur Seufzer heraus.

»Was ist passiert?« fragte Karwenna, sagte dann – und er fühlte dabei einen plötzlichen Schauder: »Hast du ihn getötet?«

Zugleich dachte er: Wenn sie es war, dann bist du erledigt. Dann kannst du dir einen anderen Beruf suchen.

Sie bewegte den Kopf.

»Sagst du ›nein‹?« fragte Karwenna, »bedeutet das ›nein‹? Du warst es nicht?«

Wieder bewegte sich ihr Kopf, und Karwenna konnte nicht anders, zog sie stärker an sich, er spürte fast einen Krampf in seinen Händen, Armen.

»Also nein«, sagte er, und für einen Augenblick lang hatte er das Gefühl, als sei dies ausreichend, als müsse er mehr gar nicht wissen. Seine Erleichterung war so stark, daß sie sich in einem Ausbruch von Schweiß äußerte. Er spürte die Nässe in seinem Gesicht und einen kaum unterdrückbaren Wunsch, zu lachen.

»Sag es, Pat«.

Er richtete sich auf, zog sie hoch, daß sie neben ihm saß, hielt sie umarmt, beide waren sie naß vor Schweiß, den die Aufregung erzeugt hatte. Zugleich dachte Karwenna: Nie wirst du das vergessen, niemals, bis an das Ende deiner Tage nicht.

»Es klingelte an der Tür –«
»An welcher Tür, Pat?«
»An der Wohnungstür. Nachts –«
»In welcher Nacht, Pat?«
»In der Nacht – –«
»In der Mordnacht?«
»Ja.«

Ihre Hände suchten seinen Hals, sie senkte ihren Kopf gegen seine Brust.

»Sprich weiter, Pat. Es klingelte jemand in der Mordnacht an deiner Wohnungstür –«

Immer noch spürte Karwenna seine Erleichterung. Er spürte undeutlich ein Gefühl: Gleich, wer es war, fast unwichtig, wer es war, Pat war es nicht. Er spürte seine Sympathie für Pat ungeheuer stark, begriff die Situation, in der er sich befand, immer noch als eine ganz ungewöhnliche, als eine Ursituation, die ohne Rechtfertigung auskommt.

»Wer war es?«
»Ich stand auf –«
»Du hattest schon geschlafen?«
»Ja, ich lag schon im Bett –«
»Wie spät war es?«
»Nach Mitternacht, gegen halb eins –«
»Du standest also auf, öffnetest die Tür. Wer stand vor der Tür?«
»Frau Lindemann. Sie war ziemlich aufgeregt, sie wollte wissen, wo Huberti ist.«
»Sie suchte Huberti?«
»Ja, sie war ganz verzweifelt. Ich muß ihn finden, sofort,

jetzt. Wo ist er? Ich wußte es nicht. Ich stand auf, zog mich an —«

»Hat sie gesagt, warum sie Huberti unbedingt sprechen wollte?«

»Nein.«

»Du zogst dich also an?«

»Ja, sie verlangte es. Sie sagte: Hilf mir —«

»Hilf mir?«

»Ja, hilf mir. Ich brauche euch, euch beide —«

»Erklärte sie, warum?«

»Nein.«

»Du hast dich also angezogen und hast zusammen mit Frau Lindemann Huberti gesucht. Wo gesucht?«

»In den Lokalen, in denen er sich aufhält —«

»Du hast ihn gefunden?«

»Ja, im zweiten oder dritten Lokal. Er saß an einer Bar. Er kam sofort mit hinaus auf die Straße, und auf der Straße sagte sie es ihm.«

»Was sagte sie ihm?«

Sie schwieg, atmete schwer, ihr Griff um seinen Hals wurde fester. Sie hatte sich an ihn gedrängt, er spürte ihren nackten Körper an seinem, jedes Detail ihres Körpers.

»Was sagte sie, Pat —?«

»Daß sie ihren Mann erschossen habe —«

Karwenna spürte eine Bewegung in seinem Herzen. Er spürte plötzlich die Rückkehr der Normalität. Sein Verstand sagte: endlich. Sie hat es gesagt. Eine Aussage, es ist eine Aussage gemacht worden, eine verwendbare Aussage, eine Aussage, die nicht zurückgenommen werden kann. Es ist soweit, es ist geschafft. Dieses ›geschafft‹ war wie ein leiser Trompetenstoß.

Karwennas Hand lag schlaff auf dem Rücken Pats.

»Sie war es also. Sie hat ihren Mann erschossen ?«

Es war, als habe Pat eine Veränderung bei Karwenna gespürt. Sie drängte plötzlich von ihm weg. Er spürte es, verstärkte seinen Druck, zog sie an sich, aber in seinem Gefühl war nun auch etwas anderes, sein Wille machte sich bemerkbar, sein Wille, der vorher nicht gebraucht wurde, keine Chance gehabt hatte.

»Ja –«, flüsterte Pat und weinte plötzlich.

Sie weint, weil sie mein Mitleid will, dachte Karwenna, konnte sich gegen diesen Gedanken nicht wehren.

»Wo hat sie ihn erschossen?«

»In ihrem Hause. Im Wohnzimmer.«

Karwenna dachte an das Prachtzimmer in der Villa. Herrgott, dachte er, du hast am Tatort gestanden, ohne es zu wissen. Dort also hat Frau Lindemann ihren Mann erschossen.

»Warum hat sie ihn erschossen?«

Pat flüsterte: »Ich weiß es nicht. Ich habe nichts begriffen. Verstehst du, ich habe es einfach nicht begriffen. Sie sagte: Ich habe ihn umgebracht. Helft mir.«

»Was verlangte sie?«

»Daß wir ihn rausholen aus seinem Haus, daß wir ihn wegbringen, irgendwohin bringen –«

»Was sagte Huberti –?«

»Huberti?«

»Ja, seine Reaktion, wie war seine Reaktion?«

»Er war ganz sprachlos. Er wollte es nicht glauben. Er fragte immer, ob es auch wahr sein. Sie wurde schließlich ganz ärgerlich.«

»Warum wurde sie ärgerlich?«

»Weil er nicht reagierte. Sie sagte: Steigen Sie ein, Sie müssen mitkommen. Auch zu mir sagte sie: Sie müssen mitkommen.«

»Warum zu dir?«

»Ich weiß es nicht. Ich sagte: Ich möchte nicht mitkommen. Da antwortete sie: Sie haben keine Wahl. Ich lasse Ihnen keine Wahl. Ihr könnt mich jetzt nicht allein lassen –«

Pats Stimme war schwach, durchzogen von Weinen. Ihr Körper war heiß, naß von Schweiß. Sie lagen noch in halber Umarmung, und Pat schien diese Umarmung zu brauchen. Sie drängte sich an Karwenna.

»Sie hat euch mitgenommen?«

»Ja, in ihrem Wagen.«

»Ihr seid zu ihr nach Hause gefahren –?«

»Ja, dort war niemand. Sie sagte, ich bin ganz allein im Hause gewesen –«

»Ihr seid hineingegangen. Es ist wichtig, Pat. Erzähl mir

alles, nacheinander, es ist wichtig für mich und auch für dich —«

»Er lag im Wohnzimmer, auf dem Boden —«

»Was verlangte Frau Lindemann?«

»Daß wir ihn wegbringen. Mir war ganz schlecht. Er lag auf dem Boden wie jemand, der sich nur verstellt. Ich erwartete jeden Augenblick, daß er aufspringt und uns auslacht. Ich dachte: Es ist alles nicht wahr. Frau Lindemann gab uns zu trinken —«

»Zu trinken?«

»Einen Schnaps. Sie brauche ihn, sagte sie, und Huberti nahm ihn auch.«

»Was habt ihr gemacht?«

»Wir haben den Toten hinausgebracht und in den Wagen gesetzt.«

Pat begann zu weinen. Sie war am Rande ihrer Fassungskraft.

»In welchen Wagen gesetzt?«

»In den Wagen von Frau Lindemann.«

»In den weißen Fiat?«

»Ja.«

»Auf den Vordersitz?«

»Ja, auf den Vordersitz.«

»Wohin seid ihr gefahren? Seid ihr mitgefahren?«

»Ja.«

»Ihr habt hinten gesessen?«

»Ja, Huberti hinter dem Toten, er hielt ihn, daß er in den Kurven nicht gegen Frau Lindemann fiel.«

»Und du warst auch dabei?«

»Ja, ich auch.«

»Wohin habt ihr ihn gebracht?«

»Wir wollten rausfahren aus der Stadt, aber Frau Lindemann wollte den Toten so schnell wie möglich loswerden —«

»Da habt ihr ihn an der Isar ausgeladen —«

»Ja.«

»Warum habt ihr ihn auf eine Bank gesetzt? Wer kam auf die Idee?«

»Frau Lindemann wollte ihn auf die Bank setzen. Ich weiß

nicht, warum.« Pat flüsterte: »Es war sehr schwierig, ihn so zu setzen, daß er nicht umfiel –«

Pat verstärkte ihren schweißnassen Griff, hielt sich am Halse Karwennas fest, grub ihr Gesicht in die Beuge zwischen seinem Kopf und seiner Schulter. Ihr Haar lag auf seinem Gesicht.

Karwenna schob ihr Haar mit der Hand beiseite und fühlte sich schlaff, wie ausgelaugt.

Pat hatte ihm alles gesagt, aber sie verlangte etwas von ihm, sie verlangte Schutz. Wahrscheinlich hat sie immer so reagiert, dachte Karwenna, sie gab sich hin und verlangte etwas dafür: Schutz. Weiter nichts. Weil sie sich ihr Leben lang schutzlos gefühlt hatte.

Auch die Beziehung zu Lindemann war nichts weiter gewesen als: Du bekommst mich, ich will dafür deinen Schutz.

Karwenna streichelte sie mechanisch. Seine Fingerspitzen fühlten ihren Körper, ihre nasse Haut. Sie hatte alle Fremdheit, jeden Widerstand aus ihrem Körper entfernt, sie war völlig offen.

Ihre Lippen berührten sein Gesicht. Mit den Lippen tastete sie sein Gesicht ab.

Es war, als stelle sie eine Frage, die er noch nicht beantwortet hatte. Auf die Antwort wartete sie.

»Es ist gut«, murmelte er, »es ist gut.«

Sie begann zu weinen, und daß sie weinte, quälte ihn sehr. Er verstärkte den Druck seiner Hand so sehr, daß er ihr Schulterblatt spürte.

»Schon gut«, sagte er und spürte seine Hilflosigkeit, spürte die Lage, in die er sich selbst gebracht hatte.

Er löste sich von Pat, stand auf. Er ging ins Badezimmer, machte Licht an, starrte in den Spiegel. Es war, als habe er sich selbst so noch nicht gesehen. Ihm schien, als seien seine Wangen eingesunken, das Kinn war dunkler als sonst, so als sei er nicht rasiert. Seine Kopfhaare lagen flach, angedrückt und naß von Schweiß.

Er ließ das Wasser über sein Gesicht rinnen, trocknete sich ab, vergaß dann jede Bewegung, setzte sich auf den Rand der Badewanne, saß so eine Weile, das Handtuch in der Hand.

Ich kann sie nicht im Stich lassen, dachte Karwenna. Ich habe etwas erfahren auf eine Weise, die – die unglaublich ist, die unzulässig ist. Unzulässig? fragte er sich, schüttelte den Kopf, scheute das Wort ›illegal‹.

Ah was, dachte er dann. Es hieße die Sache nur von einer Seite zu sehen und sehr oberflächlich. Was zwischen ihm und Pat passiert war, gehörte in eine andere Dimension, in ein Zwischenreich von normal und anormal, von Tag und Traum, von Bewußtsein und Unbewußtsein.

Tut es dir leid, fragte sich Karwenna, horchte in sich hinein, wollte eine ehrliche Antwort. Hast du so etwas wie ein schlechtes Gewissen?

Nichts kam aus seinem Innern zurück. Nichts. Weder ja noch nein. Aber es kam auch kein ja.

Karwenna stand auf, ging zurück ins Schlafzimmer.

Pat lag auf dem Rücken, sah ihm entgegen, sie wandte nicht den Kopf, sondern bewegte nur die Pupillen. Das Weiße in ihren Augen blitzte.

Ihr Mund war blaß, als habe er die Röte verloren, er war nichts als gespannte blasse Haut.

Karwenna bemerkte, daß er das Handtuch in Gedanken mitgebracht hatte.

Er nahm es und wischte ihr den Schweiß von der Stirn. Er trocknete sie ab, ihr Gesicht, ihren Hals, ihren Körper. Er verlangsamte die Bewegungen, setzte sich neben sie auf das Bett.

Sie bewegte die Hand, legte sie auf seinen Arm.

»Ich gehe jetzt«, murmelte er, senkte den Kopf und wußte, daß er etwas sagen mußte.

»Es kann dir niemand etwas tun«, sagte er, »du hast den Mord nicht begangen, du bist nur ein – ein Mitwisser, du hast mitgeholfen, eine Straftat zu – zu verdecken, das bedeutet nichts, das ist strafrechtlich nicht wichtig. Ein guter Anwalt wird geltend machen, daß du dich in einer besonderen Situation befunden hast. Du hast Schuldgefühle gehabt gegenüber der Ehefrau deines –«

Er sprach nicht weiter. Er brachte das Wort ›Geliebten‹ nicht über die Lippen. Er war es ja gar nicht gewesen, dachte er, das Wort gibt den wahren Tatbestand ja nicht wieder. Alles wird Mißdeutungen ausgesetzt sein. Pat und – ja, dachte Karwenna, wird diese Nacht vielleicht zur Sprache kommen?

Ganz plötzlich dachte Karwenna, fast staunend: Du wirst dein Wissen nicht verwenden dürfen. Ihr zuliebe nicht, dir zuliebe nicht.

Er sah ihr Gesicht, das sie immer noch ihm zugewandt hatte. Er sah einen Ausdruck in ihren Augen – was war es? Vertrauen?

Ja, es hatte ja immer funktioniert. Sie gab sich selbst und hatte immer bekommen, was sie dafür bekommen wollte: Schutz. Lindemann war darin absolut ehrlich gewesen. Er hatte ihr den Schutz gegeben.

Karwenna zog sich an, saß eine Weile stumm auf einem Sessel, fragte nach Zigaretten.

Pat stand auf, ging durch das Zimmer, so wie sie war, lang, blaß, ein Schimmer von Haut im Nachtlicht. Sie brachte ihm Zigaretten, kniete vor ihm, hatte den Kopf erhoben. Ihre Sicherheit, erkannte Karwenna, war zurückgekehrt. Fast war es eine Art von Frieden, die er auf ihrem Gesicht sah.

Er lächelte sie beruhigend an, rauchte eine Weile, trank den Rest seines Sherrys aus.

Pat hatte die Blicke erhoben, hielt immer noch die Hände, die Ellbogen auf seinen Oberschenkeln, sah ihn an. Die Nacht wölbte sich über beide, und immer noch war es so, als sei die Welt auf Zimmergröße zusammengeschrumpft, enthalte in seinem Kern nur zwei Menschen. Diese Gebanntheit störte Karwenna. Er stand auf, auch Pat erhob sich.

Sie stand vor ihm, und in ihrer Nacktheit lag ihre Demütigkeit, Hilflosigkeit.

»Pat«, sagte Karwenna, »wo lag der Tote? Du sagtest, im Wohnzimmer. Beschreibe mir genau, wo er lag.«

Karwenna holte einen Morgenmantel, legte ihn ihr um die Schulter.

»Denk nach, Pat, wo lag er? Beschreibe mir den Ort –«

Pat erklärte es ihm. Danach lag der Tote in der Nähe des Schreibtisches. Hinter dem Schreibtisch? Nein, vor dem Schreibtisch. Der Schreibtischstuhl –? Wie stand er? Stand er oder lag er? Nein, er stand. War er zurückgestoßen worden? Und wie lag der Tote? Auf dem Rücken –«

Pat antwortete so gut sie konnte.

Karwennas Stimme hatte Schärfe bekommen, war sachlich.

Nach dem, was Pat erzählte, hatte Frau Lindemann am Schreibtisch gestanden, hinter dem Schreibtisch.

Logisch, dachte Karwenna. Sie hat die Pistole aus dem Schreibtischfach geholt. Sie wußte, daß sie dort lag. Sie hat ihren Mann erschossen, der im Zimmer stand, sich ihr zugekehrt hatte. Er war auf den Rücken gefallen.

Pat war in Beklommenheit zurückgefallen, ihr Atem ging flacher, schneller. Sie starrte Karwenna an.

Er lächelte sie an.

Sein Lächeln ermutigte sie, sie drängte sich an ihn, achtete nicht auf den Mantel, der sich öffnete.

Ihr Körper ist ihre Hilfe, dachte Karwenna. Sie will Hilfe von ihrem Körper. Und sie weiß es gar nicht.

»Keine Angst, Pat –«, sagte Karwenna mechanisch.

*

Als er wieder auf der Straße stand, atmete er tief auf. Er wußte noch nicht, wie er das, was er erlebt hatte, einordnen sollte. Er grinste schwach: der Seitensprung eines Polizisten? Ausnutzung einer prekären Lage, in der sich eine Frau befand? Hm, dachte er, für alles könnte man Gründe finden, einleuchtende Gründe, die für sich sprachen und gegen die man sich nicht wehren könnte.

Aber – so war es ja nicht gewesen. Es war ganz anders gewesen.

Karwenna setzte sich in seinen Wagen, saß dort mit gesenktem Kopf.

Pat, dachte er, mit Zärtlichkeit, mit einer Stimmung, die Zärtlichkeit enthielt, aber auch anderes. Er hatte sich in einer Situation befunden, in der er selbst ein Opfer gewesen war.

Karwenna lächelte schwach. Ja, das war es, was er die ganze Zeit unbewußt gedacht hatte, daß er selber ein Opfer gewesen war. Wie wahrscheinlich alle Menschen auch Opfer sind, immer irgendwann, irgendwie – Opfer. Und dies mal deutlicher, mal weniger deutlich.

Nun grinste Karwenna: Das Leben trägt dich in den Zähnen.

Er ließ den Wagen an, fuhr los.

Während der Fahrt dachte er: Ich kann das Mädchen nicht reinreißen, das Mädchen nicht, mich selber nicht. Ich werde schweigen müssen.

Geht nicht, dachte er zugleich. Ich kann keinen Mörder laufen lassen.

Als er vor seiner Wohnungstür stand, blieb er einen Moment stehen. Er fuhr sich über die Haare, über sein Gesicht.

Du hast deine Frau betrogen, dachte er, stand eine Weile wie betäubt, als sei er sich über diese Seite der Angelegenheit nicht klargewesen, schüttelte dann den Kopf und wußte plötzlich: So kann man es nicht sagen.

IX

Als Karwenna am nächsten Morgen sein Büro betrat, war er unsicher, fast verwirrt. Er setzte sich an seinen Schreibtisch, saß dort eine ganze Weile stumm.

Er liebte diesen Platz am Schreibtisch. Es war ein Ort, an dem er sich wohl fühlte, der ihm die Art von Frieden vermittelte, die ein Mann braucht. Sein Stuhl am Schreibtisch war sein zweites Zuhause.

Er hatte diesen Morgen sehr schnell gefrühstückt, hatte die Zeit ausgenutzt, die seine Frau brauchte, um den Jungen in die Schule zu bringen.

Geh nur, hatte er gesagt, ich mache mir schon alles. Ich esse nicht viel.

Helga hatte sich gewundert, aber nichts gesagt.

Karwenna hatte in der Tat wenig gegessen, er hatte minutenlang stumm gesessen, gegen die Wand gestarrt. Schließlich hatte er ganz für sich gegrinst und gedacht: Das ist es! Ich weiß nicht, wie ich mich fühlen soll. Ich weiß es einfach nicht. Ich habe keinen Namen für die Sache, die passiert ist.

Er dachte an Pat mit Zärtlichkeit, aber ohne Aufregung, ohne Wünsche, fast so, als handle es sich um eine Sache, die zurückliegt, die schon der Erinnerung einverleibt ist.

Er sah zu, daß er die Wohnung verließ, bevor Helga zurückkam.

Nun saß er am Schreibtisch, genoß die Normalität des Lebens um ihn herum und wollte davon profitieren, erwartete die Rückkehr seiner eigenen Normalität. Aber sollte er sie sich wünschen?

Insgeheim hatte er die Befürchtung, daß er sich selbst berauben würde. Wessen würde er sich berauben? Er gab sich die Antwort: der Fähigkeit, Dinge nachvollziehen zu können. Es ist eine Gabe, sagte er sich, eine diffizile Gabe, eine schöpferische Begabung, die bei den meisten seiner Kollegen erstarrt war.

Hm, dachte Karwenna mit Selbstironie, deine Entschuldigungen entbehren nicht der Raffinesse.

Karwenna stand auf.

»Ich brauche dich«, sagte er zu Henk. »Wir fahren jetzt los.«

»Darf man erfahren, wohin –«

»In die Villa Lindemann.«

»Gibt es neue Tatbestände –?«

Ungeduldig sagte Karwenna: »Frage nicht.«

Wortlos schloß Henk seinen Schreibtisch ab, begleitete Karwenna hinunter in den Hof.

Karwenna saß wortlos am Steuer, und erst mitten in der Stadt wandte er den Kopf.

»Hör zu –«, murmelte er, »du überläßt mir das Gespräch. Misch dich nicht ein, stelle keine Fragen. Ich – ich weiß nicht, was aus der Sache wird.«

Er sah Henk starr an, fügte plötzlich hinzu: »Ich bin in einer besonderen Situation, Henk, in einer ganz besonderen –«

Er hatte den Satz betont, mit unverkennbarem Ernst ausgesprochen, so daß Henk verwundert, fast erschrocken war:

»Was ist denn los?« fragte er.

»Du sollst keine Frage stellen«, sagte Karwenna. Er überlegte: »Ich weiß, wer Lindemann getötet hat. Ich möchte, daß du jetzt nicht mein Kollege, sondern mein Freund bist.«

»Ich verstehe kein Wort«, versetzte Henk, »aber ich mache alles, was du willst —«

»Na«, meinte Karwenna trocken, »du weißt nicht worauf du dich einläßt —«

Karwenna registrierte eine besondere Stimmung, die sich von der, die er am gestrigen Abend gehabt hatte, völlig unterschied. Seine Willenskraft war zurückgekehrt, er faßte seine Gedanken schärfer an, war wie jemand, der fester auftrat, seine Kaltblütigkeit zurückgewonnen hatte, die er aber nun auch brauchte.

Sie fuhren in den offenen Hof der Villa Lindemann ein. Der große Kasten lag in der Morgensonne und erhielt durch das frühe Licht fast eine Art von südlichem Charme.

Ein Garagentor stand offen. Der weiße Fiat zeigte seine Rückfront. Frau Lindemann hatte das Tor geöffnet, schien gerade einsteigen zu wollen.

Sie erkannte Karwenna, trat langsam aus dem Schatten der Garage hinaus in die helle Sonne.

»Wollen Sie zu mir?« fragte sie.

»Ja, zu Ihnen —«

Karwenna wandte sich an Henk, sagte noch einmal leise: »Kein Wort von dir. Überlaß alles mir. Und wundere dich nicht —«

Frau Lindemann kam heran.

»Was wollen Sie denn schon wieder?« fragte sie.

»Gehen wir ins Haus?«

Die Frau sah aufmerksam von einem zum anderen, wandte sich dann um, ging ins Haus.

Neben der offenen Tür zum Büro blieb sie stehen.

»Wollen Sie mich allein sprechen?«

»Ja, Sie allein.«

Frau Lindemann wandte sich um, zögerte an der Treppe.

»Gehen wir ins Wohnzimmer«, sagte Karwenna.

Wortlos öffnete Frau Lindemann die Tür zum Wohnzimmer. Sie ging voraus, stand im Zimmer, drehte sich um.

Sie schien zu begreifen, daß eine besondere Situation entstanden war. Vielleicht sah sie es Karwenna am Gesicht an. Es war ernst, angespannt.

Henk blieb stumm neben Karwenna stehen. Aber auch er hatte ein Gefühl für die Situation und wurde immer neugieriger und zugleich besorgter.

Karwenna sah sich im Zimmer um. Er nahm es mit den Blicken auf, als fotografiere er es.

Da stand der Schreibtisch, vor einem Fenster, das offenbar ständig von großen Portieren verdunkelt war. Der Schreibtisch war keiner besonderen Stilart zuzurechnen. Er schien eine Sonderanfertigung zu sein, war besonders breit, stand auf vier kräftigen Holzfüßen. Eine Seite des Schreibtisches hatte einen festen Unterbau, offenbar für Schübe. Das gab dem Schreibtisch einen falschen Schwerpunkt.

Auf dem Schreibtisch herrschte Ordnung, so als sei mit dem Tode Lindemanns jede Arbeit eingestellt worden.

Vor dem Schreibtisch lag ein Perserteppich, Größe drei mal vier Meter. Er bedeckte den Boden, der ein Parkettboden war. Parkettboden, dachte Karwenna. Dann würden sich Blutspuren finden lassen. So gut wird sie den Boden nicht saubergemacht haben.

Karwennas Blick ging über den Teppich weg zur Wand. Die Wand hatte einen Holzsockel, senkrecht angeordnete Mahagonihölzer, die in etwa ein Meter fünfzig Höhe durch eine Sockelleiste abgeschlossen war. Darüber weiße Wand, die, wie Karwenna feststellte, nicht beschädigt war.

Karwenna stellte sich hinter den Schreibtisch. Frau Lindemann folgte jeder seiner Bewegungen mit den Blicken. Henk fühlte die Spannung im Raum, versuchte zu erkennen, was gespielt wurde.

»War Ihr Mann Rechtshänder?« fragte Karwenna.

»Ja«, nickte Frau Lindemann.

Karwenna dachte: Dann wird er die Pistole im rechten Schreibtischfach gehabt haben.

Karwenna blickte über den Schreibtisch hinweg, stellte sich die Szene vor. Lindemann, der auf dem Teppich stand, in der Bewegung war auf seine Frau, die die Waffe schon erhoben hatte.

Was hatte Pat gesagt? Wie hatte der Tote gelegen? Sie

hatte es genau beschrieben. Die Kugel hatte den Körper Lindemanns durchschlagen und mußte in die Wand gegangen sein. An der Wand keine Beschädigung, kein Einschlag, Karwenna sah ein Bild hängen, in das die Kugel gegangen sein könnte. Er trat an das Bild heran, besah es. Es war das berühmte Winterbild von Breughel, ein Druck. Es war unbeschädigt.

Karwenna dachte plötzlich: Es hängt etwas tief. Der Raum war von perfekter Symmetrie in der Einrichtung, sie sprach für den kalten Ordnungssinn Lindemanns. Das Bild hing falsch, wußte Karwenna plötzlich, es hing zu tief, es hing am falschen Ort, es war hingehängt worden.

Aha, dachte er, da ist es, das Loch in der Wand, es befindet sich hinter dem Bild, sie hat es zugehängt.

Ob er es noch da finden würde? Vielleicht hatte sie die Kugel schon herausgeholt, das Loch zugegipst. Andererseits war es nicht so einfach, eine Kugel aus der Wand zu holen. Und bestimmt hat sie nicht damit gerechnet, daß man dieses Zimmer als den Tatort ermitteln würde.

Henk fand das Schweigen drückend. Er sah, wie Karwenna sich stumm bewegte, zum Schreibtisch gegangen war, von dort auf den Teppich schaute, auf die Wand, wie er hinging zum Bild, es ansah.

Henk konnte sich keinen Vers darauf machen, aber es mußte etwas zu bedeuten haben, denn Frau Lindemann stand wie versteinert. Ihr Gesicht war ganz grau, ihre Falten wirkten scharf, schärfer als sonst, als zöge die Anspannung der Haut sie zusammen.

Karwenna schien aus seiner Abwesenheit zu erwachen, richtete die Blicke auf Frau Lindemann.

»Hat Ihr Mann eine Waffe?«

Sie antwortete sofort: »Ich weiß es nicht.«

»Natürlich besaß er eine Waffe –«, sagte Karwenna, hob seine Stimme nicht, hielt sie ganz ruhig, fast leise. »Er war der Typ, der eine Waffe gern im Hause hat. Sie wird registriert sein. Das ist ganz leicht festzustellen.« Immer noch war seine Stimme sanft, farblos. Karwenna sagte zu Henk: »Laß das feststellen.« Er wandte den Kopf wieder ab, hielt lange Pausen ein.

»Ich denke, daß Ihr Mann eine Waffe gehabt hat. Und er hatte sie wahrscheinlich hier im Schreibtisch.«

Karwenna ging wieder hinter den Schreibtisch, zog die rechte Schublade auf, sah Frau Lindemann fragend an: »Hier –?«

»Ich sagte doch –«, murmelte sie, »ich weiß es nicht.«

»Sie lag hier, nehme ich an –«

Karwenna unterbrach sich. »Könnte Ihr Sohn wissen, ob sein Vater eine Waffe besaß?«

»Nein, nein«, antwortete sie hastig.

»Sie wollen sagen, er weiß es nicht? Oder wollen Sie sagen: Ich soll ihn nicht fragen?«

Ihre Starrheit wich ein wenig, Blut schoß ihr ins Gesicht, rötete es.

»Er wird es nicht wissen, nehme ich an.«

»Aber man könnte ihn fragen. Ist er drüben im anderen Gebäude?«

»Ja, er ist dort, ich glaube, daß er dort ist.« Sie holte Atem: »Aber warum wollen Sie ihn danach fragen –?«

Ihre Stimme zeigte offen Aufregung.

»Sie werden zugeben, daß dies wichtig ist. Wenn Ihr Mann eine Waffe gehabt hat, und jetzt ist diese Waffe nicht aufzufinden, was ergibt sich daraus –?«

Sie schwieg.

Langsam wandte sich Karwenna an Henk, leise: »Laß das feststellen, ob Georg Lindemann, Ulsamerstraße elf, als Besitzer einer Waffe eingetragen ist –«

»Jetzt sofort?« fragte Henk verdutzt.

»Ich bitte dich«, sagte Karwenna.

Henk ging hinaus.

Karwenna wartete, bis er die Haustür zufallen hörte, sah dann Frau Lindemann an, hielt sie im Blick und ging auf die Wand zu. Er hob das Breughelbild ab.

Hinter dem Bild sah man ein Loch in der Wand. Karwenna wußte: Nein, sie hat nichts gemacht. Die Kugel steckt noch darin. Langsam setzte Karwenna das Bild ab.

Frau Lindemann zeigte eine gewisse Betäubung, als sei ihr die Fähigkeit genommen, sich zu bewegen, eine Reaktion zu zeigen. Sie stand eine ganze Weile.

»Kommen Sie, setzen Sie sich«, sagte Karwenna. Da sie sich nicht rührte, nahm er sie am Ellbogen, führte sie an einen Sessel, wartete, bis sie sich gesetzt hatte, setzte sich selbst.

Irgendwas schien sie zu wundern, denn sie hob jetzt den Blick, sah Karwenna an, der schlaff, ruhig, abwesend saß, als könne auch er sich dem Bann dieser Situation nicht entziehen.

Sie hielt den Blick so starr auf Karwenna gerichtet, daß Karwenna nicht anders konnte, er hob den Kopf, erwiderte den Blick. Sie saßen eine ganze Weile in dieser Weise.

Langsam sagte er: »Die Frage ist – wie Sie den Toten in Ihren Wagen gesetzt haben.«

Pause.

Sie antwortete nicht.

»Ihr Mann ist sehr schwer gewesen –«. Seine Stimme kam langsam. »Können Sie ihn unter die Achseln gefaßt haben –? Es wäre denkbar. Sie haben sehr viel Zeit darauf verwandt. Sie haben ihn bis an die Tür gezogen. Gewartet, eine Pause gemacht. Von dort haben Sie ein paar Schritte über die Diele.«

Ihre Augen waren unverwandt auf Karwenna gerichtet.

»Sie holten den Wagen, stellten ihn mit offener Tür vor den Hauseingang. Sie zogen den Toten die Stufen hinunter.«

Wieder eine atemlose Pause.

»Das Schwerste war, den Toten in den Wagen zu heben. Daran scheiterten Sie fast. Sie haben eine halbe Stunde gebraucht, den Toten in den Wagen zu schaffen. Aber Sie haben es schließlich geschafft.«

Wieder eine Pause.

Karwenna sah die Frau nicht an, er saß mit gesenktem Kopf, in starrer fast unnatürlicher Haltung.

»Dann fuhren Sie los, ein paar Straßen weiter bis an die Isar.«

Schweigen.

»Sie konnten nicht mehr. Sie haben den Wagen in die Anlage hineingefahren, dort, wo man Sie nicht sehen konnte. Sie haben die Tür geöffnet, den Toten herausgezogen.«

Schweigen.

»Es widerstrebte Ihnen, den Toten auf der Erde liegen zu lassen. Sie hoben ihn mit Ihrer letzten Kraft auf die Bank, setzten ihn dort hin –«

Immer noch Schweigen.

Karwenna hob den Blick, sah sie an. Die Pause war intensiv, so intensiv, daß die Frau den Mund öffnete, die Hand hob, mit der Hand über das Gesicht fuhr, als müsse sie sich wehren gegen eine Flut von Gedanken.

»Geben Sie mir was zu trinken«, flüsterte sie, glitt mit der Hand hinunter an den Hals. Ihre Stimme verriet die Trokkenheit ihrer Kehle.

Karwenna stand auf, ging an einen Barschrank, öffnete ihn.

»Wir brauchen beide was«, sagte er, holte eine Flasche, zwei Gläser.

»Ich habe Kognak erwischt –«, sagte er ruhig.

»Geben Sie nur her«, sagte Frau Lindemann.

Sie nahm die Flasche, brachte es fertig, sie ziemlich ruhig zu halten, goß die beiden Gläser voll.

Sie stürzte den Kognak mit einem Ruck herunter, unterdrückte den Wunsch, sich zu schütteln. Ihr Blick wurde heller, sie hielt ihn wieder auf Karwenna gerichtet.

Jetzt kam Henk wieder herein. Er stand verdutzt, sah das abgenommene Bild, das Loch in der Wand. Er war geschult genug, um zu wissen, daß dies ein Kugeleinschlag war.

Er sah Frau Lindemann und Karwenna beieinandersitzen. Vor beiden Gläser.

»Herr Lindemann besaß eine Waffe«, sagte Henk, »eine Pistole, eine Walther 7.65. Sie ist eingetragen unter der Nummer . . .«

»Spielt keine Rolle«, murmelte Karwenna. »Es liegt ein Geständnis vor –«

Er sah Frau Lindemann an. Sie erwiderte den Blick, eine ganze Weile blieben sie Blick in Blick.

»Es liegt ein Geständnis vor?« fragte Henk, dem das Schweigen auf die Nerven ging.

»Ja«, antwortete Frau Lindemann, »ich habe meinen Mann erschossen.« Sie setzte hinzu: »Ich konnte seine Art, seine schreckliche Art, seine Kälte, seinen Realismus, seinen Zynismus nicht länger ertragen –«

Je länger sie sprach, um so befreiter schien sie zu werden, verlor die Unsicherheit ihrer Stimme: »Es gab keinen besonderen Anlaß. Wir hatten keinen Streit miteinander. Es war nichts zwischen uns. Nur daß ich ihn nicht mehr ertragen konnte. Ich konnte ihn so wenig ertragen, daß ich es für richtig hielt, ihn zu töten. Ich dachte plötzlich: Es ist das, was er verdient.«

Henk traute seinen Ohren nicht.

»Sie haben Ihren Mann erschossen, Sie, hier in diesem Zimmer?«

»Ja, in diesem Zimmer. Ich habe die Pistole aus dem Schreibtisch genommen und auf ihn geschossen –«

»Die Kugel steckt da noch in der Wand?« fragte Henk.

»Sie steckt wohl noch darin«, sagte Frau Lindemann.

Henk sah Karwenna an, wunderte sich über dessen Schweigen, über die Art, wie er saß. Irgendwas an der Situation behagte Henk nicht, aber Karwenna machte keine Anstalten, etwas zu sagen oder zu erklären.

»Ja, wie –«, fragte Henk, »der Tote wurde an der Isar gefunden –«

»Ich habe ihn dort hingebracht«, murmelte Frau Lindemann. »Ich habe ihn unter die Achseln gefaßt, den Toten an die Tür geschleppt. Ich habe meinen Wagen vor die Haustür gefahren, die Tür offengelassen, den Toten dann – mit großer Mühe – in den Wagen gesetzt –«

Karwenna saß mit gesenktem Kopf.

»Ich habe ihn an die Isar gefahren, dort auf eine Bank gesetzt, ich wollte ihn nicht auf dem Boden liegenlassen –«

Henk sah Karwenna an, als wolle er sagen: Tu endlich was, reg dich, beweg dich, was ist los?

Karwenna stand auf.

»Also dann –«, sagte er, »nehmen wir Frau Lindemann mit, nehmen das Geständnis auf.«

Er fragte Frau Lindemann: »Noch irgend etwas, was Sie zu sagen wünschen?«

»Nein –«. Sie schüttelte den Kopf.

*

»Sag mir eins, sag mir um Himmels willen eins, wie ist das passiert, so schnell passiert? Ich gehe runter an den Wagen, frage nach der Registrierung, komme wieder rauf, und du hast den Mörder. Wie bist du darauf gekommen? Wie hast du sie dazu gebracht, es zuzugeben.«

Henk konnte sich gar nicht beruhigen. Er marschierte im Büro auf und ab. Die Kollegen hatten sich zu ihm gesellt, waren von gleicher Neugier, Aufgeregtheit.

»Ganz einfach«, sagte Karwenna, »ich habe das Bild abgehoben —«

»Aber wie kamst du darauf, das Bild abzuheben?«

»Reiner Zufall, glaub mir, es war Zufall«, sagte Karwenna.

Henk nahm ihn beiseite, ging mit Karwenna an das Fenster, sagte leise: »Ich glaube dir das nicht —«

Karwenna grinste. »Du bist kein schlechter Polizist, aber du kriegst von mir keine andere Antwort.«

Er schien dennoch mehr sagen zu wollen, bremste sich, war plötzlich ganz bleich, drückte die Hand Henks. »Frag mich nicht«, sagte er schließlich.

Er zog, ganz überraschend, Henk an sich, drückte den Verdutzten an sich wie ein Freund den anderen, berührte sein Gesicht, ließ ihn dann los und sagte: »Ich möchte ein paar Minuten mit Frau Lindemann allein sein. Ich sag dir, wenn du kommen sollst —«

Henk sah Karwenna fast sorgenvoll nach.

*

Im Verhörzimmer wandte sich Frau Lindemann um.

Sie hatte eine gewisse Kühle zurückgewonnen, verzog den Mund zu einem ironischen Lächeln: »Habe ich es richtig gemacht?«

»Was Sie machen, liegt bei Ihnen.«

Sie atmete auf. »Das Mädchen, nicht wahr?«

»Ja«, sagte Karwenna, »Pat —«

Frau Lindemann ging ein paar Schritte durch den Raum, sah sich dann um, blieb gedankenverloren stehen.

»Ein armes Mädchen«, sagte sie, »Sie haben erkannt, daß sie Angst hat?«

»Ja.«

»Nun –«, murmelte Frau Lindemann, »wahrscheinlich hat jeder sein Quantum Angst in sich«. Sie überlegte das Wort: »Angst? Nein, es ist Unsicherheit, ich sage besser ›Unsicherheit‹. Nur Dummköpfe sind nicht unsicher, kennen das Wort nicht oder lachen darüber. Der Platz, auf dem wir in diesem Leben stehen, ist Unsicherheit. Ständig sucht man nach einem besseren Stand –«

Sie hob den Kopf.

»Sie wissen, warum ich ihn umgebracht habe?«

»Ich kann es mir denken.«

»Erklären Sie es mir –«, sagte sie, sah ihn mit großen Augen an.

»Huberti«, erwiderte Karwenna.

Sie zeigte ihr Erstaunen.

»Huberti?« fragte sie.

»Huberti«, sagte Karwenna lakonisch, »seine Sätze. Auch er sucht den besseren Stand –«

»Ja«, nickte sie, wurde plötzlich leidenschaftlich, »wollen Sie bestreiten, daß er recht hat –«

»Den besseren Stand sucht und – und den besseren Menschen.«

»Ja«, nickte Frau Lindemann, sie bewegte den Kopf heftig auf und nieder, wie jemand, der seine Kühle verliert. Sie begann zu zittern.

»Er hat recht«, wiederholte sie, »wir sind am Ende, an irgendeinem Ende sind wir angelangt. Wir sind am Ende, mit der Art, wie wir sind, wie wir denken, wie wir leben. Es geht abwärts mit uns, auf einer schrägen Ebene, die ganze Menschheit auf einer schrägen Ebene, rutschend, abrutschend in irgendeine Tiefe hinein, in der wir ausgelöscht und vergessen werden. Er hat recht –«, schrie sie, wurde immer exaltierter, »wenn er sagt, daß wir keine Chance mehr haben, wir haben keine Chance mehr so, wie wir sind. Nicht mehr so, wie wir sind. Aus diesem Grunde die verrückten Revolutionen, von vielen einzelnen, die vielen verrückten Aktionen, das sind alles Dampfzeichen – sagt Huberti, Dampfzeichen dafür, daß der Boden, auf dem wir uns bewegen, heißer wird, voller Löcher ist, aus denen uns das Unheil anschaut, es zeigt sich uns, es ist sichtbar. Daher die vielen Dinge, die nicht mehr ›erklärbar‹ sind, der Maßstab, den wir anzulegen gewohnt sind, er funktioniert nicht mehr, er löst sich auf, gilt nicht mehr. Was ist mit einer Welt, in der nichts mehr meßbar ist, die das Maß verloren hat?«

Ihr Gesicht bedeckte sich mit Schweiß.

»Nur noch Trarara überall, Musik und Fußball und ein bißchen Krieg hier und da, ein bißchen Blutvergießen, alles nur zur Unterhaltung, es ist eine Form von Unterhaltung, mit der wir alle die Zeit überwinden, unsere Zeit, die Zeit nicht mehr als eine Chance begreift –«

»Sagt Huberti, nicht wahr?« rief Karwenna.

»Ja, das sagt er. Ich sage seine Worte, die ich von ihm gehört habe –«

»Wenn Sie nachts mit ihm durch die Straßen gingen –«

»Ja, ich habe ihm zugehört und war dankbar für jedes Wort, denn er gab wieder, was ich selbst fühlte, ohne die Fähigkeit zu haben, diese Gefühle zu formieren.«

»Hören Sie –«, sagte Karwenna grob, »Sie sind eine verlassene Frau, verlassen und betrogen. Ihr Mann hat Sie gekränkt, beleidigt, gedemütigt, er hat Sie als Frau nicht mehr gebraucht, als Frau nicht, als Mensch nicht, er hat Sie mit Gleichgültigkeit, mit Verachtung behandelt. Frauen mit diesem Schicksal gibt es zahllose, die finden Sie überall, es ist nichts Besonderes, daß Frauen in dieser Weise mißhandelt werden. Sie sind mißhandelt worden und haben aus diesem Grunde Ihren Mann getötet, es ist zu einer plötzlichen Summierung aller Kränkungen, Beleidigungen gekommen, und Sie haben Ihren Mann im Affekt getötet, in einem Augenblick momentaner Unzurechnungsfähigkeit –«

»Danke, danke, danke«, rief Frau Lindemann mit heftiger Stimme, »besten Dank für Ihre Hilfe, die nicht selbstlos ist, das werden Sie nicht behaupten wollen –«

»Sie sind sich nicht klar über sich selbst«, fuhr Karwenna fort, »in Ihrer krankhaften Erregung suchen Sie nach philosophischen Gründen, suchen eine Entschuldigung, eine, die Sie freispricht, Ihre Tat nicht nur entschuldigt, sondern Ihr Notwendigkeit verleiht –«

»So ist es«, rief Frau Lindemann heftig, »genau so ist es.

Ich konnte diesen kalten, zynischen, diesen sogenannten Realisten nicht länger ertragen. Er und seinesgleichen blokkieren den Weg, verhindern, daß sich etwas Neues bildet, ein neuer Mensch, eine neue Gesinnung; nur mit einer ganz neuen Einstellung werden wir imstande sein, vielleicht imstande sein, einen anderen Weg zu finden, einen besseren Weg, einen, der nicht abwärts führt in den endgültigen Untergang, dem wir zumarschieren –«

»Hören Sie, Frau Lindemann«, sagte Karwenna, »das mag alles sein. Davon mögen Sie überzeugt sein, aber ich sage Ihnen, wie Sie am besten davonkommen. Kein Geschworener wird begreifen, was Sie sagen. Bleiben Sie bei normalen, bei alltäglichen Gründen, die Geschworenen werden schon merken, daß Ihr Mann ein Kotzbrocken war –«

Sie bewegte den Kopf.

»Die Ehrlichkeit ist ein Merkmal eines neuen Menschen, Ehrlichkeit und Offenheit, ich will damit anfangen.«

Sie schwieg, war nicht zu bewegen, zu diesem Thema noch irgend etwas zu sagen, sie sah ihn nur vage an, mit halbem Lächeln, zeigte plötzlich mit dem Finger auf ihn und murmelte: »Sie verstehen mich sehr gut –«

*

»Hallo, bleiben Sie mal stehen«, rief Karwenna. Huberti verhielt den Schritt, wandte sich um. Hubertis Gesicht wurde weiß wie die Wand, als er Karwenna erkannte.

»Kann ich ein paar Schritte mit Ihnen gehen? Sie sind doch wieder auf dem Marsch, nicht wahr?«

»Ja, ich wollte ein bißchen –«

»Am Meere entlangwandern, wie? So nennen Sie das doch: am Strande entlanglaufen. Wie sagten Sie? Dort, wo Meer und Land eine Linie bilden. Neue Erkenntnisse, die Sie aus dem Meer ziehen. Das meinten Sie doch?«

»Machen Sie sich nicht lustig«, sagte Huberti, »ich habe mit dem Mord nichts zu tun –«

»Was, was?« rief Karwenna aus, »Sie haben damit nichts zu tun?«

»Nein, ich war ganz überrascht, entsetzt, auf das äußerste

entsetzt, als Frau Lindemann mit Pat zu mir kam und sagte: Ich habe meinen Mann erschossen. Ich kann Ihnen gar nicht schildern, wie entsetzt ich war. Und fand, was sie getan hat, *unbegreiflich* –«

»Unbegreiflich?«

»Wie können Sie darüber im Zweifel sein«, sagte Huberti aufgeregt.

»Warum haben Sie ihr geholfen, den Toten wegzubringen?«

»Weil –«, Huberti stotterte, »nun, sie tat mir leid, ich – ich hatte außerdem Angst, weil –«

Er brach hilflos ab.

»Weil sie sagte: Sie haben mich darauf gebracht –«

Huberti blieb stehen, holte tief Luft, im Ausatmen: »Ist die Frau nicht verrückt –?«

Karwenna ging los und Huberti folgte ihm.

Sie gingen die Leopoldstraße hinunter, zwischen den Passanten hindurch, die den Boulevard belebten, fühlten sich dennoch allein, merkwürdig allein, extrem allein miteinander, so als gäbe es die anderen Menschen nicht, so als gingen sie wirklich am Rande von Unendlichkeiten spazieren.

»Sie haben mit ihr gesprochen –«, murmelte Karwenna, »haben ihr ihre Phantasien mitgeteilt, von der Notwendigkeit gesprochen, einen neuen Menschen zu schaffen, neuen Gesinnungen zum Durchbruch zu verhelfen, das ist bei dieser Frau, die von ihrem Mann allein gelassen wurde, die latent verzweifelt war, auf fruchtbaren Boden gefallen, das hat sie gern gehört, die Frau, die sich nach Zartheit sehnte, nach Mitgefühl, nach Liebe, nach Schutz, nach Anteilnahme, sie ist Ihnen gefolgt, stärker, als Sie ahnen mochten, sie hat jedes Ihrer Worte für bare Münze genommen, hat sich die neue Welt erschaffen, sich selbst hineingestellt, ein paar Wonnen, die sie vermißt hatte, schön genossen, so daß ihr Mann, ihr eigener Mann, ihr so unerträglich wurde, daß sie ihn tötete, als tue sie ein gutes Werk –«

»Verrückt, verrückt«, murmelte Huberti. »Ich mache mir ein paar Gedanken, das muß doch erlaubt sein, ein paar unverbindliche Gedanken zu haben –«

Karwenna hörte dem plötzlichen Gestammel Hubertis zu und fühlte, wie er kälter und kälter wurde.

Er blieb plötzlich stehen, zwang Huberti, ebenfalls stehenzubleiben, sah ihn voll an.

»Was ist?« fragte Huberti atemlos.

»Sie mit Ihrem neuen Menschen –«, sagte Karwenna plötzlich, stieß den Kopf nach vorn, als wolle er Huberti noch näher ansehen, und rief aus: »Ich glaube Ihnen nicht. Sie sind kein Prophet. Der neue Mensch, von dem Sie predigen, ist nichts als eine Luftblase in Ihrem Gehirn –«. Er machte eine Pause, hielt Huberti im Blick. Huberti rührte sich nicht, begann nur aufgeregt zu zittern. »Ich will Ihnen sagen, was los ist«, rief Karwenna aus, betonte es nun, sprach jedes Wort ganz langsam aus: »Sie haben – einen Mann wie Lindemann – beneidet.«

Er hatte das letzte Wort so laut ausgesprochen, als habe er mit der Peitsche geschlagen.

Huberti schluckte das Wort, versuchte seinen Atem unter Kontrolle zu bringen, schaffte es nicht, seine Festigkeit brach zusammen, sein Blick hielt den Blick Karwennas nicht aus.

»Wie, wie meinen Sie?« stammelte er.

»Sie wissen genau, was ich meine«, rief Karwenna, machte eine herrische Handbewegung. »Gehen Sie, laufen Sie, marschieren Sie, laufen Sie Ihren Weg am Meer entlang –«, Karwenna fühlte, wie ihm der Atem die Kehle schwoll: »Sie finden da nichts –«

Er wandte sich abrupt um, ließ Huberti stehen und ging den Weg zurück, geriet immer mehr unter Menschen, nahm sie immer mehr wahr, genoß ihr Dasein, war schließlich versucht, sie zu berühren, sie anzulächeln, die Hand nach ihnen auszustrecken.

*

»Wie ist das so schnell gekommen«, fragte Helga, »du bist heute morgen aus dem Haus gegangen und warst ganz unsicher.« Sie lachte. »Ich habe es gemerkt, und du hast mir leid getan.«

»Ich habe dir leid getan?«

»Ja, aber ich dachte: Zeig es ihm nicht. Er ist empfindlich, wenn man ihm zeigt, daß er schwache Stellen hat.«

Sie saßen am Abendbrottisch.

Helga hatte sich vorgebeugt, die Ellbogen auf den Tisch gestemmt, lächelte ihn spitzbübisch an.

»Und auf einmal hast du den Mörder und bist der große Mann –«

»Nein, nein«, murmelte Karwenna, »ich habe den Mörder, das ist richtig, aber es ist ganz falsch zu sagen, ich sei ›der große Mann‹«.

Er ärgerte sich: »Wie kommst du auf diese Bezeichnung?

»Sie gefällt dir nicht –?«

»Nein, nein –«, murmelte er, stand auf, war plötzlich so unsicher, daß Helga ihn verwundert ansah. »Nein, nein«, wiederholte er, »das bin ich ganz gewiß nicht.«

Er sah sie an, setzte mehrfach an, etwas zu sagen, zu erklären, aber sie hob plötzlich die Hand, lächelte ihn an: »Sag nichts, du mußt nichts sagen.«

Karwenna war nahe daran gewesen, Helga alles zu sagen, aber er tat es nicht, und er vergaß die Sache schneller, als er gedacht hatte. Als letztes blieb ihm ein Bild im Gedächtnis, ein Mann, ein Mensch, am völlig einsamen Strande entlanggehend, hin und wieder stehenbleibend, etwas betrachtend, aufhebend, dann wieder wegwerfend.

Wir finden nichts, dachte er, wir finden nichts.

ENDE

Der Kommissar
Kriminal-Roman

Als Band 35007 dieser Bastei-Taschenbuch-Reihe erscheint:

Ein Denkmal wird erschossen

von Herbert Reinecker

Inga Schall wartete mit klopfendem Herzen, bis endlich die Tür geöffnet wurde. Sie betrat die Wohnung und wich entsetzt zurück.

J. K. Broska war tot. Der Mann, der weltberühmte Filme gemacht hatte, dessen Name schon Geschichte war, der Mann, der ihr den Weg öffnen sollte zu einer großen Karriere. Sie war zwanzig. J. K. Broska war siebzig und ihr Geliebter. Er lag auf dem Boden, von einer Kugel niedergestreckt. Und der Mörder war noch im Haus.

Deutsche Erstveröffentlichung

Sie erhalten diesen Band bei Ihrem Zeitschriftenhändler sowie im Bahnhofsbuchhandel. DM 3,80

BASTEI-LÜBBE KRIMI

Als Band 36012 dieser Bastei-Taschenbuch-Reihe erscheint:

Eine Party für meinen Mörder

von Rolf Palm

Marlene Terzack, die Chefin des weltweit verzweigten Elektronik-Konzerns „Tonitron", zittert um ihr Leben. Die Nachricht vom Ausbruch ihres Mannes, der vor sechs Jahren wegen Mordes an seiner Geliebten zu lebenslangem Zuchthaus verurteilt wurde, trifft sie wie ein Schock. Denn sie kennt seine Unversöhnlichkeit und Intelligenz. In ihrer Angst willigt Marlene Terzack in den Plan Inspektor Macks ein: Auf einer rauschenden Party soll der Mörder in die Falle gehen...

Sie erhalten diesen Band bei Ihrem Zeitschriftenhändler sowie im Bahnhofsbuchhandel. DM 3,80